Oscar s

S. Natale 2004

Un sereno Natale
do tutti noi

Barbara + Marco

Dello stesso autore

nella collezione Oscar
Il bambino nascosto
Il bambino perduto e ritrovato
Passaggi di vita

Alba Marcoli

Il bambino arrabbiato

Favole per capire le rabbie infantili

OSCAR MONDADORI

© 1996 Arnoldo Mondadori Editore S.p.A., Milano

I edizione Oscar saggi settembre 1996

ISBN 88-04-53003-0

Questo volume è stato stampato
presso Mondadori Printing S.p.A.
Stabilimento NSM - Cles (TN)
Stampato in Italia. Printed in Italy

Ristampe:

14   15   16   17   18   19

2004   2005   2006   2007   2008

www.librimondadori.it

Indice

- 9   Avvertenze per il lettore
- 11   Il perché di questo libro

IL BAMBINO ARRABBIATO

- 17   Capitolo primo: La vitalità della rabbia
- 19   Come è nato questo libro
- 23   Perché parlare di rabbia
- 29   Che cosa sta dietro alla rabbia
- 33   La forza della rabbia
- 35   Le rabbie e la scuola

- 39   Capitolo secondo: I segnali della rabbia
- 41   La premessa di ogni favola
- 43   (1) La paura dell'abbandono – *Il cucciolo che aveva paura delle macchie nere*, 45 – La paura di sentirsi soli e impotenti, 52
- 57   (2) La difficoltà ad addormentarsi – *Il camoscio che non voleva dormire*, 59 – La paura del non familiare, 66
- 71   (3) Il rapporto con il cibo – *L'orsetta golosa*, 75 – L'uso del cibo come comunicazione, 83
- 87   (4) La separazione dei genitori – *Il capretto balbuziente,* 89 – Quando il conflitto entra nel bambino, 97
- 103   (5) La morte di un genitore – *La tartarughina che non voleva più uscire dal guscio*, 105 – Aiutare a vivere il proprio dolore, 111

- 117   Capitolo terzo: Alle radici della rabbia
- 119   (6) L'iperprotezione svalutativa – *Il principino che distrug-*

geva i castelli, 123 – L'iperprotezione svalutativa e la trasmissione di vecchie ferite, 129

135   (7) I conti in sospeso – *La principessina arrabbiata perché non le chiedevano mai scusa*, 137 – Le ferite non cicatrizzate, 145

154   (8) Vicino e lontano: la spinta all'autonomia – *Il libro dell'esploratore*, 155 – Né trattenere, né spingere lontano, 160

167   (9) Le critiche svalutative – *La principessa che si sentiva sempre stupida*, 171 – La mancanza di autostima, 176

179   (10) La ricerca di sé negli altri – *La principessa prigioniera degli specchi*, 181 – Gli altri come specchio per sapere chi si è, 187

193   Capitolo quarto: Alla ricerca della rabbia perduta

195   (11) L'invasione del proprio territorio – *Il principino che non parlava più*, 197 – L'urlo senza voce, 202

209   (12) Le separazioni precoci – *Il principino che cercava solo vendetta*, 211 – La cultura familiare del distacco, 219

229   (13) La negazione dei conflitti – *Il principino che aveva perso la sua ombra*, 231 – Dove vanno le emozioni perdute?, 239

245   (14) Si può controllare lo scorrere del tempo? – *Il cucciolo che voleva fermare il tempo*, 247 – Qualche riflessione sulla favola, 254

263   (15) Quando la rabbia non arriva alla parola – *Favola senza parole*, 265

267   Capitolo quinto: Aiutare gli adulti a capire
269   *Cercare di capire anche quello che non si vede*

285   Capitolo sesto: I gruppi di favole per genitori e insegnanti
287   *Imparare a imparare*

305   Capitolo settimo: Oltre la rabbia
307   *La solitudine delle giovani mamme oggi*
315   *Dall'archeologia della memoria: uno dei tanti ricordi di vite arrabbiate*
321   *Dalla rabbia a una maggiore libertà dentro di sé: testimonianze di ex-bambini arrabbiati*

331   *Bibliografia*

Sono ormai tante le persone che hanno contribuito alle riflessioni di questo libro, nel corso di dodici anni, che non posso che ringraziarle tutte, collettivamente, per i loro commenti, suggerimenti e critiche preziose, nonché per la ricchezza del contributo di vicende umane che ognuna di loro ha portato e di cui io sono stata semplice testimone.

In particolare vorrei però ricordare:

– Velia Bianchi Ranci per aver ancora una volta rivisto e commentato ogni favola dalla parte dei bambini, integrando la mia esperienza di lavoro con adulti.

– Ida Finzi, Magda Viola, Lilia D'Alfonso, Simona Taccani, Wally Capuzzo, Germana Gasbarri e Antonio Scarlato che hanno pazientemente letto il manoscritto, dando suggerimenti preziosi.

– I miei vecchi gruppi sperimentali che hanno visto nascere e crescere questo lavoro, mese dopo mese e anno dopo anno.

– Raffaella Verdi del C.I.T.E. e il gruppo Spazio Donna del Comune di Corsico.

– Celia Landaverde del C.E.S.I.L. e il Gruppo Donne Internazionali.

– I gruppi dei corsi per genitori del C.E.R.P. di Milano.

– Il gruppo di genitori e operatori del Consorzio Il Solco di Brescia.

– Il gruppo di lavoro dell'Istituto di Psicoterapia del Bambino e dell'Adolescente e quello di Età Evolutiva della Scuola di Psicoterapia Analitica di via Guido d'Arezzo di Milano che si sono interessati a questa esperienza.

– Il gruppo di genitori e quello di operatori dell'associazione La Nostra Famiglia di Vedano Olona.

– Tutti gli altri gruppi di genitori e operatori con cui ho lavorato nel corso degli anni in scuole, distretti socio-sanitari, biblioteche, convegni, seminari d'aggiornamento, eccetera.

– I colleghi e gli amici che hanno prestato un primo ascolto a queste favole mentre venivano scritte e fra di loro Lella Ravasi con l'intero gruppo, Francesca Corneli, Giovanna De Petris, Lilian McGuckien, nonché Marinella Marcoli, Rosetta Aragona e Marina Cancedda che hanno contribuito anche alle riflessioni sulle rabbie scolastiche.

– Cesare Viviani che mi ha fatto riscoprire il piacere di scrivere anni fa in un gruppo di scrittura e che è stato prodigo di consigli e suggerimenti quando ho deciso di scrivere *Il bambino nascosto*.

– Mammola Bianchi Marcoli che ha tradotto in francese buona parte di queste favole.

– Le persone, e sono ormai tante, la cui vicenda umana, intrecciandosi alla mia, ha ispirato questo libro, insieme a tutte le letture e gli autori che in ogni campo, dalla poesia alla psicanalisi, mi hanno suscitato nel corso degli anni il piacere di riflettere, di pensare, di interrogarmi sulla realtà e che sono andati inevitabilmente a confluire, insieme alle altre esperienze, nel bagaglio di pensiero e di immaginario che accompagna i miei attuali 57 anni di vita.

– Mia sorella Marinella e mia cognata Licia che mi hanno tolto l'incombenza sia dei lavori domestici sia del cucinare, durante la prima stesura di questo libro.

– Infine Marta Anelli che ha trascritto e ritrascritto tutto questo materiale con amore, cura e una pazienza da certosino e Mimma Rossotti e Gianni Cavazzin che l'hanno completato.

A tutti loro, nonché ai molti che ho inevitabilmente omesso, va la mia profonda riconoscenza.

Senza di loro questo libro non sarebbe mai potuto essere: non sono parole di convenienza, ma la semplice verità.

I suoi limiti, invece, sono e restano ancora una volta soltanto i miei.

Milano, settembre 1996

Avvertenze per il lettore

> L'immagine dall'esterno viene sempre falsata da una seconda immagine proveniente dall'interno.
> L'immagine reale che abbiamo è una mescolanza dell'immagine reale e di quella condizionata dalla nostra umanità. Di conseguenza non esiste una scienza obiettiva.
>
> G. Groddeck, *Il linguaggio dell'Es*[1]

Questa serie di favole, divisa in due blocchi, rappresenta la continuazione del mio libro *Il bambino nascosto* (Oscar Mondadori, 1993). Il primo blocco si rifà ancora ai cuccioli del bosco e alle loro storie, il secondo, più recente nel tempo, cerca di aiutare a mettere a fuoco la inconsapevole trasmissione di atteggiamenti che in genere avviene da una generazione all'altra. Sono perciò, ancora più delle prime, favole per adulti e non per bambini. Valgono quindi le stesse avvertenze del mio libro precedente: questo *non è uno strumento per tutti*, ma solo per chi se ne sente aiutato a capire delle cose. Se invece la risonanza emotiva che ci può dare è solo quella del fastidio o del dolore, è consigliabile chiudere il libro e metterlo da parte, oppure saltare le favole che provocano queste sensazioni. In tal

---

[1] G. Groddeck, *Il linguaggio dell'Es*, Adelphi, Milano 1969.

caso è infatti probabile che questo non sia né lo strumento, né il momento della vita adatto a entrare in contatto con temi del mondo interno, così come è altrettanto legittimo che ciò non ci interessi né ora né mai. Nel caso che poi queste favole fossero utilizzate come strumento di discussione in gruppi guidati, sarebbe importante, anzi, direi, essenziale, che il gruppo stesso venisse condotto da psicoterapeuti, proprio per la delicatezza dei temi del mondo emozionale.

Oltretutto, anche qui si tratta di materiale che non ha alcuna pretesa di assoluto o di dimostrabilità. Vi sono contenute la mia stessa vicenda umana con le sue esperienze, letture e studi, nonché quelle di tanti anni di lavoro nella scuola e in psicoterapia, viste, come dice Groddeck, attraverso l'immagine condizionata dalla mia stessa umanità e dai miei limiti nel momento in cui ho cercato di rinarrarle sotto forma di favole, per aiutare a capirle col cuore, non a giudicarle.

Spero di aver reso giustizia ad alcuni ex bambini arrabbiati e di aver raccolto delle testimonianze che aiutino noi adulti a riflettere sulle rabbie infantili per poterle sfiorare con mano più leggera e rispettosa quando ci capiti di incontrarle sul nostro cammino.

Il perché di questo libro

Le mani che piantano non muoiono mai.

Da un vecchio proverbio nordafricano

Questo libro, come dicevo, è semplicemente la seconda parte di *Il bambino nascosto* ed è destinato alle persone che l'hanno letto e trovato utile per riflettere su alcuni temi psicologici del vivere. Riprende perciò degli spunti che per esigenze editoriali sono stati omessi allora e in particolare raccoglie delle favole di individuazione intorno al tema delle rabbie, che sono sempre accompagnate da una sofferenza spesso non capita e riconosciuta, soprattutto nei bambini e nei ragazzi. «Non ogni rabbia vien per nuocere!» ha detto un giorno un bambino, saggiamente. Ascoltare, testimoniare e aiutare la sofferenza, espressa da una rabbia comprensibile, a evolvere in modo costruttivo e non distruttivo, può essere allora la sfida che noi adulti possiamo cogliere se ci interessa il tema della prevenzione del disagio minorile.

Per poterlo fare, dice la Miller, bisogna che ci sia un "testimone soccorrevole", un adulto che capisca il bambino e stia davvero dalla sua parte, aiutandolo a usare le sue risorse in modo evolutivo. Rivediamo la storia infantile di una mamma (*Il bambino nascosto*, favola n. 4) per incontrarne uno.

«Sa, certe volte, proprio, mio figlio non lo capisco. Si mette a urlare, a piangere, si irrigidisce tutto come se diventasse una statua. E io lì a calmarlo, ma non c'è verso... non ci riesco proprio... Adesso poi mi è venuta un'altra paura e non riesco a mandarla via... Ho paura che lui si accorga che io ho sempre paura... di tutto. Ho avuto paura anche dello sguardo di mio marito certe volte. Sono tanti anni che me la porto dentro questa paura, almeno venti. È cominciata quando è morto mio padre e io avevo sette anni. Dopo è stato un calvario, con mia madre sempre depressa, dentro e fuori dall'ospedale psichiatrico tutta la vita. Mi ricordo che quando era fuori stava giornate intere sdraiata sul letto, guardava il soffitto e sembrava che non ci vedesse neanche noi bambini. E noi crescevamo così, pieni di paure. Io ho cominciato a non dormire di notte e sentivo tutti i rumori, quelli che c'erano e anche quelli che non c'erano. E gli spiriti e i morti. Quando ci hanno messo in collegio, le suore mi volevano far dire il *Requiem aeternam*, sa, la preghiera per i morti, e io che volevo tanto bene a mio padre non sono mai riuscita a dirgliene uno di *Requiem aeternam*. Perché se solo ci pensavo mi prendeva il terrore dei morti e mi paralizzavo. E così non l'ho mai detto. E allora le suore pensavano che io fossi cattiva. E una volta che una mi ha sgridato tanto e mi ha dato uno schiaffo, io sono scappata dal collegio e sono arrivata in campagna e lì c'era il fiume e i canali che irrigavano i campi. E io avevo la testa così vuota, che non mi sono neanche accorta che camminavo proprio sul bordo del fiume e dei canali e che potevo cascar dentro. E allora un signore che era lì a coltivare i campi e che io non avevo neanche visto, ha cominciato a seguirmi e quando mi sono fermata a guardare l'acqua mi è venuto vicino e ha cominciato a parlarmi e mi ha chiesto perché volevo buttarmi nel fiume e se ero stata bocciata, e mi ha raccontato che anche lui aveva una figlia della mia età e che non dovevo fare così. E mi ha parlato tanto, è stato molto buono con me, e quando ho cominciato a star meglio mi ha accompagnato dai carabinieri e ha avvertito il collegio perché mi venissero a riprendere...»

Il signore che coltivava i campi, questo semplice contadino, è stato il "testimone soccorrevole" che la sorte ha fatto incontrare sulla sua strada a una adolescente disperata. È stato l'unico davvero dalla sua parte, facendo istintivamente e per empatia una serie di gesti con un grande valore d'aiuto:

1. Ha smesso di lavorare per seguire una ragazzina disperata e sconosciuta che vagava in preda a una confusione da angoscia. È stato un adulto che si è assunto il suo compito di aiutare un ragazzo in difficoltà e di proteggerlo dalla sua stessa rabbia autodistruttiva.

2. L'ha raggiunta sul "suo terreno" per poterla aiutare. Non l'ha cioè fermata o chiamata, ha cominciato semplicemente a seguirla in silenzio, così come in silenzio lei vagava per i campi.

3. Solo quando la ragazzina si è fermata a guardare l'acqua del fiume, ha dato le parole a quello che lei stava probabilmente per fare senza rendersene completamente conto e le ha domandato "perché" voleva buttarsi nel fiume.

4. Subito dopo ha riconosciuto che se qualcuno arriva a questa disperazione ci deve pur essere un motivo e le ha chiesto se per caso era stata bocciata.

5. Le ha raccontato che anche lui aveva una figlia della sua età e si è comportato con lei in un modo paterno buono, facendole probabilmente ricordare, senza saperlo, che anche lei una volta aveva avuto un papà buono su cui contare, che adesso poteva almeno tenere dentro di sé come ricordo. È diverso aver dentro di sé un ricordo buono piuttosto che avere la testa completamente vuota.

6. Si è posto come un adulto che aiuta a distinguere ciò che si fa e ciò che non si fa per proteggere la vita e le ha detto che non doveva fare così, che non ci si distrugge.

7. Si è preso cura di lei fino a quando ha cominciato a

stare meglio e l'ha poi accompagnata dai carabinieri perché la riaccompagnassero in collegio. L'ha presa cioè in carico dall'inizio alla fine di questo episodio di disperazione che lei non riusciva più a controllare.

Il contadino che ha aiutato questa adolescente a contenere la sua rabbia disperata e a evitarle uno sbocco autodistruttivo è stato un "testimone soccorrevole".

Questo libro vorrebbe aiutare noi adulti a capire almeno alcuni segnali di rabbia nei bambini e nei ragazzi, anche nelle normali situazioni di vita e non solo in storie particolarmente dolorose come questa, perché anche noi ci possiamo trasformare in testimoni soccorrevoli nei loro confronti, evitando che danneggino se stessi e il loro mondo.

Il bambino arrabbiato

A tutti i bambini e ragazzi arrabbiati e non capiti che in tanti anni ho incontrato sul mio cammino.

Al bambino triste, solo, spaventato e abbandonato che sta spesso alla base anche di tante nostre rabbie adulte.

Allo sconosciuto contadino che molti anni fa è stato il testimone soccorrevole di un'adolescente disperata.

A tutti gli adulti che testimoniano le rabbie di un bambino, perché imparino a guardarle con gli occhi del cuore.

Capitolo primo
La vitalità della rabbia

> Io quando sono proprio arrabbiato e mi voglio scaricare vado in cortile, mi metto 20 pezzi di legna tutti in fila e con la mazza li spacco in due fino a quando sono stanco a tal punto che non riesco più a tenere la mazza in mano.
>
> *Un adolescente di 15 anni*

Come è nato questo libro

> Altri hanno piantato ciò che noi mangiamo.
> Noi piantiamo ciò che altri mangeranno.
>
> *Da un antico proverbio persiano*

«*Alba Marcoli, questo libro doveva capitarmi quando avevo i bambini piccoli. Poiché per alcune cose ci sono arrivata dopo da sola. Tante altre sono rimaste nell'ombra, quindi è importantissimo anche a questa età per scoprire meglio quei lati che prima non conoscevo. Ne regalerò una copia per uno ai miei figli. Complimenti e grazie. Ciao e buone cose. F.L.*»

Questo biglietto mi è stato consegnato da una pensionata ultrasessantenne in uno Spazio Donna di quartiere dove tenevo alcuni incontri con il metodo delle favole come spunto di discussione, dopo l'uscita del mio libro *Il bambino nascosto*.

Fra i tanti ringraziamenti che ho avuto e che mi hanno profondamente stupita e convinta ancora una volta di quanto sia di aiuto discutere i problemi insieme, questo è stato certamente uno di quelli che mi hanno commosso di più e che mi hanno resa contenta d'averlo scritto.

L'idea che una persona che ha ripreso il gusto di leggere nei corsi di scrittura di uno Spazio Donna, alle soglie della vecchiaia e senza averne l'abitudine, si faccia accompagnare da un libro per scoprire i lati rimasti in ombra del vivere quotidiano mi ha ancora una volta confermato la ricchezza di risorse che si possono mettere in moto dentro di noi quando la vita ce ne offre l'opportunità. E questo è del tutto indipendente dai nostri titoli di studio.

«Mi piace questo lupacchiotto!» aveva esclamato un'altra in un corso per lavoratrici straniere «perché se uno vuole ci può vedere delle cose proprie e gli serve e se non vuole è solo un lupacchiotto che vive in un bosco.»

«Quest'estate quando scriverà delle storie ne scriva qualcuna anche sulle rabbie! È importante parlarne, perché è una delle situazioni in cui si sta peggio!» mi avevano suggerito altri ancora nel mio gruppo sperimentale più vecchio, quello con cui ho sperimentato tutte le favole che ho scritto e da cui ho imparato tanto. «Dovrò essere abbastanza arrabbiata!» avevo risposto ridendo. Evidentemente ci sono riuscita.

E così quell'estate, dopo la prima favola sul tema ne ho scritto un'altra e un'altra ancora, finché a poco a poco ho elaborato l'idea che forse potevo raccoglierne una serie proprio solo ed esclusivamente su quel tema, così difficile e importante, scegliendone anche alcune fra quelle che avevo scritto in passato.

In realtà mi ripromettevo (e mi riprometto ancora, se la vita me lo concederà) di completare le riflessioni sulla mia esperienza di lavoro con i gruppi di genitori e insegnanti fra qualche anno, raccogliendo anche il materiale che mi arriva dai nuovi gruppi, in situazioni diverse.

Ho pensato però che nel frattempo aiutare a riflettere sul tema della rabbia, come facciamo spesso nei gruppi, possa avere una sua specifica utilità nella prevenzione del disagio minorile.

A questo proposito, tuttavia, desidero sottolineare una cosa che mi sembra importante: *queste riflessioni non sono destinate a evitare in assoluto le frustrazioni ai bambini e ai ragazzi*, come ho già detto nel mio precedente libro.

Un atteggiamento di questo genere, anzi, *può rivelarsi*

di grave danno nei loro confronti perché non li aiuta ad affrontare la frustrazione e a educare così le loro risorse per tutte le situazioni difficili e inevitabili che incontreranno nella vita.

Le rabbie a cui questa raccolta si riferisce riguardano invece situazioni di pura e semplice sofferenza psicologica nei bambini, quando sentono minacciato o danneggiato il loro processo di crescita, anche se inconsapevolmente. In questo caso si difendono spesso con comportamenti che, pur essendo in genere i migliori e sicuramente gli unici che abbiano saputo trovare, finiranno facilmente per ritorcersi contro di loro e i loro genitori, tarpando a volte le loro stesse risorse, anche quelle di inventività e creatività.

Dice Renata Gaddini De Benedetti:[1]

> Inventività e creatività sono per ogni individuo parte del vivere, se non venissero soffocate dall'inizio da inconsapevoli interferenze: è questo, ancora una volta, il messaggio forte e specifico di Winnicott. Nel riceverlo, il pensiero corre subito al gran parlare che si fa circa l'abuso dell'infanzia, soprattutto di quegli abusi che hanno per oggetto il corpo del bambino, mentre degli abusi precoci che, senza ledere il corpo, interferiscono negativamente con il senso di continuità dell'essere e con lo schema della vita che l'individuo avrebbe potuto costruirsi secondo la propria natura, di questi non si parla, ed essi rimangono confinati alle sale parto e alla specialistica ostetrico-neonatologica.

La chiave di lettura a cui si ispirano queste favole è, come per le precedenti, quella narrativa a orientamento psicoanalitico, non perché essa pretenda di offrire la verità, ma perché aiuta a problematizzare la ricerca.[2]

---

[1] Prefazione a D. Winnicott, *Sulla natura umana*, Cortina, Milano 1989.
[2] Lilia D'Alfonso, "Il desiderio e i suoi simboli", in «Quaderni dell'Associazione di Studi Psicoanalitici», 8, Milano, dicembre 1993.

I concetti psicoanalitici non aspirano a statuto di verità, sono chiavi di lettura che servono a rendere pensabili le condotte umane; sono criteri di pensabilità, in parte corroborati da esperienze osservative. È ben vero che la psicoanalisi non scopre nulla della natura umana che già non sia stato indagato e in parte scoperto dalle filosofie, dalle arti, dalle religioni. Ma c'è qualcosa di nuovo nel sapere il già saputo in un certo momento della nostra vita che ci tocca profondamente. È quel brivido di creatività che c'è in ogni personale riscoperta esperienziale del nostro mondo interno.

A F.L. che mi ha scritto il biglietto e a tutti coloro che vogliono scoprire delle cose rimaste nell'ombra, accompagnati da un libro.

Perché parlare di rabbia

> Se il chicco di grano, caduto in terra, non muore, rimane solo: se invece muore produce molto frutto.
>
> GIOVANNI, 12, 24

Uno dei temi che animano di più i gruppi di discussione per genitori e insegnanti da me tenuti sperimentalmente nel corso degli anni è sicuramente quello della rabbia.

È un frutto che si raccoglie solo nei campi dove giorno dopo giorno, mese dopo mese, anno dopo anno, è stato deposto a volte consapevolmente, ma molto più spesso inconsapevolmente, un miscuglio di semi diversi che si chiamano, secondo i casi, dolore, angoscia, paura dell'abbandono, impotenza, senso di colpa, sentirsi annullati perché non capiti né ascoltati e altre cose ancora a cui non sempre riusciamo a dare il nome.

È un terreno di grande vitalità, dove si mobilitano moltissime energie e che per essere innaffiato richiede molte quantità d'acqua, che vengono così sottratte ad altri territori che potrebbero essere irrigati e dare buoni frutti. Eppure quando questo frutto matura vuol dire che non ne abbiamo potuto fare a meno, che quel terreno era così riarso dalla sete che abbiamo dovuto usare tutte le nostre energie e le nostre riserve d'acqua per dissetarlo. Perché il terreno della rabbia è importante, molto importante. A volte è proprio l'ultima strada che ci resta da percorrere, dopo che tutte le altre ci sono sembrate bloccate o inutili. Si tratta di un sentimento nostro e solo nostro, fatto della nostra storia, dei nostri pensieri e delle nostre emozioni, che nessuno ha il diritto di portarci via, per cui il tentativo di negare la nostra rabbia non riconoscendone il diritto a esistere oppure mortificandola ci procura sempre una grandissima mutilazione.

Eppure da un terreno così importante cerchiamo tutti di prendere le distanze: la rabbia sembra essere una delle manifestazioni che ci spaventano di più, in noi e negli altri. Facciamo spesso di tutto per scacciarla, tenerla lontana, comprimerla, fingere che non esista, come se fosse una cosa solo negativa e distruttiva di cui avere paura. Così facendo in realtà dimentichiamo che anche la rabbia ha invece, in genere, la stessa caratteristica di tutte le cose del vivere, e cioè un inizio, un'evoluzione, una fine. Spesso inoltre nella vita quotidiana della maggioranza delle persone non lascia molti morti sul campo di battaglia, nonostante le nostre fosche previsioni che le attribuiscono una potenza che solitamente non ha.

Altre rabbie sono invece totalizzanti e faticose da gestire socialmente perché esplodono senza controllo e senza freni inibitori passando all'agito e sono in genere sintomo di una grande sofferenza sul piano mentale, accompagnata spesso da altri segnali di difficoltà nel trovare il proprio adattamento ai problemi e alle situazioni di vita. Non sono perciò le rabbie a cui questa raccolta si riferisce (che fanno riferimento invece a chi ha pur trovato una sua collocazione e un suo inserimento sociale) ma riguardano situazioni di grossa sofferenza sul piano mentale che richiedono uno specifico intervento di cura.

Invece, le rabbie di queste favole, di maggiore o di minore intensità, hanno in comune il bisogno di esprimere e di comunicare altre cose, che si chiamano, a seconda dei casi, angoscia, dolore, impotenza, paura dell'abbandono, non sentirsi esistenti perché svalutati o non capiti o non ascoltati e così via. Si tratta perciò di emozioni e sensazioni che se fossero espresse o comunicate con altri canali potrebbero gettare un ponte fra noi e gli altri, invece di far saltare anche il piccolo e incerto ponticello che a volte siamo riusciti faticosamente a costruire nel corso della vita.

Eppure la rabbia potrebbe essere un andare verso gli altri e, seppure con una modalità inadeguata, è un importante tentativo di comunicazione: in genere siamo arrabbiati con qualcuno, anche quando questo qualcuno può essere semplicemente un aspetto della nostra personalità e se ci arrabbiamo vuol dire che c'è qualcosa che ci ha fatto o ci fa male.

Ascoltare le rabbie nostre e altrui (in particolare quelle dei bambini, possibilmente in silenzio e senza farcene spaventare e allontanare) per trovare uno sbocco evolutivo e non involutivo, può essere allora un tentativo di cercare un modo diverso per affrontare i problemi psicologici del vivere. E ogni volta che troviamo modi diversi scopriamo facilmente anche altre possibilità che prima non avevamo potuto individuare né sperimentare. Mi viene in mente a questo proposito l'episodio raccontato da un papà in un gruppo di genitori in cui si parlava proprio di rabbia. Lo riporto come l'ha raccontato lui perché lo trovo estremamente chiaro e illuminante.

«Sapete, per lavoro io mi occupo di consegne ai clienti. Un giorno uno di questi, che io non conoscevo, telefona arrabbiatissimo per qualcosa che secondo lui non era andato bene in una consegna. Io sapevo che proprio quel giorno avevo fatto i salti mortali per tener fede all'impegno nonostante fosse assente per malattia l'operaio addetto all'incarico, per cui mi sono sentito attaccato ingiustamente e mi sono arrabbiato anch'io. E così per un po' siamo andati avanti a discutere per telefono, arrabbiati tutti e due, alzando la voce e senza ascoltare le reciproche ragioni. Ma a un certo punto a me è venuto in mente quello che facciamo in questi gruppi e come abbiamo impara-

to ad ascoltarci anche quando abbiamo opinioni diverse e allora mi sono calmato e gli ho detto: "Senta, se andiamo avanti così tutti e due non facciamo altro che litigare, ci arrabbiamo l'uno con l'altro e non approdiamo a niente. Allora, invece di urlare proviamo a spiegarci con calma, così lei mi aiuta a capire il suo punto di vista e io l'aiuto a capire il mio!".

«*Sarà stato per come l'ho detto, sarà stato perché eravamo tutti e due stanchi di arrabbiarci, ma l'atmosfera è immediatamente cambiata. Abbiamo finito la telefonata che eravamo quasi diventati amici e ci siamo salutati proprio con calore e simpatia.*

«*Certo, purtroppo è una cosa che succede una volta ogni tanto, ma io quel giorno sono tornato a casa dal lavoro estremamente soddisfatto. L'episodio si era chiuso bene per tutti, per il cliente che era riuscito a farci capire le sue esigenze specifiche, per la ditta che non aveva perso un cliente, ma soprattutto per me, non solo come lavoratore, ma proprio come persona. Mi sentivo di aver affrontato una difficoltà nel modo migliore che potessi fare, senza continuare a rispondere a rabbia con rabbia. Sentivo di essere un adulto cresciuto. Perché è proprio vero, sapete, quello che diciamo qui, che cresciamo anche noi, non solo i nostri figli!*»

Facciamo allora attenzione e proviamo ad ascoltare le rabbie, di noi adulti, ma anche quelle dei bambini e dei ragazzi se vogliamo aiutarli a crescere. Non sono tutte uguali, sono molto diverse fra di loro, secondo i semi che sono stati innaffiati sul terreno. Non liquidiamole semplicisticamente dicendo che sono dei capricci. Se i semi innaffiati sono quelli del non sentirsi ascoltati, capiti, aiutati ad avere fiducia in se stessi, se i semi innaffiati sono quelli del dolore, dell'angoscia, della paura dell'abbandono, allora ben venga la rabbia a testimoniare che cosa è successo e sta succedendo. È un vero e proprio segnale di allarme, di all'erta.

Questa serie di favole è stata perciò scelta fra quelle articolate intorno a un nodo di rabbia, per dare un senso a comportamenti che altrimenti potrebbero essere solo giudicati negativamente o non capiti. Restituire un senso alle nostre rabbie può allora essere un tentativo di recupero delle emozioni che ci stanno dietro, anche quando sono faticose da gestire e da tollerare, sapendo che anch'esse hanno un inizio, un'evoluzione e una fine come in genere tutte le cose del vivere.

Recuperare le nostre emozioni può certe volte significare recuperare noi stessi e la nostra storia, che è a sua volta il prodotto di tutte le generazioni che ci hanno preceduto e di cui noi siamo la testimonianza più tangibile e concreta, non solo a livello genetico e di DNA, ma anche nei mobili che arredano le stanze della casa dell'anima.

Che cosa sta dietro alla rabbia?

> *Lear*: «... Numi, un povero vecchio, così pieno di dolori come di anni, miserabile per entrambe queste cose! Se siete voi che incitate il cuore di queste figlie contro il loro padre, non mi togliete tanto intelletto da sopportarlo in pace, ispiratemi un nobile sdegno! E non vogliate che le lacrime, armi delle donne, vengano a macchiare le mie gote virili! No, snaturate maliarde, mi vendicherò di entrambe in guisa che tutto il mondo dovrà... Le cose che farò... ignoro tuttavia quali potranno essere, ma dovranno empire di terrore la terra. Voi credete che io piangerò e avrei pur gran motivo di piangere, ma prima che spargere una sola lacrima il mio cuore s'infrangerà in mille pezzi... Oh, folle, io impazzirò.»
>
> W. SHAKESPEARE, *Re Lear*, atto II, scena IV

Re Lear che erra per la brughiera impazzito di rabbia e di dolore[1] è una delle scene più toccanti che la letteratura mondiale abbia saputo dedicare a questo tema. Dietro alla sua rabbia sta il dolore intollerabile del tradimento e dell'abbandono da parte delle proprie figlie, le persone di cui si è fidato maggiormente, le stesse a cui lui ha ceduto

---

[1] Ricordo brevemente la trama della tragedia per chi non l'avesse presente. Re Lear, giunto alle soglie della vecchiaia, decide di dividere il suo regno fra le sue tre figlie, ma chiede prima che loro gli testimonino a parole il lo-

il regno e ogni potere e che ora lo mettono alla porta con i suoi cento cavalieri, offrendogli in alternativa di ospitarlo, ma da solo, come un mendicante sfamato per carità.

Piuttosto che accettare quest'ultimo oltraggio, che significherebbe per lui la perdita di sé, del ricordo del suo stesso valore e della sua dignità, il vecchio re decide di andarsene ed erra impazzito dal dolore per la brughiera, accompagnato solo dal buffone di corte, l'unico a cui sia permesso dire la verità, perché questo è da sempre il privilegio del folle.

Che cosa c'è dietro a questa rabbia che erra impazzita per la brughiera?

Ci sono l'angoscia dell'abbandono, il dolore del tradimento, la frustrazione dell'impotenza nei riguardi delle figlie che l'hanno ingannato e abbandonato, ma ci sono anche altre ferite più sottili e meno visibili che fanno forse anche più male. C'è lo stupore attonito e senza parole della perdita più grossa che si possa incontrare sulla propria strada nei momenti di grande cambiamento, tanto più se si tratta di cambiamenti dolorosi e traumatici come questo, la perdita dell'idea di sé, il non ritrovare più chi eravamo e il non sapere ancora chi siamo. Un re, anche se vecchio, è pur sempre un re, che può parlare, essere ascoltato, dare ordini, ricevere consigli e così via. Ma un vecchio re senza

---

ro affetto. Mentre le figlie maggiori lo fanno con grande abbondanza di profferte, la più piccola, Cordelia, gli risponde di amarlo quanto il suo dovere di figlia comporta. Lear, offeso e sdegnato, prima cerca di convincerla e poi la scaccia dal regno, che resta così in mano alle due sorelle, mentre Cordelia si rifugia in Francia dove andrà in sposa al re. Nel frattempo Lear viene a poco a poco privato di ogni suo potere dalle due figlie fino a quando queste gli vietano di tenere con sé il suo seguito di cento cavalieri. A questo punto il vecchio re fugge per la brughiera impazzito di dolore e accompagnato solo dal suo vecchio e fedele buffone di corte. Nel frattempo Cordelia convince il re di Francia a inviarla con un esercito in soccorso del padre lo ritrova e lo soccorre, ma le sue truppe vengono sconfitte e lei stessa viene uccisa mentre re Lear muore di dolore sul suo cadavere.

più regno e potere perché li ha ceduti alle figlie e senza più neanche il suo seguito di cento cavalieri a testimoniarne il passato, non è più nessuno, è solo un vecchio che erra impazzito per la brughiera. E l'unica identità che gli resta è quella del folle.

«Mi dai del folle, pazzo?» chiede infatti al buffone nel mezzo della tempesta, in cerca di una risposta che gli restituisca un'identità.

«Tutti gli altri titoli li hai gettati via» gli risponde saggiamente l'altro, il presunto pazzo. «Ti resta quello col quale sei nato!»

La rabbia di Lear qui non è più neanche rabbia, è proprio furore, è quello che proviamo ogni volta che ci siamo allenati nel corso della vita a usare gli altri come uno specchio che ci rimandi la nostra immagine senza coltivarne anche una interna che le corrisponda e scopriamo con terrore che a un certo punto questi altri non ci sono più, se ne sono andati, ci hanno abbandonati e con loro se n'è andata anche la nostra immagine. Il dramma del vecchio re è iniziato già quando ha chiesto alle sue tre figlie la conferma di quanto l'amassero, rifiutando la risposta di Cordelia che gli rimandava un'immagine di sé inaccettabile, quella di essere amato semplicemente quanto il dovere comporta. Lear in quel momento aveva bisogno di altre risposte, eccezionali, grandiose, lusinghiere, seduttive, che potessero controbilanciare il terrore della vecchiaia e della morte sulla cui strada si stava incamminando. Ecco perché gli sono andate bene le risposte non di Cordelia, ma delle altre due figlie, le stesse che poi in seguito lo tradiranno e abbandoneranno.

E allora dentro al furore di Lear stanno anche queste emozioni, troppo forti per essere tollerate tutte insieme. Ma sono proprio questa rabbia e questo furore che testimoniano ancora una volta la sua grandezza e la sua forza vitale. «Numi, non mi togliete tanto intelletto da sopportare in pace» prega infatti il vecchio re. «Ispiratemi un nobile sdegno!» E i numi l'ascoltano e glielo concedono. Così Lear può errare nella brughiera accompagnato dal furore della natura, dall'ululare dei venti e dai tuoni e fulmini della tempesta e il suo dolore è forte come loro, una potenza della vita che testimonia la sua stessa esistenza.

La forza della rabbia

La rabbia è davvero una potenza della natura e scaturisce da una grande vitalità. È quando questa forza vitale diminuisce o viene meno che non troviamo più neanche le energie sufficienti per arrabbiarci. La rabbia può essere considerata come un tentativo di trovare uno sbocco a tensioni ed energie che si sono accumulate dentro di noi fino a diventare intollerabili e ad aver bisogno di trovare una via d'uscita. Ma l'uscita della rabbia, che è invece fatta di un miscuglio di emozioni e sensazioni che hanno altri nomi, come angoscia, dolore e altri ancora, avviene spesso con modalità distruttive che si ritorcono contro di noi e le persone che ci circondano. Ed ecco che allora giustamente cerchiamo di prenderne le distanze, perché non ci complichi ulteriormente la vita e il rapporto con gli altri. Prenderne le distanze può però significare anche soffocare una grande riserva di energia vitale che è dentro di noi, o per lo meno diminuirla di molto, perché è un'operazione che consuma già di per sé molta energia, come il tenere a bada una macchina che sbanda.

Che fare allora? Come recuperare questa energia vitale e darle uno sbocco costruttivo e non distruttivo, che non si ritorca quindi contro di noi e le persone che ci sono care?

Nessuno, io credo, può dire di avere in mano la soluzione; la rabbia è una sfida e la sfida non può che restare aperta, altrimenti sarebbe qualcosa d'altro. Però forse una cosa può aiutarci: il tentativo di riconoscere i veri protagonisti di questa sfida, che per poter uscire protetti allo scoperto si devono presentare con la spada fiammeggiante della rabbia. Riconoscerli, testimoniarli e rispettarli in noi e negli altri, soprattutto nei bambini (per i quali vengono spesso confusi con i capricci); riuscire a contenerli e a tollerarli mentalmente in noi e aiutare gli altri (in particolare i bambini) a farlo, perché sono i lembi di ferite aperte che hanno bisogno di tempo e di cure per cicatrizzare.

Nella mia più che trentennale esperienza di insegnante di adolescenti prima e di psicoterapeuta dopo, ne ho incontrate tante, di rabbie. Agli inizi, soprattutto da giovane, ricordo che mi spaventavano, non sapevo neanch'io come reagire, mi ricordavano troppo quelle sia mie sia altrui che mi avevano fatto soffrire da bambina.

Poi, con gli anni e l'esperienza psicologica e di vita, ho imparato a non averne più così paura e ad ascoltarle in modo diverso e allora le mie stesse rabbie, quelle dei ragazzi prima e dei pazienti dopo mi hanno insegnato tante cose.

La prima cosa che ho imparato davanti alla loro esplosione è stata quella di stare zitta e di fermarmi ad ascoltare senza scappare, se mi interessava e se volevo curare la relazione con l'altro (evidentemente non a tutte le relazioni siamo interessati allo stesso modo). Se è di per sé difficile ascoltare gli altri e noi stessi con attenzione e senza pretendere di sapere già che cosa sarà detto, ascoltare le rabbie è però un'impresa improba, perché vuol dire accettare di confrontarsi anche con il dolore, l'angoscia, le altre emozioni che le sottendono e che possono entrare in risonanza con le stesse corde dentro di noi.

Di solito, per evitare di provarle, ricorriamo anche noi al mantello della rabbia per cui invece di ascoltarle, reagiamo spesso nello stesso modo, perpetuando un circolo che diventa così vizioso e si autoriproduce, per cui a rabbia si risponde solitamente o con la fuga o con la rabbia. Se le si ascolta davvero, invece, cercando di capire e non di giudicare, si può scoprire sempre qualche possibilità diversa di comunicazione.

Le rabbie e la scuola

Che cosa fa arrabbiare di più gli adolescenti? Ho provato in passato e poi di nuovo qualche anno fa a chiederlo, quando se ne presentava l'occasione, a classi del biennio di una scuola media superiore, ragazzi tra i quattordici e i sedici anni. Si tratta di un'età molto particolare che è il territorio del passaggio e del cambiamento per eccellenza, quello dove si rincorrono il bambino che non c'è più e l'adulto che non c'è ancora.

Quali erano le cose che facevano arrabbiare di più questi ragazzi in un'età già di per sé così delicata? Erano, nell'ordine: non sentirsi capiti, subire quella che consideravano un'ingiustizia, non essere tenuti in considerazione, non essere ascoltati, essere presi in giro, e solo per ultimo essere picchiati o altro ancora. Che cosa li faceva arrabbiare maggiormente nell'atteggiamento dei genitori? Anche qui, nell'ordine: l'assillare continuamente, il voler avere sempre ragione, il non ascoltare, il non aver fiducia in loro, il non capire i problemi della loro età, il dare consigli scontati, il litigare fra di loro e solo per ultimo il vietare qualcosa o il pretendere troppo. Non erano quindi i veti o le richieste degli adulti a scatenare le rabbie (evidentemente venivano dati per scontati nella relazione adulto-ragazzo), quanto piuttosto la qualità e la modalità della relazione di vita quotidiana.

Lo stesso valeva per gli insegnanti. Anche qui i maggiori motivi di rabbia erano: manifestare delle preferenze, avere il coltello dalla parte del manico, voler avere sempre ragione, incolpare ingiustamente, interromperli continuamente mentre parlano, non preoccuparsi di loro oppure dubitare delle loro capacità, mentre il pretendere troppo veniva elencato fra gli ultimi. E poiché la rabbia è anche uno dei terreni dove prospera maggiormente la solitudine, tutti quanti avevano trovato il loro modo preferito per sfogarla.

Ascoltare musica e parlare con persone che capivano erano considerati in assoluto gli antidoti migliori («Sa, prof, che è proprio bello parlare con lei! È davvero una brava persona!» ha detto con un sospiro di sollievo un giorno un ragazzo pluribocciato a una sua insegnante delle medie). Seguivano a distanza altri come: fumare (o bere), tirar pugni al muro (erano solo adolescenti maschi), stare da soli, rompere qualcosa, andare a fare un giro, pensare, sapere che non sarebbe durata in eterno, giocare a pallone e così via.

Per chi si occupa di prevenzione del disagio minorile e delle tossicodipendenze (come nei tanti progetti in circolazione attualmente nelle scuole) mi sembra possa essere interessante rilevare che il fumare o il bere venissero considerati anche come uno sfogo per la rabbia. La differenza fra questi o l'ascoltare musica e parlare con chi capisce è però notevole perché questi due ultimi, oltre a essere liberatori, non si ritorcono contro di loro come i primi ma, al contrario, arricchiscono il bagaglio mentale con cui verranno affrontati gli altri problemi del vivere.

Mi sembra perciò che questo sia uno dei terreni più fertili di ascolto e di ricerca, per trovare uno sbocco evolutivo e non involutivo alle rabbie, che non si ritorca quindi contro di noi e le nostre stesse risorse, tanto più quando si è molto giovani e la posta in gioco è quella di imparare il modo con cui affrontare i problemi che la vita comporta.

Nella lunghissima galleria di ritratti, ormai spesso senza nome, ahimè, delle mie memorie d'insegnante non mancano certo quelli dei ragazzi arrabbiati.

Dietro a ognuno di loro c'era una storia, come sempre. Me l'hanno insegnato a poco a poco, nel corso degli anni, mentre li osservavo, a volte pazientemente e a volte meno, nelle loro interazioni con i compagni e con noi insegnanti.

Da allora, un ragazzo sempre arrabbiato, oppure uno che esplode in furori improvvisi e incontrollabili è diventato per me una sfida, faticosa e difficile, ma pur sempre stimolante come tutte le sfide.

È stato solo nei miei ultimi anni di insegnamento che stendendo il programma annuale mi sono trovata a riflettere che il mio obiettivo principale nel corso degli anni si era spostato sempre più dalla semplice materia che insegnavo al tipo e alla qualità della relazione che instauravo con gli studenti per insegnarla. E, paradossalmente, credo di essere stata un'insegnante migliore negli ultimi anni, quando mi consideravo un'insegnante «sufficientemente buona» (o decente, come mi veniva spesso da dire!) piuttosto che nei primi anni quando al contrario mi consideravo un'ottima insegnante. Allora ero tutta presa dalle frenesie degli aggiornamenti d'ogni genere che però raramente avevano come oggetto di conoscenza il bagaglio personale con cui ognuno di noi affronta la relazione e che la condiziona esattamente come il ragazzo dall'altra parte.

Perché anche l'insegnamento avviene all'interno di una relazione che si interiorizza e che può contribuire, insieme a tante altre (prioritarie restano pur sempre quelle familiari), a valorizzare oppure a mortificare, a stimolare la fiducia in sé oppure a svalutarla. E in una relazione rientrano prima o poi anche tutte le caratteristiche mentali della persona che noi siamo in quel momento della vita, compresa la violenza delle rabbie nostre e altrui che spesso ci spaventano tanto.

«Il problema è che questa violenza è naturale presso tutti gli esseri umani, che si tratti di un bambino o di un adulto» dice Jean Bergeret[1] «[...] essa è una pulsione di autoconservazione. Non si è destinati a uccidere l'altro, non è la morte dell'altro che ci interessa, ma la nostra stessa sopravvivenza.»

Questa stessa violenza, secondo Bergeret, diventa aggressività e piacere nel far soffrire l'altro solo quando non riusciamo a integrarla dentro di noi.

«Di questa violenza naturale» continua Bergeret «non bisogna né aver paura né rallegrarsi, non è né buona né cattiva. L'importante è ciò che si realizza di positivo, di negativo o di inibito... Un'illusione frequente, dal punto di vista sociale, culturale e politico, è pensare che la violenza sia cattiva e che bisogna reprimerla. Ciò che è importante è la prevenzione primaria; misure preventive promosse nei confronti dei bambini, dei genitori e dei futuri genitori. È importante provare a preparare in modo autentico una migliore negoziazione di queste pulsioni naturali e studiare quanto utilizzarle positivamente, invece che rincorrere e moltiplicare le modalità repressive quando questa violenza è ormai diventata aggressività [...]. Attualmente noi lavoriamo molto con giudici, magistrati, educatori per cercare di vedere come sia possibile prevenire.»

Se queste favole riusciranno ad aiutare anche un solo bambino o ex-bambino arrabbiato a trovare uno sfogo evolutivo alle sue rabbie, anche questo mio lavoro avrà avuto un senso. Lo dedico a tutti i bambini e ai ragazzi, nonché a coloro che li circondano e se ne occupano, trasmettendo loro contemporaneamente e inconsapevolmente quale è il modo con cui una società si deve occupare dei suoi piccoli e delle future generazioni.

---

[1] J. Bergeret, *La relazione violenta*, Edizioni del C.E.R.P., Trento 1994.

Capitolo secondo
I segnali della rabbia

Quello che mi aiuta di più quando sono arrabbiato è correre senza sapere dove andare.

FABRIZIO, 11 anni

La premessa di ogni favola

> Più di ogni altra cosa custodisci
> il tuo cuore,
> poiché da esso sgorga la vita.
>
> Dal *Libro dei Proverbi*

Una volta, tanti e tanti inverni fa, viveva un bosco da qualche parte di questo mondo, o forse di un altro, dove non succedeva assolutamente niente di particolare. Era un bosco come tanti altri, che aveva i suoi ritmi come tutti i normali boschi di questa terra; dopo la luce del giorno veniva il buio della notte e poi ancora la luce del giorno; l'erba e le foglie spuntavano in primavera, fiorivano con l'estate, appassivano e cadevano in autunno, mentre le piante in inverno si riposavano per prepararsi a rinascere a primavera e così via. Gli animali del bosco nascevano, imparavano a crescere con l'aiuto dei vecchi, poi diventavano grandi a loro volta e mettevano al mondo altri cuccioli come era sempre avvenuto, stagione dopo stagione. All'arsura dell'estate succedevano le piogge dell'autunno, alla pioggia autunnale la neve dell'inverno, dopo la neve veniva il disgelo e i ruscelli ricominciavano a scorrere, mentre il sole si infilava sotto le zolle a risvegliare con un piacevole tepore i semi addormentati. E ognuno di loro si svegliava stiracchiandosi e si ricordava di portare dentro di sé il segreto della vita, dalla prima fogliolina che sarebbe spun-

tata sul terreno, alla pianta che ne sarebbe cresciuta, ai nuovi fiori e ai frutti, fino ad arrivare di nuovo ai semi che si sarebbero addormentati nella terra, carichi del loro segreto e pronti per il nuovo risveglio di primavera. E da millenni la vita andava avanti così, fatta di ritmi e di cicli. Ogni cosa aveva il suo, e, soprattutto, ogni cosa sapeva d'averlo e lo riteneva l'unico possibile. E di questi ritmi facevano parte la luce e il buio, l'acqua e la neve, le foglie che spuntavano e quelle che morivano, gli animali e le piante che nascevano, crescevano, invecchiavano e morivano, per trasformarsi in nuovi alberi e nuovi fiori.

Questa era la vita del bosco; così era sempre stata e tutti lo sapevano, perché ogni sera proprio nello spiazzo centrale si riunivano tutti gli animali vecchi e tutti i cuccioli, e i vecchi raccontavano ai giovani quello che avevano visto nella loro vita e quello che avevano sentito quand'erano cuccioli loro e i giovani li ascoltavano per imparare a crescere. E così i due gruppi si incontravano tutte le sere, nel cuore del bosco, al riparo di sette vecchissime querce che con i loro rami intrecciati formavano una protezione sopra lo spiazzo contro il tempo cattivo. E i due gruppi erano sempre uguali e sempre diversi: uguali perché erano sempre quello degli animali vecchi e saggi e quello dei cuccioli, e diversi perché ognuno dei gruppi variava sempre. Ogni tanto qualche vecchio saggio e simpatico non veniva più perché era finito il suo ciclo, ma c'era un altro animale adulto che adesso diventava vecchio e veniva a riempire il suo posto rimasto vuoto nel gruppo dei cantastorie, perché le storie potessero andare avanti all'infinito. E per ogni cambiamento nel gruppo dei vecchi c'era sempre un cambiamento nel gruppo dei cuccioli: ogni tanto qualcuno che aveva già imparato tutte le storie non veniva più, ma andava nel gruppo degli adulti per imparare le cose che gli animali adulti sapevano fare. Però al suo posto c'era sempre qualche cucciolo piccolo piccolo che arrivava e stava lì a sentire incantato le storie del bosco nella sua lunga vita.

1
La paura dell'abbandono

La paura di essere abbandonati è una delle più dolorose che si possano incontrare nella vita ed è tanto più difficile da tollerare quanto più si è piccoli e dipendenti. La sicurezza di un bambino è agli inizi della vita rappresentata dalla presenza dei genitori accanto a lui e sarà solo a poco a poco, nel corso dell'evoluzione, che questa sicurezza prima esterna comincerà a essere interiorizzata dal bambino fino a quando col crescere potrà diventare sua e accompagnarlo da dentro invece che continuare a farlo dipendere da un "fuori" da lui.

Ecco perché a volte ci sono circostanze normali di vita che proprio perché avvengono nel momento in cui un bambino ha ancora questa sicurezza fuori di lui gli possono scatenare la paura di essere abbandonato, che a sua volta gli scatena quella di morire.

La favola che segue racconta una storia di questo genere, ricostruita a posteriori nella dinamica degli avvenimenti dalla stessa mamma, durante la sua partecipazione a un gruppo.

Alla base della rabbia e dell'aggressività espresse dal comportamento del bambino, che a quell'epoca aveva cinque anni, stavano due episodi dolorosi, ma inevitabili del vivere (la morte del nonno e l'ospedalizzazione del fratellino) che gli avevano fatto risuonare dentro le corde dell'abbandono gettandolo nel panico.

Favola n. 1
Il cucciolo che aveva paura delle macchie nere

> Mai, non saprete mai come m'illumina
> L'ombra che mi si pone a lato, timida,
> Quando non spero più...
>
> G. UNGARETTI, *Giorno per Giorno*

Nel bosco delle Sette Querce c'erano tante famiglie folte e numerose, con una gran varietà di cuccioli, ognuno di loro col proprio carattere, diverso dagli altri, nonostante vivessero insieme e facessero tutti quanti la stessa vita. Fu così che anche quando il cucciolo Danilo cominciò a comportarsi in un modo un po' diverso, agli inizi nessuno lo notò. Eppure il suo atteggiamento era proprio cambiato: da buono e socievole, com'era sempre stato, era diventato aggressivo e ribelle. Quand'era insieme al suo gruppo, appena poteva, mordeva un altro cucciolo oppure gli sputava addosso; a casa era diventato testardo e ribelle e qualche volta riusciva persino ad attirarsi una bella sculacciata da parte della mamma, che prima non l'aveva mai picchiato. Ma, soprattutto, c'era una cosa strana che aveva cominciato a fare: scappava lontano, oppure non poteva fare a meno di sputare per terra, ogni volta che vedeva una piccola macchia nera su qualsiasi cosa, anche sul corpo degli altri animali. E siccome gli abitanti del bosco sulle loro pellicce di macchie nere ne avevano tante, chi più, chi meno, ecco che questo succedeva abba-

stanza di frequente e metteva molto in imbarazzo la mamma che non sapeva che cosa fare.

Oltre tutto anche lei aveva una macchia nera sul musetto e quando Danilo la notava non le si voleva avvicinare neanche per darle il bacio della buona notte. Però nel momento in cui l'atteggiamento era iniziato, in tana non ci avevano fatto molto caso perché c'era un problema più grosso a cui pensare ed era il fratellino che era in ospedale per una malattia che sembrava molto grave. E così mamma stava quasi sempre con lui a fargli compagnia e anche quando tornava a casa era così preoccupata per il piccolo ammalato che faceva tutte le cose automaticamente, ma la sua testa era là, insieme a lui, anche quando preparava da mangiare per Danilo o lo vestiva per mandarlo alla Scuola dello Spiazzo. Agli inizi, chi notò l'atteggiamento nuovo del cucciolo furono i suoi insegnanti, che però non sapevano a che cosa attribuirlo perché non riuscivano a mettere insieme delle ragioni che lo spiegassero. A scuola nulla era cambiato in quel momento; non erano i suoi compagni a provocare il cucciolo, era proprio lui che sembrava tirar fuori in classe qualcosa che si portava dentro e che lo faceva essere aggressivo e sempre teso come se ci fosse una spina che gli facesse male dentro e di cui lui tentava di liberarsi sputando a destra e a sinistra, senza riuscire a farla uscire.

Dopo un po' di tempo, tuttavia, le cose andarono leggermente meglio, ma nel complesso era però evidente che si trattava di un problema ancora esistente che non aveva trovato la sua soluzione.

Anche a casa papà e mamma si preoccupavano per lui, ma il primo pensiero era ancora per il piccolo malato che in quel momento era quello che aveva più bisogno, secondo il parere di tutti, mentre quelli di Danilo avevano l'aria di essere un po' anche dei capricci. E così ogni tanto in casa loro volava qualche sculacciata quando uno dei due genitori perdeva la pazienza. E c'è da dire che lui era diven-

tato di una bravura eccezionale nel fargliela perdere, sfruttava qualsiasi occasione, anche la più banale, per sfidarli, soprattutto la mamma e quando la sera lei lo metteva a letto, prima di andare in ospedale dal piccolino, le si rivoltava contro e le diceva che la odiava e che voleva morire e figurarsi lei poverina come ci rimaneva male e quanto ne soffriva. E figurarsi quanto ne soffriva lui, povero piccolo, a sentire dentro di sé questo odio e la voglia di morire, proprio quando vedeva la sua mamma andar via.

Per fortuna, però, dopo un po' di tempo il fratellino tornò a casa completamente guarito e l'atmosfera in famiglia divenne molto più contenta e rilassata. Anche a scuola Danilo era ritornato a essere più socievole e sembrava che le cose ormai fossero tornate come prima. Quella che però gli restava ancora era la paura per le macchie nere, una compagnia che cominciava a non abbandonarlo mai. Anzi, adesso si era persino aggiunto qualcosa che prima non c'era ed erano i capricci per il cibo: il cucciolo si rifiutava di mangiare qualsiasi cosa in cui ci fosse una piccola macchia scura.

E allora non voleva il minestrone per via dei pezzettini di verdura che vi galleggiavano; chiedeva la pasta in bianco per paura che nel sugo ci fosse un po' di ragù e così via con tutti gli altri cibi. E se per caso gli capitava inavvertitamente di mangiare qualcosa che avesse delle vaghe macchioline, subito dopo vomitava per sbarazzarsene.

Adesso che era un po' più rilassata e aveva meno preoccupazioni, anche la mamma cominciò a prendere in considerazione questo strano fatto. Intuiva che voleva dire qualcosa che il cucciolo non sapeva dire a parole, ma non riusciva a capire che cosa fosse e questo le creava dell'inquietudine dentro.

Passò così del tempo e la famigliola riprese a fare la solita vita. Però la mamma nella sua testa continuava a provare a capire che cosa fosse successo a Danilo. Un giorno che spolverava la sua stanza, vide la fotografia del nonno che *era morto un po' prima che il piccolino si ammalasse e all'improvviso le venne il ricordo di Danilo che prima andava tutti i giorni a passeggio con lui e che gli era così affezionato che quando lui era improvvisamente morto non aveva mangiato per tre giorni. Si ricordò che per tanto tempo il cucciolo era andato avanti a chiedere a tutti quelli che incontrava «Perché è morto il mio nonno? Perché non viene più a giocare con me? Perché Gesù è risorto e il mio nonno no?». E gli altri non sapevano che cosa rispondergli. Fu al ricordo di quel fatto che la mamma ebbe l'impressione di aver trovato una prima traccia importante. Decise perciò di parlare con altre madri di cuccioli, per vedere se loro la potevano aiutare e se per caso una cosa del genere era successa anche nelle loro tane. Fu così che ogni tanto cominciò a incontrarsi con le altre madri che portavano anche loro i cuccioli alla Scuola.*

Un giorno che parlavano delle paure dei piccoli quando dovevano andare a letto, la madre di una coccinella raccontò la sua esperienza. «Sapete, anche la mia non voleva mai addormentarsi la sera e siccome questa stava diventando una abitudine, io non sapevo più che cosa fare. Finché una volta mi è venuto in mente di dirle: "Guarda, dormi tranquilla perché domani ti porterò nella piscina di rugiada, sopra le foglie" e allora lei si è addormentata tranquillamente. Da allora, ogni volta che ha difficoltà, facciamo insieme un progetto per l'indomani e lei si addormenta serena. Si vede che questo le fa compagnia durante la notte, quando è sola!»

Quella sera la mamma pensò a che cosa potesse fare per far dormire Danilo contento e le venne in mente di cominciare a leggergli un libro. Stranamente, il cucciolo non manifestò più le sue paure e stette buono buono a sentire la voce della mamma che leggeva. E quando fu l'ora di dormire, le disse: «Ecco, domani mi leggerai da qui a qui» e segnò le pagine che la mamma avrebbe dovuto leggere la sera seguente e quella notte si addormentò tran-

quillo e non ci fu bisogno di chiamare il papà per farlo addormentare. E così di sera in sera la mamma continuò a leggere il libro e Danilo continuò a segnare le pagine che lei avrebbe letto il giorno dopo e a poco a poco anche lui si calmò con le sue paure e cominciò ad addormentarsi sereno.

La mamma fu meravigliata lei stessa di come una cosa così semplice avesse aiutato il cucciolo e fu ancora più meravigliata quando cominciò a osservare che anche la sua paura delle macchie non era più così forte. E la stessa cosa fu notata anche dagli insegnanti a scuola che si accorsero con piacere che, anche se loro non avevano capito perché, il cucciolo stava molto meglio, non sputava più e non era così aggressivo con i compagni, anzi era ben felice di tutti i nuovi giochi che riusciva a imparare insieme a loro. Ora che lei aveva più tempo, la mamma si era anche ripromessa di risolvere il problema del venerdì, che era un giorno in cui alla mensa della scuola c'erano dei cibi col ragù che il cucciolo si rifiutava ancora di mangiare. Fu così che un venerdì mattina, prima di accompagnarlo, gli disse: «Senti Danilo, io non posso venire a prenderti a pranzo, come tu vorresti, perché sono al lavoro a quell'ora, ma facciamo così: tu ti porti la merendina che ti piace tanto, poi a scuola se vuoi puoi mangiare solo quella e io ti prometto che appena torni a casa di pomeriggio, ti faccio trovare la tavola apparecchiata con le cose che piacciono a te». E in effetti gli preparò tutte le cose che lui aveva richiesto, il succo di frutta, le patatine fritte, la pasta come piaceva a lui.

Da allora il venerdì cessò di essere un problema per Danilo che tornava a casa prima del fratellino e che era felicissimo di questa soluzione. Anzi, un giorno disse persino alla mamma: «Che bello, noi due di nuovo insieme come una volta: come sono contento oggi!». E queste parole a lei aprirono una finestrella nella testa. Ma siccome non era ancora ben sicura di aver capito giusto, lasciò passare del tempo a osservare e ne parlò con il gruppo delle madri.

«Adesso credo di aver finalmente capito che cosa volesse dire Danilo quando sputava, aggrediva gli altri e soprattutto si ribellava violentemente contro di me. Lui mi voleva dire "Guarda che ci sono anch'io, che ho anch'io bisogno di te, soprattutto adesso che il mio nonno è morto e che sono rimasto solo. Non mi puoi abbandonare anche tu!". Ma io allora non lo capivo e mi arrabbiavo con lui e qualche volta l'ho persino picchiato con rabbia. Ma a quell'epoca ero così preoccupata per il piccolino in ospedale che la mia testa era sempre là, anche quando ero a casa con Danilo e gli facevo da mangiare e lo preparavo per andare a scuola. Anzi è stato proprio allora che lui ha cominciato a vomitare ogni volta che vedeva qualcosa di scuro nel cibo.»

«Ma come è possibile che sia successo questo?» chiese perplessa un'altra madre. «Tutti i cuccioli hanno paura di essere abbandonati e quindi anche Danilo ce l'avrà ancora.»

«Sì, ma allora la sua paura di essere abbandonato era diventata intollerabile perché era stato davvero abbandonato prima da parte del nonno che purtroppo era morto e poi da parte mia perché io non ero mai in casa e se c'ero, c'ero solo come presenza fisica, ma non con la testa. Ma io non riuscivo a capire tutto questo e pensavo che facesse delle cose irragionevoli per capriccio. Mi ci è voluto tanto tempo e molta più tranquillità dentro per capirlo. Adesso so che lui non ha più così paura perché ha capito davvero che non sarà abbandonato. E poi c'è stato anche papà che è stato molto buono e paziente con lui e che ha aiutato molto anche me a tranquillizzarmi. Sarebbe stato tutto molto più difficile se non ci fosse stato lui ad aiutare sia il cucciolo che me, quando anch'io ero piena di paura al ricordo di quando la sera andavo a letto da sola da piccola. Così io ho fatto il cammino di vincere la mia paura con

l'aiuto di papà e con il vostro e Danilo ha fatto quello di vincere le sue con l'aiuto non solo nostro, ma dei suoi insegnanti e dei suoi compagni di gioco.»

Fu così che a poco a poco anche il cucciolo Danilo tornò a essere sia a casa che a scuola socievole e giocherellone come era stato in passato e la sua paura delle macchie lentamente divenne un ricordo che si perse nello scorrere del tempo come una goccia d'acqua nel millenario scorrere del fiume attraverso il bosco delle Sette Querce.

Qualche riflessione sulla favola: la paura di sentirsi soli e impotenti

> «Mamma, io ai bambini poveri regalo i miei biscotti e un'arancia!»
> «Ma non basta, Donata, bisogna andare alla radice del problema, altrimenti avranno ancora fame!»
> «Ho capito, mamma. Allora io ai bambini poveri regalo un seme e un innaffiatoio, così loro lo innaffiano e cresce la pianta!»
>
> DONATA, 6 anni, alla mamma

La favola è il racconto di un'esperienza reale avvenuta all'interno di un gruppo di scuola materna a cui partecipavano sia la mamma che le insegnanti del bambino.

I sintomi nel comportamento del bambino erano la rabbia e la fobia, cioè lo spostamento su un oggetto evitabile di un'ansia legata a una paura che ha invece un'altra origine. Si tratta, in genere, di una forma di nevrosi ben riuscita; infatti l'evitare l'oggetto fobico rappresenta un modo per non confrontarsi con cose più difficili, complicate e meno facilmente individuabili o sopportabili sul piano mentale.

La fobia che presentava il bambino cui la favola si è ispirata (era quella per i nei o tutte le macchioline scure) era comparsa in occasione di tre importanti eventi accaduti in breve tempo nella sua vita e che l'avevano fatto sentire solo e abbandonato.

Il primo era stato la nascita del fratellino, avvenimento

difficile per un bambino, ma che di solito, proprio col fargli provare le tempeste emotive della gelosia e dell'invidia, a lungo andare gli permetterà di trovare dentro di sé le risposte che poi lo aiuteranno nelle altre situazioni analoghe della vita, preparandogli il bagaglio psichico per entrare nel gruppo e per la vita sociale. «Ma ti rendi conto che mi sconvolgerà l'habitat?» ha detto una volta in lacrime un bambino di 7 anni al papà ambientalista, che gli annunciava l'arrivo di un fratellino. Aveva colto immediatamente quale era il problema!

Il secondo avvenimento era stato la morte di un nonno che era una presenza costante, quotidiana, molto affettiva e rassicurante sia per i genitori che per il bambino, che ha continuato a chiedere di lui per molto tempo e che in chiesa piangeva dicendo: "Perché Gesù è risorto e il mio nonno no?".

Il terzo avvenimento, quello scatenante, era stata una improvvisa malattia del fratellino che appariva agli inizi molto grave, tanto che il piccolo era stato ospedalizzato con la mamma per fargli compagnia. È stata la stessa mamma che ha capito, discutendone in seguito nel gruppo, che cosa era successo (è il tema della favola dei cuccioli che si ammalavano spesso nel *Bambino nascosto*).

«Io ho capito dopo che lui si era sentito abbandonato e che con la sua fobia e l'aggressività verso tutti era come se mi volesse dire: "Guarda che ci sono anch'io, non solo lui! Tu mi hai abbandonato". Perché era proprio vero che io l'avevo abbandonato non solo fisicamente quando ero in ospedale col piccolo, ma anche con il pensiero, perché quando ero in casa a occuparmi di lui la mia testa era sempre là, in ospedale con l'altro.»

La fobia di questo bambino aveva quindi a che fare con vari tipi di angoscia da abbandono, anche una piuttosto difficile da capire, quella della perdita di attenzione nei suoi confronti, che gli aveva fatto sperimentare una situazione di abbandono non reale ma simbolica, quella del pensiero. Anche comunemente per un bambino è più facile accettare una punizione concreta, piuttosto che gli altri facciano finta che lui non esista e lo ignorino. Nel caso della relazione madre angosciata/bambino di solito può entrare in azione proprio questo tipo di paura di abbandono; in questo caso la mamma, nonostante tutti i suoi sforzi, ha pochissima energia psichica a disposizione già per sé, perché la maggior parte è utilizzata proprio a livello profondo per riuscire a sopravvivere sul piano mentale, per cui non gliene resta che ben poca da immettere nel rapporto. Il piccolo sperimenta allora una mamma che magari si prende molta cura di lui con degli sforzi enormi, vista la fatica che questo le richiede, ma la cui testa è lontana, come se non ci fosse. Si tratta quindi di un'esperienza di presenza fisica ma non mentale che, come si è già detto precedentemente, può produrre nel piccolo la paura dell'abbandono, indipendentemente dalla buona volontà della mamma.

Anche in questo caso un certo aiuto è stato offerto alla madre da parte del gruppo cui partecipava che a poco a poco l'ha aiutata a riequilibrare il rapporto col bambino in quel momento della loro vita, difficile per entrambi.

Quanto all'utilizzo di queste favole nei gruppi, un episodio che ho trovato interessante e che mi sembra possa essere utile raccontare è quello avvenuto in un piccolo gruppo di formazione per genitori dopo la lettura di questa favola.

Al gruppo partecipava, con molto interesse e con grande sensibilità, un giovane padre che era arrivato dicendo bonariamente: «Spero che i miei figli non mi diano i problemi che ho dato io a mia madre da adolescente! La facevo impazzire, povera donna! Ero uno scapestrato!».

Seppure in modo benevolo e sorridente, si giudicava negativamente per il suo comportamento di quegli anni.

Dopo la lettura della favola è stato invece silenzioso per un po' e poi ha esclamato: «Adesso capisco perché sono stato uno scapestrato dopo i 14 anni! Quell'anno è morto mio padre con cui io avevo un bellissimo rapporto e ci siamo ritrovati all'improvviso senza di lui e in ristrettezze economiche perché mia madre non lavorava. Allora anche lei ha dovuto cercarsi un lavoro, che per fortuna ha trovato, ma doveva stare lontana da casa tutto il giorno, mentre prima era sempre in casa. Non dev'essere stato facile neanche per lei. Lavorare fuori, poi, alla lunga l'ha aiutata anche a superare quel terribile dolore, ma capisco ora che per un ragazzo di 14 anni deve essere stato molto duro, perdere un padre molto affettuoso che era il suo punto di riferimento e ritrovarsi all'improvviso con la casa vuota e con una mamma che quando era a casa era piena di preoccupazioni! Ecco perché io ero sempre in giro e ho cominciato anche a non andare più a scuola!».

La favola in questo caso l'ha aiutato a far la pace non con i suoi figli, ma con se stesso adolescente e questo è sicuramente un buon regalo per i suoi figli, perché avranno un padre più in pace con se stesso e la sua storia.

Ecco perché è importante affinare l'osservazione dei bambini e degli adolescenti, se vogliamo capire davvero e umilmente chi sono e che cosa succede, senza pretendere di saperlo già perché l'abbiamo imparato su qualche manuale o libro (compreso questo!).

Vorrei ricordare le parole di Korczak:[1]

---

[1] J. Korczak, *Come amare il bambino*, Emme Edizioni, Milano 1979. J. Korczak (Varsavia 1878 o 1879 - Treblinka 1942) medico, scrittore, pedagogista, è stato uno dei maggiori educatori del nostro secolo. Fu ucciso nel campo di sterminio di Treblinka il 6 agosto 1942 insieme ai duecento bambini ebrei della Casa degli Orfani che aveva diretto per trent'anni. Li volle accompagnare anche nella morte, insieme al personale della Casa, nonostante gli fosse stata offerta da più parti e più volte la possibilità di fuggire e di mettersi in salvo da solo. Di Korczak la Luni editrice e Telefono Azzurro hanno recentemente pubblicato *Il diritto del bambino al rispetto*, Milano 1994, sotto il patrocinio dell'UNESCO.

Mancano cento giorni alla primavera. Non c'è ancora né uno stelo d'erba, né una gemma, ma nella terra e nelle radici è già presente la direttiva della primavera, che in segreto attende, trema, si cela, urge sotto la neve, nei rami nudi, nel vento gelido, per esplodere infine con la fioritura improvvisa. È da osservatori superficiali vedere solo disordine nel tempo variabile di una giornata di marzo; lì, nelle profondità c'è qualcosa che matura momento dopo momento secondo una logica, qualcosa che si accumula e si ordina; solo noi non siamo capaci di distinguere le leggi ferree dell'anno astronomico dai loro casuali, temporanei intrecci, che obbediscono a una legge che conosciamo meno o non conosciamo affatto.

Non vi sono pietre di confine tra le singole fasi della vita, noi le mettiamo così come dipingiamo di colori diversi il mappamondo, stabilendo frontiere artificiali fra gli Stati, per cambiarle dopo qualche anno. «Ne uscirà, è un'età di transizione, le cose cambieranno» e l'educatore con un sorriso indulgente aspetta che un caso felice venga in suo soccorso.

Ogni ricercatore ama il suo lavoro per le fatiche e le sofferenze del ricercare e il piacere del combattere, ma se si sente responsabile di fronte alla propria coscienza, può anche odiarlo per il timore degli sbagli che in quel ricercare e in quel combattere si annidano e per i risultati spesso solo apparenti cui esso dà luogo.

Ogni bambino vive dei periodi di stanchezza quasi senile e altri di spumeggiante vitalità, ma questo non vuol dire che bisogna cedere e risparmiare, né che si debba contrastare e temprare. Il cuore non conosce lo stesso ritmo della crescita, per cui è meglio assicurargli il riposo o forse bisognerebbe stimolarlo a una attività in modo che si rafforzi e cresca. Il problema si può risolvere solo caso per caso e momento per momento; è necessario comunque conquistarsi la fiducia del bambino e far sì che il bambino meriti la nostra.

2

La difficoltà ad addormentarsi

Il rapporto difficile col sonno costituisce spesso un tema che genera grosse difficoltà a un genitore e una profonda rabbia causata dal sentirsi assolutamente impotente in una situazione in cui non sa che cosa fare né come intervenire, il più delle volte.

«Se non fosse per i sorrisi con cui il mio bambino mi riconquista ogni mattina, non so che cosa gli farei di notte, quando continua a piangere perché non vuol dormire!» diceva una volta una giovane madre esasperata in un gruppo. «Sono quindici mesi che non riesco a dormire due ore di seguito senza dovermi alzare. Una notte ho voluto contare le volte che mi sono alzata: sono state quindici! E il giorno dopo devo essere efficiente al lavoro e poi occuparmi della casa e tutto il resto. Non sono mai stata così stanca in vita mia! Non ho più neanche il tempo di fare il bagno. Da quando è nato lui sono passata alla doccia perché si fa più in fretta. Sto sognando di avere il tempo di fare un bel bagno rilassante.»

«Che buffo, è proprio vero anche per noi!» hanno commentato altre giovani madri del gruppo. «Anche noi siamo passate dal bagno alla doccia col primo figlio!»

Quello del sonno perso dai genitori insieme ai loro bambini è solo uno dei tanti esempi di ciò che dice Bowlby quando ricorda che in nessuna altra relazione umana qualcuno fa per un altro quello che un genitore fa per i propri figli.[1]

Per quale altra persona, se non per il proprio figlio che ama, una giovane donna è disposta ad alzarsi quindici volte di notte?

Ma perché il rapporto col sonno è così complicato?

Questa favola vorrebbe aiutare a fare qualche riflessione su ciò che sta dietro a questo tema.

---

[1] J. Bowlby, *Una base sicura*, Cortina, Milano 1989.

Favola n. 2
Il camoscio che non voleva dormire

> Altro non è la morte, che l'impulso grigio dell'Est, scioglientesi in aurora prima che l'Ovest sia.
>
> E. DICKINSON, *Poesie*

Fra gli animali del bosco delle Sette Querce c'erano anche le famiglie dei camosci che si vedevano poco in giro perché passavano molto del loro tempo a scalare le rupi e lo facevano così allegramente che quando per caso li si incontrava era un piacere vederli.
Ma un giorno, stranamente, uno dei piccoli camosci, al calar della notte, quando doveva essere ormai alle soglie del mondo dei sogni, cominciò a dar segni di non volersi addormentare, tra lo stupore di tutti.
All'inizio i suoi genitori pensarono che poi sarebbe passata e non ci fecero tanto caso ma, con l'andar del tempo, si accorsero che la cosa cominciava a diventare un'abitudine vera e propria. Ogni volta che tutti i piccoli della famiglia erano già a letto e stavano per addormentarsi, ecco che il cucciolo Giorgino diventava sempre più vispo e allegro, come se la giornata fosse all'inizio e non alla fine e cominciava ad inventare tutte le scuse che poteva per tenere svegli anche i suoi genitori.
O chiedeva un po' di acqua perché aveva sete, o voleva andare al gabinetto a far pipì, o sentiva uno spiffero d'aria

che entrava nella tana, oppure dei rumori strani all'ingresso; a volte era un improvviso mal di pancia o qualche altro strano male, ma il fatto è che ogni sera c'era qualche scusa nuova e Giorgino diventava sempre più bravo a inventarsele, pur di non dormire e di non far dormire i suoi genitori. Papà e mamma camoscio agli inizi furono molto pazienti, perché si ricordavano che anche a loro era successo quando erano piccoli e che non amavano affatto essere sgridati dai genitori e così lo accontentavano e si fermavano a fargli compagnia per un po' di tempo.

Ma man mano che le notti passavano e la cosa non smetteva, la mattina seguente i loro visi erano sempre più stanchi e affaticati.

Finché un giorno decisero di andare a trovare l'asino Sapiens per parlarne con lui e cercare di capire. Si alzarono la mattina prestissimo, prima che sorgesse il sole, e attraversarono buona parte del bosco perché lui abitava da una parte completamente diversa. Quando finalmente arrivarono alla sua tana, bussarono e bussarono, ma non rispose nessuno.

«Chissà dove possiamo trovarlo» si dissero mamma e papà camoscio, guardandosi intorno perplessi.

In quel momento si accorsero che c'era un vecchio merlo dal becco tutto giallo che saltellava sull'erba fresca e lo chiesero a lui.

«Si vede che abitate da un'altra parte del bosco» rispose il merlo divertito «perché da queste parti lo sappiamo tutti dove è Sapiens fino a metà mattina. È nella radura in cima al colle che scende verso il fiume. È lì che va tutti i giorni a pensare e a scrivere sul suo quadernone. Se aspettate un pochino lo vedrete tornare.»

Infatti non erano ancora passati dodici saltelli di merlo, che si vide il vecchio asino scendere dal colle e venire lungo il sentiero che portava alla sua casa. Quando fu arrivato, mamma e papà camoscio gli esposero il loro problema, tutti preoccupati.

Ma Sapiens non sembrava per niente meravigliato né stupito; gli pareva proprio una cosa che potesse succedere, esattamente come tante altre. «Nessuno di voi aveva paura ad addormentarsi da piccolo?» chiese infine appena ebbero finito di parlare.

«Be', certo» rispose papà camoscio «forse Giorgino assomiglia a me perché anch'io, fino a quando non ho cominciato a uscire dalla tana e a procurarmi il cibo da solo, mi ricordo che la sera dovevo sempre andare a dormire insieme ai miei genitori, altrimenti avevo paura della notte.»

«Io invece ero proprio terrorizzata» aggiunse mamma camoscio «mi ricordo che la notte stavo spesso sveglia perché il mio papà era molto severo e pensava che facessi i capricci a non volere dormire e non mi faceva andare nel loro letto. E le rare volte in cui dormivo, sognavo che venisse un mostro a prendermi e mi svegliavo tutta sudata e gelata dalla paura.»

«Anche Giorgino, quando riesce ad addormentarsi, dice sempre che sogna due personaggi: la fata dell'Est che è amica di tutti i cuccioli e la strega dell'Ovest, che li porta via e li uccide. È per non sognare la strega dell'Ovest che Giorgino non vuole addormentarsi la sera, io credo» soggiunse pensieroso papà camoscio.

«Questo è molto interessante» notò allora Sapiens. «Proviamo a capire perché per Giorgino la fata buona viene dall'Est e la strega cattiva viene dall'Ovest! Che cosa succede ogni mattina a Est?»

«Sorge il sole e inizia una nuova giornata!» risposero insieme papà e mamma camoscio.

«Allora forse vuol dire che la fata dell'Est che è amica di tutti i cuccioli è come il sole che si alza ogni mattina per far iniziare la nuova giornata e accompagna gli abitanti del bosco nel loro cammino, illuminando la loro strada. Anch'io, che sono ormai vecchio, da tanti anni vado ogni giorno a salutare il sole che nasce e a pensare insieme a lui alle cose che poi scrivo sul mio quadernone.»

«*Ma allora la strega cattiva di cui Giorgino ha paura è quella che viene dall'Ovest perché è lì che tramonta il sole e che poi viene la notte?*» chiese mamma camoscio, colpita all'improvviso da quella spiegazione che le era immediatamente venuta in mente, dopo le parole di Sapiens.

«*Può darsi che sia proprio così*» rispose l'asino «*perché del buio della notte i cuccioli che vivono di giorno hanno paura, da sempre. Ma non tutti i cuccioli del bosco hanno paura del buio, ci sono anche quelli che hanno paura della luce e che di giorno si nascondono per bene, per uscire solo dopo che è tramontato il sole ed è arrivata la notte, come i piccoli dei pipistrelli o dei ghiri, o di tanti altri animali notturni.*»

«*Ma è perché loro sono abituati a vivere di notte e a riconoscere tutte le voci del buio e del silenzio che gli sono familiari e gli fanno compagnia*» disse convinto papà camoscio.

«*Ma allora, se le cose stanno così, vuol dire che non è tanto importante che ci sia il giorno o la notte, ma che si possano vedere e sentire le cose che ci sono familiari e che non ci fanno sentire soli!*» aggiunse mamma camoscio.

«*E infatti, adesso che ci penso, Giorgino ha sempre una vecchia ghianda che gli fa compagnia e che lui stringe con forza, tutte le volte che ha paura! Si vede che gli serve per non sentirsi solo. Allora, quando lui non vuole addormentarsi, fa così per non fare da solo il viaggio verso il paese dei sogni?*»

«*Se tu l'hai pensato riflettendoci bene, potrebbe proprio essere così*» rispose Sapiens. «*Ma ditemi: qual è il momento esatto in cui Giorgino comincia a essere vispo e allegro come se montasse di guardia?*»

«*È sempre al tramonto del sole*» risposero insieme papà e mamma camoscio. «*È così puntuale che ormai succede proprio tutte le sere.*»

«*Anche questo è molto interessante*» rifletté ad alta voce Sapiens «*perché proprio ieri sono stati qui un papà e* una mamma ghiro che avevano lo stesso problema con un loro cucciolo, ma per lui la paura cominciava esattamente al sorgere del sole. Si vede che il calare e il sorgere del sole hanno lo stesso significato per Giorgino e il piccolo ghiro.»

«Sicuramente per Giorgino il calare del sole significa la fine della giornata che è il suo mondo» rispose papà camoscio.

«Ma anche per il piccolo ghiro il sorgere del sole significa la fine della notte che è il suo mondo» aggiunse mamma camoscio che si era già immedesimata anche nel problema del piccolo ghiro.

«Ecco, allora, se questo è vero, vuol dire che sia Giorgino che il piccolo ghiro hanno paura della fine di qualcosa e che questo qualcosa è il loro mondo. Allora forse i due cuccioli hanno paura della fine del mondo, cioè della morte.»

«È vero» aggiunse illuminandosi all'improvviso papà camoscio. «Infatti Giorgino dice spesso che non vuole addormentarsi perché ha paura di morire nel sonno.»

«Allora forse siamo sulla strada giusta» rifletté Sapiens «perché anche il piccolo ghiro aveva la stessa paura.»

«Sì, ma ora che abbiamo capito che non vogliono dormire perché hanno paura di morire nel sonno, che cosa possiamo fare per aiutarli? A me sembra che capire non sia sufficiente» chiese mamma camoscio, che continuava a essere pensierosa.

«Capire è sempre il primo passo ed è il più importante, ma il problema è di capire anche col cuore. Dunque, a voi che sentimento fa venire una cosa familiare che finisce?» ribatté Sapiens.

«A me fa sempre venire un po' di malinconia» disse papà camoscio «come tutte le volte che parte o che muore qualcuno.»

«Vedete che una cosa che finisce fa malinconia a tutti, anche ai grandi. Immaginate un po' quanta ne deve fare a *un cucciolo che non ha ancora preso confidenza con il mondo perché è sempre stato protetto dai suoi genitori. Gli deve fare una malinconia così grande che a volte il cucciolo nella sua testa decide di cancellarla e di fare in modo che non esista. Così Giorgino cerca forse di cancellare la notte, stando sveglio come durante la giornata e il piccolo ghiro cerca di cancellare il giorno nello stesso modo. Tutti e due non vogliono accettare la fine di una cosa che è familiare e l'inizio di una che non è familiare. È per aver sempre la fata dell'Est che è amica dei cuccioli e non la strega dell'Ovest che li rapisce che Giorgino monta di guardia tutta la notte.»*

«Ma il ritmo della vita è fatto sia del giorno che della notte» sospirò papà camoscio «per cui dobbiamo aiutare Giorgino a rendersene conto, perché se ha paura dei ritmi della vita è come se avesse paura di vivere.»

«Certo» ribatté Sapiens. «Allora quale pensate che sia il vero problema di Giorgino?»

«Non certo quello di non voler dormire, ma quello di non voler crescere!» replicò decisa mamma camoscio. «Ma Giorgino non avrà sempre il papà e la mamma vicino a proteggerlo per tutta la vita, come facciamo adesso. Quindi deve imparare anche lui a crescere, per sapersi difendere ed essere autonomo e scoprire come si fa a saltare di rupe in rupe, a cercare nuovi pascoli, a giocare con l'acqua dei ruscelli e a imparare tutto quello che insegna la vita del bosco.»

«Sai che cosa potremmo fare?» disse papà camoscio, a cui era già venuta una prima idea. «Potremmo cominciare a proteggerlo un po' di meno, visto che tutti e due tendiamo a farlo più con lui che con gli altri, dato che è il più piccolo.»

«E poi potremmo...» aggiunse mamma camoscio.

«Certo, e anche...» rispose papà camoscio, e quando ebbero finito di parlare tra di loro, sapevano già da dove cominciare, senza bisogno di chiederlo a Sapiens, il qua-

le, in ogni caso, non avrebbe potuto farlo da parte loro; perché lui era un'altra persona e non loro.

Fu così che mamma e papà camoscio ringraziarono il vecchio asino e tornarono al loro angolo di bosco per riprendere la vita di tutti i giorni. Ma questa volta sapevano qualche cosa in più e, senza che loro se ne rendessero conto, dei piccoli particolari cominciarono a cambiare nella loro tana e Giorgino cominciò a essere molto meno dipendente da loro e più sicuro di sé. E man mano che i giorni passavano anche lui cominciò a imparare a scalare delle rupi sempre più alte, a scoprire nuove sorgenti fra i cespugli del bosco, a trovare nuovi amici con cui giocare e nuove storie da ascoltare e da raccontare.

E fu pure così che ancora una volta il vecchio fiume del bosco delle Sette Querce vide un cucciolo imparare a poco a poco a diventare grande e forte, fra le luci e le ombre del bosco, come è sempre successo a ogni primavera, da quando i fiumi scorrono su questa vecchia terra.

Qualche riflessione sulla favola: la paura del non familiare

«Però voi siete lì tutti insieme e io sono qui da sola! Voglio qualcuno a farmi compagnia.»
«Ecco qui il tuo orsetto, così hai compagnia anche tu!»
«Ma io non voglio un orsetto, voglio qualcuno di vivo!»

ANNA, 5 anni, al papà

Anche questa favola tocca un tema che è spesso molto difficile da affrontare per i genitori e che in certi casi mette a dura prova la loro pazienza e le loro risorse sul come comportarsi, tanto che viene portato con una certa frequenza nelle consultazioni psicologiche. In questo caso, quindi, la rabbia per l'impotenza riguarda in genere più i genitori che i bambini.

Credo che molte cose precedentemente accennate nel primo libro di questa esperienza possano già aiutare a capire meglio questo piccolo dramma serale che in molte famiglie diventa un penoso rituale del quotidiano.

Nella difficoltà del sonno sono infatti condensate per il bambino non una, ma diverse paure: quella del distacco, dell'estraneo, dell'abbandono, del buio, dei brutti sogni, eccetera.

Ora, che il bambino abbia una certa paura del distacco è del tutto naturale e fa parte del processo d'apprendimento. Separarsi da ciò che è rassicurante e familiare, in questo caso i genitori, è faticoso e pieno di incognite perché come sempre c'è il gioco di sapere ciò che si lascia ma di non sapere ciò che si trova.

L'osservazione di tante situazioni di vita quotidiana in cui il bambino sperimenta questa difficoltà ci può aiutare a guardare le cose con i suoi occhi, cioè a capire quanto il distacco gli costi. Un esempio classico può essere quello della mattina prima dell'uscita di casa.

«Il mio la mattina non si vuole mai vestire» dice una mamma in un gruppo.

«Ma forse lo fanno per stare più a lungo con la mamma, per rimandare il distacco» interviene un'altra. «Anche per me è così. Più io mi arrabbio e più mia figlia trova spunti per continuare a perdere tempo.»

«Se io mi arrabbio» osserva una terza «mio figlio mi rimprovera. E sceglie tutto con cura, scarpe, calze, vestiti...»

«Anche la mia, guarda caso, cerca sempre qualcosa alle 8.12 del mattino, quando dobbiamo uscire. Proprio al momento del distacco, del lasciare la casa...»

Il distacco costa fatica mentale anche a noi adulti, per cui possiamo immaginare quanta ne debba costare a un bambino.

Ricordo con tenerezza a distanza di anni una bambina piccola che mentre veniva portata al nido passava davanti alla porta dei nonni e si voleva fermare mostrando la porta e dicendo "Nonna!".

«Non c'è la nonna!» le rispondeva la madre. «Nonno!» continuava allora la bambina, sempre indicando la porta. «Non c'è neanche il nonno, è già al lavoro!» le rispondeva la mamma. "Zazà!" ribatteva allora la piccola, nell'ultimo tentativo. Zazà era il cagnolino di casa dei nonni, il suo compagno di giochi, ciò che rappresentava la sua esperienza quotidiana prima di questa prova così faticosa. Era certo meglio stare sola a casa con Zazà piuttosto che andare al nido...

Quanto poi al tema specifico del distacco per la notte,

mi è capitato spesso di osservare che anche qui, come nella storia di vita riportata a proposito delle paure, dietro a un bambino che fa sempre fatica ad addormentarsi c'è a volte un genitore che ha fatto o fa la stessa fatica.

Credo che questo si possa dire anche del buio; ci sono molti più adulti di quanto non possiamo immaginare che continuano ad avere questa paura nel corso della vita, tanto da lasciare qualche luce accesa durante la notte se sono soli. Evidentemente c'è in loro un bisogno profondo di controllo della situazione che rende insopportabile l'idea del buio totale, quando non si può vedere, il che ancora una volta dimostra la gran varietà di comportamenti che noi adulti possiamo avere e come ognuno di noi organizzi le proprie difese nel modo migliore che sappia trovare.

«Io avevo una tale paura del buio, del nuovo, del distacco dall'ambiente familiare» ha raccontato una volta una giovane madre «che durante il viaggio di nozze non ho mai dormito le prime tre sere. Non solo, ma quando si addormentava svegliavo mio marito perché volevo che stesse sveglio a farmi compagnia. Finché alla quarta sera lui si è ribellato e mi ha sgridato come una bambina. Be', lo sapete che questo mi ha tranquillizzata? Quella notte me ne sono stata lì buona senza dir niente fino a quando a poco a poco mi sono addormentata anch'io.»

Credo che questo sia anche un buon esempio a proposito del tema dei limiti e della loro importanza per contenere le nostre stesse paure nelle situazioni che danno molta ansia.

Nonostante la fatica e la difficoltà che a volte gli costa, il riuscire a dormire da solo, tuttavia, rappresenta per un bambino una grossa esperienza mentale e la prova di una conquista.

«Mamma, ho paura» dice Donata a 6 anni in un momento di difficoltà per la nascita della sorellina «posso venire nel lettone?»

«Perché?» chiede la mamma.

«Perché la tua camera è fatata e le paure non possono entrare» risponde la bambina.

«Donata, prendi il tuo mini-pony che ti piace tanto, così ti fa compagnia.»

«No, mamma, non ho ancora superato la prova!»

Donata ha chiaramente già valutato che questa è una prova di crescita che infatti, non a caso, si ripresenta nei momenti difficili.

In un altro gruppo di genitori una mamma racconta la sua esperienza.

«Giorgio fino all'anno scorso voleva che stessimo accanto a lui quando andava a dormire. A un certo punto ci siamo accorti che ci aveva sostituito con degli orsacchiotti, li portava nel letto e non chiedeva più la nostra presenza. Una mattina, quando si è svegliato, è venuto nel lettone a salutare con un orsacchiotto in mano e ci ha detto: "Lui per me è un simbolo, rappresenta l'amore della mamma".

«Qualche tempo dopo, mentre lo assistevo in ospedale per un piccolo intervento, una mattina mi sono accorta che i suoi orsacchiotti erano sul comodino. Gli ho chiesto: "Come mai, Giorgio, gli orsacchiotti non sono nel tuo letto insieme a te?". E lui, deciso: "Ho chiuso con gli orsacchiotti, adesso l'amore del papà e della mamma è nel mio cuore".»

La prova del distacco notturno è quindi quella che riesce a farci capire se un bambino si sente o meno abbastanza sicuro. Quando non ce la fa, forse il problema vero non è tanto la notte, quanto il fatto che il bambino in quel momento non ha ancora elaborato o ritrovato dentro di sé la sicurezza sufficiente per affrontarla. È questa allora l'area in cui è forse più utile aiutarlo.

3
Il rapporto col cibo

Quello del rapporto psicologico col cibo credo sia ormai un tema molto dibattuto anche a livello normalmente colloquiale.

Il tema che questa favola vorrebbe aiutare a mettere a fuoco è quello dell'uso del cibo come differenziazione di sé nel rapporto madre-figlia, che sembra anche essere spesso presente nella storia di ragazze anoressiche.

Se la madre è troppo presente e, spesso per calmare la propria ansia, controlla e condiziona tutta la vita del figlio senza rendersene conto (proprio perché l'esasperazione del controllo è una caratteristica del suo funzionamento mentale) questi potrà sentirsi intrappolato in una relazione che gli impedisce di compiere il suo processo di individuazione di sé. Potrà allora reagire cercando degli ambiti in cui poter decidere lui (o lei), per salvare la sua identità di individuo diverso e separato che gli è essenziale e indispensabile per vivere. Il corpo può così diventare facilmente l'unico campo sotto il suo controllo e il rapporto col cibo e l'evacuazione sfinterica (la stitichezza ne è un esempio) ne possono rappresentare una testimonianza.

Mi sembra interessante, a questo proposito, riportare le osservazioni di Groddeck sul tema:[1]

---

[1] G. Groddeck, *Il linguaggio dell'Es*, Adelphi, Milano 1969.

La risposta più frequente, riguardo la stitichezza, è la seguente: nell'organismo viene trattenuto qualcosa che deve invece essere espulso [...]. Con la stitichezza l'Es dice: si adeguino pure gli altri alla regola generale dell'evacuazione giornaliera, io non lo faccio [...].

Tralasciando, per il momento, il problema del condizionamento che difetti innati dell'intestino possono esercitare sulla stitichezza, passerei a esaminare quali motivi possano indurre i lattanti a essere stitici [...]. Il neonato ha a sua disposizione soltanto pochi mezzi per esprimere il proprio risentimento verso il mondo esterno. Può piangere, può respingere il cibo e infine può dare origine a sintomi di malattia per spaventare chi si prende cura di lui e spronarlo quindi a una maggiore cura [...]. Rifiutare il cibo è un sistema quasi irresistibile, ma in tal modo il bambino si danneggia e quindi se ne serve solo in casi di emergenza. Così gli rimane, per i casi in cui piangere non basta, il sintomo di malattia, e di tutti i sintomi di malattia quello più evidente e facilmente riproducibile è il sintomo della cattiva digestione: diarrea, vomito, stitichezza [...]. Avevo una cliente che nutriva particolare fiducia nei libri e nella scienza e ritenevo, a ragione, minacciata dall'igienismo materno la sua figlia primogenita. Quando la bambina divenne stitica, riuscii a far sì che si aspettasse a intervenire; ciò accadde nella quarta settimana dalla nascita. Passarono vari giorni senza che l'evacuazione avvenisse. Devo esprimere ancora oggi la mia ammirazione per la madre che affrontò con serenità e pazienza ciò che chiesi alla sua paura materna. La bambina rimase per tutto il tempo fresca e vivace; aumentò di peso e, come si dimostrò in seguito, anche di saggezza. Il settimo giorno avvene l'evacuazione; le feci erano morbide e normali: fluivano dalla piccola come da un tubetto di crema. Da allora fino al ritorno a casa della madre e della bambina, le evacuazioni furono regolari. Dopo qualche tempo la madre mi scrisse una lettera disperata in cui si diceva che la bambina stava molto bene ma che, dal giorno della partenza, non c'era più stata alcuna evacuazione. Erano passati ormai nove giorni e la madre aveva perduto ogni speranza e mi supplicava di scriverle una qualsiasi parola di conforto e di dirle che cosa dovesse fare. Prima ancora che io potessi risponderle, arrivò un telegramma con la notizia che tutto era in ordine e che l'evacuazione si era svolta facilmente e senza disturbi. La bambina ora ha più di tre anni e, dopo queste due prime esperienze, non ha più tentato di farsi valere in questo modo. Ho avuto esperienze simili anche con altri lattanti [...] l'ostinatezza si manifesta molto precocemente e in modo molto chiaro e inconfutabile; tutto ciò che il bambino avverte come offese, siano esse inevitabili come lo svezzamento, la dentizione, ecc. o evitabili, siano giustificate o, in apparenza, ingiustificate: cambiamento di chi lo accudisce, dell'abitudine, del cibo, cattivo umore di chi gli è intorno e soprattutto della madre, viene corrisposto e si manifesta sotto forma di disturbi intestinali, tra i quali il più comune è la stitichezza cronica, perché più adatta a essere prolungata e perché procura al bambino meno fastidio della diarrea [...]. Ma all'uomo moderno sembra impossibile rovesciare la conclusione: sono stitico, quindi il mio malumore, il mio mal di testa, la mia disappetenza, il mio vomito, la mia inefficienza derivano dalla stitichezza e dire: la mia vita psichica ha perso il suo equilibrio e come conseguenza sono di malumore, ho mal di testa, sono stitico [...] non esiste stitichezza che non sia condizionata psichicamente. So che questo non è del tutto esatto, poiché nessuno può essere stitico se non possiede un intestino [...].

La verità si trova dunque nel mezzo, e chi pensa e agisce serenamente senza pregiudizi non dimenticherà mai che le condizioni psichiche, o meglio, la coscienza e l'inconscio, hanno la loro parte di responsabilità nella stitichezza.

Favola n. 3
L'orsetta golosa

> Dopo tanta
> nebbia
> a una
> a una
> si svelano
> le stelle.
>
> G. UNGARETTI, *Sereno*

Anche nel bosco delle Sette Querce c'erano i cuccioli golosi e fra di loro c'era Orsetta Rosalinda, che tutti chiamavano Pallottolina perché era bella e cicciottella, sempre alla ricerca del miele.

La cosa strana era che da piccola l'orsetta aveva fatto disperare la sua mamma perché non voleva mai mangiare, come se volesse protestare per delle cose che le facevano male, senza sapere neanche lei quali fossero. E una delle cose che le facevano male era che in casa sua la trattavano spesso come un orsetto di peluche e non uno vero in carne e ossa, per cui continuavano a decidere tutto per lei e al posto suo anche per le cose in cui l'orsetta era ormai perfettamente in grado di decidere da sola perché stava crescendo. Ma mamma Orsa non se ne poteva rendere conto perché questo era il modo in cui era stata allevata anche lei, cosicché l'aveva imparato istintivamente da quando aveva cominciato a parlare e a camminare e credeva che questo fosse l'unico modo in cui le mamme devono fare il loro dovere, se vogliono essere delle buone mamme. Invece con i figli maschi le capitava un po' di meno perché loro erano più indipendenti e stavano sempre fuori a giocare, cosicché Rosalinda era anche gelosa della libertà che avevano, mentre lei doveva starsene sempre nella tana, spesso arrabbiata. E allora, a poco a poco, crescendo, aveva iniziato a consolarsi di questo dispiacere con del buon miele, che mangiava ogni volta che pensava che la mamma trattasse meglio i figli maschi perché a loro voleva più bene che a lei.

Il cibo era diventato il modo di riempire tutti i buchi che sentiva; era il piacere di mordere e di masticare quando era arrabbiata, era quello di sentirsi nutrita e curata quando si sentiva abbandonata e sola, era quello di riempire un vuoto quando si sentiva annoiata e così via.

Finché un giorno, mentre se ne stava sola e arrabbiata lungo la riva del fiume, non si accorse che a poco a poco il pomeriggio se n'era andato ed era arrivata la sera. Il sole era ormai tramontato, le prime stelle cominciavano a spuntare e quando finalmente Orsetta alzò la testa verso il cielo, si rese conto che era diventato buio ed era troppo tardi per ritornare a casa perché non si vedeva più la strada.

Orsetta cominciò a piangere disperata, finché ad un certo punto sentì la voce del fiume che la chiamava.

Si avvicinò alle sue acque e il fiume le disse: «Se tu hai il coraggio di attraversare al buio questo pezzetto del mio corso, troverai in mezzo alle mie acque un grande masso con dentro una bella caverna protetta dove potrai dormire questa notte senza alcun pericolo perché lì non arrivano né i cacciatori, né gli animali nemici degli orsi. Però devi fare tu il primo passo e fidarti delle tue forze per attraversare questo pezzo del mio corso senza farti trascinare via dalla corrente. Prova, piccolo cucciolo d'orso».

La voglia che Orsetta sentiva dentro di sé era proprio il

contrario, era quella di scappare via lontano, ma c'era poco da fare, le strade non si trovavano più e l'idea di passare la notte in una bella caverna protetta era l'unica cosa che la potesse consolare. E così Orsetta decise di provare a fare quello che le aveva suggerito il fiume; entrò nell'acqua e immediatamente sentì una forte corrente, ma lei riuscì a stare in equilibrio e incominciò ad avanzare. A un certo punto avvertì la sua zampa che sprofondava e si sentì precipitare dentro a un gorgo, ma si aggrappò istintivamente al grosso ramo di un albero che si protendeva verso il fiume e poté così uscire dal mulinello e trovare un punto sicuro dove appoggiare le zampe. E quando finalmente fu proprio sopra il masso, si accorse che era quello della caverna e sentì il fiume che le diceva: «Brava, piccola cucciolo d'orso, adesso potrai dormire tranquilla per tutta la notte».

E così Orsetta entrò nella caverna, dove trovò della buona paglia asciutta che l'aspettava e si mise finalmente a dormire tranquilla, cullata dalla ninna nanna che le cantavano le acque del fiume, che scorrevano verso il mare lontano, lontano.

E mentre lei dormiva ecco che si incamminò verso il paese dei sogni e si vide di nuovo nell'acqua del fiume, mentre precipitava dentro al gorgo da cui si era appena salvata. Orsetta era spaventatissima e pensava terrorizzata di stare per morire. Invece, stranamente, quando fu tutta inghiottita dal gorgo, ecco che trovò un sentiero che correva sul letto del fiume e si accorse stupita di poter camminare e respirare sott'acqua proprio come se fosse stata nel suo bosco.

Si incamminò per il sentiero e vide tanti strani fiori e tante piante, tutti fatti d'acqua, con molti colori, verde, azzurro, turchese, che si muovevano lentamente nella corrente e man mano che si muovevano anche i colori si alternavano e si scambiavano.

Era proprio uno spettacolo molto bello, illuminato dal-

la luce del sole che arrivava sino a lì e si scomponeva in tanti fasci di raggi per formare dei piccoli soli sui sassi del letto del fiume.

Mentre camminava estasiata per questo sentiero, ecco che a un tratto l'orsetta si trovò davanti a una casa tutta di acqua e non si riusciva a capire come potesse stare in piedi, proprio con le pareti e il tetto realmente fatti di acqua. Si sarebbe potuto dire che fosse di ghiaccio, tanto era solida e invece a toccarla si sentiva che era proprio acqua che scorreva.

Orsetta entrò ed ecco che si trovò davanti uno strano essere che si muoveva proprio come gli animali del bosco, ma era molto più agile, guizzava dappertutto come se sapesse volare e camminare e nuotare allo stesso tempo.

«Benvenuta nella mia casa, Orsetta Rosalinda» le disse lo strano essere.

«Ma tu chi sei?» chiese Orsetta.

«Io sono lo spirito del fiume del tuo bosco e conosco tutti quelli che vivono lungo le sue sponde. È per questo che conosco anche te, come tutti gli altri cuccioli del bosco e prima di te ho conosciuto i tuoi nonni e i bisnonni e trisnonni ancora da quando erano piccoli. Io conosco la vita del bosco da millenni, da quando lo attraverso con le acque del mio fiume, conosco tutti i suoi abitanti anche se loro non conoscono me e vedo anche quando sono arrabbiati o tristi o contenti.»

«Allora tu sai anche che io sono quasi sempre arrabbiata o triste?»

«Certo che lo so, come ieri sera, quando non ti sei accorta che il sole era tramontato e scendeva la notte.»

«Ma io sono stanca di essere sempre così, non c'è un modo per poter cambiare?»

«Be', veramente un modo ci sarebbe: si tratta di imparare a percorrere dentro di noi delle strade nuove che prima non conoscevamo. Anche tu quando sei caduta nel gorgo avevi molta paura, ma hai scoperto dei sentieri

nuovi che prima non pensavi neanche che potessero esistere. E poi hai provato il piacere di vedere il mondo sott'acqua e di fare tante scoperte. Hai conquistato delle cose che prima non conoscevi.»

«E come si fa a imparare a conquistarle?»

«È una cosa faticosa e difficile, come percorrere una lunga strada facendo il gioco che fanno i cuccioli dell'uomo: due passi da leone in avanti e tre da formica indietro o viceversa. È una strada su cui qualche volta si ha l'impressione di non andare né avanti né indietro, molte volte si va in avanti, tante volte si torna indietro, ma se alla fine si fa il conto, si vede che abbiamo percorso un nostro cammino. È per questo che io ti farò un dono che ti possa aiutare. Quando ti sveglierai, guarda sotto la paglia su cui hai dormito e troverai un bel sasso bianco: sotto il sasso c'è una pagliuzza d'oro che il fiume ha trasportato mille anni fa. Prendila e conservala sul cuore; ogni volta che ne avrai bisogno potrai stringere la pagliuzza tra le tue mani e lei ti aiuterà. Ricordati però che è una pagliuzza molto fragile e che un giorno si consumerà e sparirà; tu dovrai allora scoprire il segreto di dove è andata. Cerca perciò di far tesoro delle cose che ti insegnerà di volta in volta. Addio, Rosalinda!»

A quel punto ci fu un vortice di luci e di colori che la travolse e l'orsetta si svegliò, mentre il mattino entrava prepotente nella caverna con l'alito fresco del vento, i canti degli uccelli e il gorgoglio del fiume che si svegliava stiracchiandosi.

Rosalinda cercò incuriosita sotto la paglia, trovò il sasso bianco e sotto c'era la pagliuzza dorata, proprio come aveva detto lo Spirito del fiume nel sogno. La prese con cura, se la mise sul cuore e iniziò a cercare la strada del ritorno attraverso il fiume. Questa volta fu molto più semplice, perché era chiaro e la luce illuminava bene le pietre su cui camminare e così a poco a poco Orsetta Rosalinda tornò a casa dove furono tutti felicissimi di vederla, per-

ché avevano passato una notte angosciosa a cercarla, papà e mamma e i suoi fratelli con tutti i loro amici.

Per qualche giorno la gioia del ritorno fu tale che Orsetta dimenticò tutti i suoi problemi di prima e anche i suoi fratelli erano così contenti che non pensavano neanche a prenderla in giro. Ma quando l'emozione del ritorno fu passata, a poco a poco ogni tanto ritornarono le vecchie sensazioni e un giorno Orsetta era così arrabbiata, ma così arrabbiata, che pensava proprio che tutto il mondo ce l'avesse con lei e si era completamente dimenticata delle parole dello Spirito del fiume. A quel punto si mise per caso una mano sul cuore e sentì il calore della pagliuzza che stava lì da tanto tempo, silenziosa. La prese, la strinse fra le mani e le chiese: «Che cosa posso fare?».

«Di che colore è la rabbia che ti senti dentro al corpo?» chiese la pagliuzza.

«È rossa come il fuoco e nera come il carbone!» rispose Orsetta, stupita.

«Allora fai un respiro molto profondo, chiudi gli occhi e lascia che il respiro ti faccia uscire tutto il colore rosso e nero che senti dentro. E se non è sufficiente un solo respiro, fanne un altro e un altro ancora. Poi, quando sei più calma, ripensaci.»

Rosalinda fece tutto quello che le aveva detto la pagliuzza e a poco a poco si sentì più calma e meno arrabbiata. Guardò gli altri e le sembrò che alcuni, ma forse non proprio tutti, ce l'avessero con lei e le cose cominciarono a sembrarle un po' meno terribili di prima. Fu in quel modo che Orsetta si abituò a chiedere aiuto alla pagliuzza ogni volta che si trovava nei guai. E ogni volta lei l'aiutava ad accompagnare la sua rabbia verso delle strade nuove, dove stava meglio ed era più contenta.

Passò così il tempo e arrivò un giorno in cui l'orsetta si sentì di nuovo abbandonata perché era la festa dei piccoli e ai suoi fratelli era stato fatto un regalo che a lei sembrava molto più bello del suo. E il dispiacere che la cuccio-

letta aveva provato nel suo cuore era stato così grande che aveva smesso di giocare con gli altri cuccioli, se ne era andata da sola per il bosco e si era seduta stanca e piangente, su un vecchio masso, pensando di essere il cucciolo più solo, più infelice e abbandonato di tutto il bosco e di tutti i boschi della terra messi insieme. Non solo, ma si era anche convinta che non esistesse niente di più grande e di più importante al mondo di questo suo enorme dolore. E mentre era lì che si commiserava per questa sua grande infelicità, sentì la pagliuzza che le diceva di ascoltare qualcosa ed ecco che sentì un pianto, lontano, nel cuore del bosco. Si avvicinò, si accorse che proveniva da un cespuglio e quando, vincendo la paura, guardò sotto, vide un altro orsetto piccolo piccolo che quasi non si reggeva in piedi e che piangeva disperato perché i suoi genitori erano stati catturati e lui era rimasto solo al mondo, abbandonato da tutti.

«*Hai mangiato?*» *gli chiese lei commossa.*

L'orsetto fece cenno di no con la testa.

«*Hai fame?*» *questa volta il cenno fu di sì. E allora la piccola Rosalinda cominciò a cercare nel bosco, finché trovò un bel favo pieno di miele che le api avevano momentaneamente lasciato per andare al lavoro e glielo portò. Il piccolo lo divorò in un lampo.*

«*Come ti chiami?*» *gli chiese alla fine. Ma l'orsetto non rispondeva e lei non sapeva se era perché era troppo piccolo o perché era troppo spaventato.*

«*Hai freddo di notte?*» *anche stavolta il piccolo fece cenno di sì. E anche stavolta lei gli cercò lì vicino una grotta bella e protetta come quella che il fiume le aveva fatto scoprire, ci mise della buona paglia e ci portò il piccolo. Poi coprì con cura l'ingresso con cespugli e sassi affinché l'orsettino fosse al sicuro e se ne tornò a casa. Però ogni giorno tornava là da lui e lo curava con pazienza e amore come aveva visto fare dalla sua mamma con loro e allora le venivano in mente anche tutte le cose che la mamma aveva fatto anche per lei, non solo per i suoi fratelli. E ogni giorno la piccola Rosalinda era sempre più allegra perché si rendeva conto che diventava più forte e autonoma e quando se ne accorse fu così contenta di questa scoperta che le venne voglia di dirlo alla pagliuzza. Ma quando la cercò non la trovò più; la sua pagliuzza era completamente sparita e all'orsetta vennero allora in mente le parole dello Spirito del fiume. Però lui le aveva anche detto che lei avrebbe dovuto scoprire dove fosse andata a finire e questo proprio non le era chiaro.*

Fu così che decise di andare di nuovo verso il fiume una sera al tramonto, lo riattraversò, e dormì da sola nella caverna, come quella famosa volta e quando cominciò a sognare incontrò lo Spirito del fiume.

«Salve, Orsetta Rosalinda, sei ancora così infelice come prima?» le chiese sorridendo.

«Veramente adesso non sono sempre così arrabbiata; mi capita ancora, ma non proprio tutti i giorni come prima. Mi ha aiutata molto la pagliuzza d'oro ogni volta che avevo un problema, ma adesso non la trovo più e sento tanto la sua nostalgia» rispose l'orsetta.

«Sai perché non trovi più la pagliuzza, Rosalinda? Perché ormai tutto quello che ti poteva insegnare tu l'hai imparato, quindi è come se la pagliuzza fosse entrata dentro di te, nella tua testa e nel tuo cuore. Questo vuol dire che ormai non ti abbandonerà più perché i pensieri che ti sei conquistata ti faranno compagnia per tutta la vita: quello che hai imparato lo porterai con te per sempre e nessuno te lo potrà portare via.»

E così Rosalinda capì dov'era andata a finire la sua pagliuzza e quando alla mattina si svegliò, riattraversò il fiume e tornò a casa felice e contenta di questa scoperta.

Ormai sapeva che la sua pagliuzza non l'avrebbe abbandonata mai più e l'avrebbe accompagnata per il resto dei suoi giorni, nelle giornate di sole e in quelle di pioggia, nel tepore dell'estate e nel gelo dell'inverno.

Qualche riflessione sulla favola: l'uso del cibo come comunicazione

«Oggi non mangio per protesta contro il mondo!»
GIOVANNI, 12 anni

Il tema di questa favola riguarda la valenza psicologica del rapporto col cibo.

L'essere nutrito e accudito è il primo rapporto d'amore che il neonato sperimenta con la madre o con l'adulto di riferimento e che gli dà la sicurezza della continuità perché queste cure vengono ripetute più volte al giorno quotidianamente. Si tratta quindi di una sensazione mentale di continuità che è alla base della futura sicurezza del bambino, e il cibo assume per lui il significato affettivo di una presenza rassicurante.

Ora, i disturbi di rapporto col cibo, come è capitato con l'orsetta, più che da ricostituenti e interventi medici possono essere aiutati soprattutto dal cercare di capire quali possono essere le difficoltà psicologiche del bambino che vi si manifestano. E a questo proposito vorrei ancora una volta ricordare che forse ci aiuta di più capovolgere il funzionamento mentale che ci porta a dire: «Tu hai dei problemi, io, quello, quell'altro abbiamo dei problemi eccetera» e dire invece (che è la stessa cosa, ma posta in un'ottica diversa) «la vita comporta dei problemi, a me, a te, a tutti...».

È una piccola differenza che però invece di colpevolizzare o dare ansia abitua a pensare ai problemi in termini di soluzione e di possibili modi di affrontarli, utilizzando le possibilità che ognuno di noi ha a disposizione in quel momento.

In questo specifico caso la difficoltà era un problema di eccessivo controllo per ansia, che intrappolava la cuccioletta e il suo ambiente. Già il neonato, come si è visto nelle parole di Groddeck, comunica in genere le proprie difficoltà con disturbi del cibo e del sonno, che sono le manifestazioni più arcaiche e che a volte si protraggono nel tempo. Alla base del problema col cibo si può anche trovare a volte un rapporto madre-bambino (intendendo sempre per madre l'adulto di riferimento) disturbato non tanto per mancanza di cure materne, quanto, paradossalmente, per il suo opposto, cioè da cure così sollecite ma prestate con tale ansia che finiscono per essere vissute inconsapevolmente dal figlio come invasive e soffocanti del suo mondo. In questo caso il cibo può diventare allora simbolo di un rapporto affettivo potenzialmente buono che si trasforma però in invasivo del mondo interno del bambino il quale non riesce o fa fatica ad attuare il processo di separazione-individuazione di sé che gli è fondamentale per crescere dal punto di vista psicologico. Il bimbo allora individua spesso il cibo o il controllo sfinterico come l'unico mezzo con cui esprimere questa difficoltà, come a dire: «Su questo, almeno, sono io che decido!», cosicché anche qui il sintomo è, paradossalmente, ciò che l'aiuta ad avere almeno un terreno su cui potersi contrapporre all'adulto. Costringere con la forza o con la seduzione un bambino a mangiare o curare solo medicamente le sue diarree o la sua stitichezza (là dove queste rappresentano delle difficoltà psicologiche) può quindi voler dire ignorare un terreno di comunicazione. Credo possa essere interessante a questo proposito, a conferma delle parole di Groddeck, la storia di una giovane mamma.

Quando Silvana si presenta in consultorio è una giovane donna al quinto mese di gravidanza, in preda a una forma di fobia ossessiva che le paralizza la vita e la fa stare molto male. Non può prendere farmaci per non danneggiare il bambino, ma è distrutta da questa sua vecchia angoscia che con la gravidanza è diventata incontenibile e intollerabile.

Inizia così una terapia di sostegno solo psicologico che a poco a poco l'aiuta a contenere questo suo malessere, anche se le fobie continuano, seppure in modo più gestibile.

Dopo la nascita della bambina ecco però che all'improvviso Silvana sta bene. Le fobie che l'hanno accompagnata costantemente per anni dall'adolescenza sembrano svanite come per incanto. In compenso subentra, al loro posto, una preoccupazione ossessiva per la bambina, finché un giorno Silvana arriva allarmatissima in consultorio: «Oh Dio, oh Dio, la bambina non fa più la cacca! Adesso scoppia!».

La bambina, da manuale, pur stando benissimo (Silvana è anche una mamma molto tenera), pur essendo allattata al seno e senza presentare alcun segno di sofferenza fisica, davvero non evacua più da una settimana. L'équipe del consultorio decide allora per un doppio intervento. Silvana continuerà a fare una terapia di sostegno per le sue fobie e a questa verranno affiancate delle periodiche consulenze con la pediatra sul problema della bambina. Vengono così separati anche formalmente i due ambiti, quello per la mamma e quello per la bambina. A distanza di circa dieci giorni la stitichezza della bambina cessa.

In compenso Silvana è tornata a fare i conti con le sue vecchie fobie che la preoccupazione per la bambina sembrava aver magicamente cancellato, dopo una presenza quotidiana che durava ormai da anni. Ma Silvana è adulta e ha tante risorse; questi conti è in grado di farli, anche se hanno un prezzo alto e la bambina può crescere godendosi il suo amore senza un carico d'ansia che la schiacci.

Oltre che con i neonati, a volte questa difficoltà con il cibo si può instaurare anche in adolescenza fra madre-figlia e può essere espressa da disturbi come l'anoressia (il rifiuto a cibarsi fino ad arrivare in certi casi drammatici alla morte), oppure la bulimia (la coazione a mangiare oltre le proprie necessità fisiologiche). È un disturbo che in passato è stato soprattutto femminile, ma che oggi comincia a presentarsi anche nei ragazzi, a volte.

Alla base quindi di questo sintomo sembra esserci, fra i tanti possibili risvolti psicologici, anche il bisogno del bambino di sentire rispettati i suoi confini che sono quelli che gli permettono di viversi come essere autonomo e separato dai genitori, altrimenti nei casi esasperati può arrivare a soffrirne il suo stesso rapporto con la vita.

Dice la Miller a questo proposito:[1]

> Ci sono molti individui che per tutta la vita saranno sempre sul punto di morire di fame, nonostante le madri si fossero, a suo tempo, preoccupate coscienziosamente del loro nutrimento, del loro sonno e della loro buona salute. Pare che neppure gli specialisti si siano ancora resi conto che, malgrado ciò, a quei bambini è mancato in molti casi qualcosa di essenziale. Nella nostra società non è ancora diventato di pubblico dominio il fatto che il bambino tragga il suo nutrimento spirituale dalla comprensione e dal rispetto delle sue prime persone di riferimento e che esso non possa venir sostituito dall'educazione e dalla manipolazione.

Solitamente, tuttavia, i disturbi nel rapporto col cibo non sono per fortuna così drammatici, soprattutto nell'infanzia: sono semplicemente un modo che i bambini usano spesso per esprimere le loro difficoltà o i loro momenti di difficoltà, sui quali è forse più importante interrogarsi dal punto di vista psicologico piuttosto che ricorrere solo a ricostituenti o interventi medici.

---

[1] A. Miller, *Il bambino inascoltato*, Bollati Boringhieri, Torino 1989.

4
La separazione dei genitori

Indubbiamente la separazione dei genitori è un dolore e un trauma per un bambino perché attacca la sicurezza stessa del suo nido; ragion per cui, quando e se è possibile, è meglio evitargli questa esperienza.

Evitargliela, però, non significa stare insieme a tutti i costi per lui, facendogli pagare in altri modi un prezzo molto elevato, ma cercare di rimuovere le difficoltà all'interno della coppia dei genitori, anche con un intervento di tipo psicologico là dove questo sia possibile, in modo da rendere la vita meno difficile a tutti, figli compresi.

«Sa che cosa mi succede ogni tanto? Che quando torno a casa da scuola in motorino, a un certo punto non ricordo più la strada che devo prendere. Per fortuna non mi succede spesso, ma è terribile trovarsi in mezzo alla strada e non sapere dove andare!»

Renzo ha quindici anni e da circa dieci vive con due genitori "separati in casa" per amor suo, ma forse anche per la loro stessa difficoltà a prendere una decisione così dolorosa e definitiva.

«I miei genitori non mi hanno voluto dare il dispiacere di farmi vivere con uno solo dei due, ma in realtà io mi sento come uno preso in mezzo a una cosa in cui non c'entra. Mi sento proprio di più!» E questo succede anche se Renzo ama molto i suoi genitori ed entrambi loro adorino lui, evitandogli le sfuriate e i litigi quotidiani che caratterizzano invece spesso l'atmosfera familiare delle coppie in crisi.

Quello che però non gli possono, giustamente, evitare è un legame affettivo tra di loro che ormai non esiste più e che li fa sentire emotivamente distanti l'uno dall'altra, per cui forse sarebbe più chiaro anche per Renzo se si separassero come coppia, vivendo ognuno per conto proprio, e mantenendo invece l'alleanza in quanto coppia di genitori perché questa esperienza, al contrario, non è destinata a concludersi, ma a continuare nel tempo. Di Renzo, anche nel corso degli anni, saranno loro e solo loro infatti la coppia di genitori, nel bene e nel male.

Quello della separazione dei genitori è quindi un tema molto complesso e delicato per i figli, che solleva inevitabilmente molti problemi e difficoltà. Tuttavia, in certi casi, è questa l'unica possibilità che resta per poter garantire a se stessi e ai propri figli un'atmosfera più serena in cui vivere.

La favola che segue vorrebbe aiutare a capire la sofferenza di un bambino legata alla conflittualità della coppia dei genitori, che in questo caso emerge con un sintomo di balbuzie, così come potrebbe anche emergere con altri sintomi, se il bambino è abbastanza forte e vitale da poter esprimere e comunicare il suo malessere, seppure con un linguaggio da decifrare.

Favola n. 4
Il capretto balbuziente

> Il mio povero cuore
> sbigottito
> di non sapere
>
> G. UNGARETTI, *Perché?*

Nel bosco delle Sette Querce c'era anche una parte che si arrampicava sulla montagna fin verso le cime più alte, lassù dove facevano il nido le aquile e dove vivevano gli aquilotti.

Era lì che i capretti selvatici si incontravano per saltare da una rupe all'altra e per rincorrersi tutto il giorno, da quando si levava il sole fino a quando tramontava. Ogni tanto da lontano si sentiva il rumore dei loro salti e delle loro voci: era un belato allegro che rimbalzava sulle rocce e che l'eco ripeteva infinite volte, portandolo anche verso le altre parti del bosco. Così quando gli altri animali sentivano arrivare questa voce che ripeteva beh... beh... beh... sapevano che era l'ora in cui i capretti giocavano con la montagna per far arrivare il loro belato a tutto il resto del bosco.

Era diventata un'abitudine così frequente e regolare che ormai persino il vecchio orso che viveva da solo in un angolo del bosco aspettava ogni giorno il suo inizio per caricare la sveglia sull'ora giusta.

Ma un giorno, insieme alla solita eco, se ne udì una

strana, che invece di fare beh... beh... beh..., faceva b... b... b... eh; b... b... b... eh; b... b... b... eh, oppure qualche altra volta faceva behbeh... behbeh... behbehbeh.

    Il vecchio orso che era molto amante delle abitudini e delle tradizioni fu proprio disturbato da questo fatto e aspettò con impazienza qualche giorno sperando che la cosa passasse. Invece più i giorni passavano e più la voce sembrava diventare diversa dalle altre e il vecchio orso era sempre più perplesso. Che cosa poteva essere successo lassù, sulle rocce sotto la montagna? Fu così che l'orso vinse la sua pigrizia e decise di arrampicarsi fin dove giocavano i capretti per vedere che cosa era successo.

    E fu pure così che, quando arrivò lassù, si rese conto che nel gruppo dei capretti ce n'era uno che stava un po' in disparte e che non giocava come tutti gli altri, sembrava un po' imbronciato, come se qualche cosa lo rendesse scontento. Quando poi i capretti si avvicinarono a giocare con la roccia per farle ripetere le loro voci, ecco che il vecchio orso si accorse che era proprio lui, il capretto imbronciato, quello che belava in modo diverso dagli altri, ma sembrava farlo contro la sua volontà, come se non riuscisse a far diversamente. Anzi, più il capretto si sforzava di belare proprio come gli altri suoi compagni, più la sua voce usciva a scatti, come se non riuscisse a uscire tutta insieme in una volta sola e quando invece le capitava di farlo, ne era così sorpresa, che doveva ripeterlo ancora per una o due volte e allora invece di un b... b... b... eh! ne usciva un behbehbehbeh!

    Se poi gli altri lo guardavano incuriositi, il capretto si intestardiva a provare di nuovo, ma più provava e più la sua voce usciva a scatti, proprio come se non ce la facesse a uscire diversamente. Alla fine il povero capretto era lì, rosso e paonazzo dallo sforzo fatto, ma di risultati non se ne vedevano, se non quello che la sua voce balbettava sempre di più.

    Il vecchio orso si grattò la testa borbottando qualcosa

dentro di sé e tornò piano piano alla sua tana. La prima cosa, dunque, era cercare di capire che vita facesse il capretto e per questo non c'era altro da fare che andare a osservare che cosa succedeva ogni giorno.

Fu così che la mattina seguente il vecchio orso rifece la passeggiata verso la casa dei capretti e quando trovò quella del piccolo balbuziente, salì su un albero e si mise tranquillo a riposare su un ramo per osservare e meditare. A un certo punto sentì un gran fracasso che usciva dalla grotta; era come se ci fossero due animali che litigavano, ma non per gioco, come fanno i cuccioli, ma per davvero, come fanno i grandi. Per un po' di tempo il fracasso andò avanti, poi all'improvviso ci fu il silenzio e il vecchio orso vide Papà che usciva arrabbiatissimo dalla grotta, dando cornate a tutto quello che incontrava e allontanandosi nel bosco. Dopo un po' si vide Mamma che usciva anche lei con un'aria tutta arrabbiata, continuando a sgridare i capretti che avevano cominciato a giocare. Caprettino balbuziente invece era lì, che faceva finta di niente, ma quando si avvicinò all'albero su cui stava il vecchio orso, il suo cuore batteva tanto forte che il suo «tutù... tutù... tutù...» arrivava fino al ramo più alto. Però da fuori non si capiva assolutamente niente, sembrava che il capretto fosse immerso in altri pensieri e fosse indifferente a quello che gli succedeva intorno.

Il vecchio orso ricominciò a grattarsi la testa, pensieroso. Dunque, una cosa l'aveva scoperta, che quando il capretto si emozionava il suo cuore batteva a scatti come la sua lingua nel parlare.

Ma perché il capretto si emozionava? Era forse per via del gran fracasso che si era sentito nella sua grotta prima che Papà ne uscisse tutto infuriato? Il giorno dopo provò a ritornare sull'albero vicino alla grotta dei capretti ed ecco che la scena si ripeté tale e quale con un gran fracasso, poi il silenzio, e infine Papà che usciva arrabbiatissimo dando cornate a destra e a sinistra e subito dopo

Mamma che usciva anche lei tutta arrabbiata, sgridando i capretti, mentre Caprettino balbuziente si avvicinava con aria indifferente al vecchio albero e il suo cuore batteva all'impazzata, come se volesse uscire dal suo corpo.

Il vecchio orso si grattò nuovamente la testa e tornò pian piano alla sua tana a farsi le sue faccende. Ora sapeva una cosa, che a Caprettino batteva il cuore all'impazzata ogni volta che si emozionava o si spaventava, come dopo le liti fra Papà e Mamma. E così il vecchio orso per un'intera settimana andò a osservare sul ramo dell'albero quello che succedeva a caprettino e per tutta la settimana si ripeté la stessa scena con qualche piccola variante.

Il vecchio orso aveva vissuto troppe primavere e aveva conosciuto troppi cuccioli nella sua vita per non sapere che tutte le volte che un papà e una mamma continuavano a litigare c'era una paura più grossa delle altre che entrava nella testa dei cuccioli ed era quella d'essere abbandonati. E questa paura era così grande che bisognava fare di tutto per nasconderla, perché se fosse uscita i poveri cuccioli avevano l'impressione che sarebbe stata così terribile che avrebbe divorato loro e anche il papà e la mamma. E così si sforzavano con tutto il loro impegno di tenerla a freno, ma questo sforzo era come una delle dighe fatte dai castori del bosco, che riuscivano ad arginare l'acqua, ma avevano una piccola falla da cui scendeva lo stesso un getto prepotente. E questo getto era sempre un qualcosa di un po' strano che il cucciolo faceva per quanto si sforzasse di non farlo: o era la pipì a letto di notte, o era un tic agli occhi, o era il continuare a mangiare anche quando non aveva più fame, o anche il non voler mai mangiare, oppure erano le malattie strane che l'asino Sapiens chiamava "malattie di testa" e così via.

Questa volta era la voce del piccolo capretto che lasciava indovinare che battaglia disperata ci fosse nella sua testa, mentre lui faceva finta di niente e andava a giocare con gli altri cuccioli.

E così l'orso, che era vecchio, ma ancora non abbastanza per ereditare il diritto di trasmettere le storie ai cuccioli, andò a parlarne con il suo amico Sapiens.

Il vecchio asino e l'orso ne discussero un po'; di aspettare che la situazione migliorasse da sola non se la sentivano perché, anche se era possibile, non era affatto garantito che questo succedesse, mentre era sicuro che ci fosse la tempesta nel cuore del capretto.

Forse nel frattempo si poteva anche parlare a Papà e Mamma per vedere se anche loro potevano collaborare. Fu così che una mattina l'asino e l'orso arrivarono alla roccia dei capretti e andarono a parlare con Papà, dopo che questi fu uscito da casa, furioso come al solito. Prima aspettarono che gli passasse un po' la rabbia e poi gli si avvicinarono e a poco a poco cominciarono a parlare e siccome l'asino Sapiens l'aveva curato tante volte per il brutto mal di stomaco che lo tormentava e il vecchio orso l'aveva fatto giocare quando era piccolo, Papà li ascoltò con molta attenzione.

«Anch'io mi sono accorto che il piccolo balbetta da un po' di tempo a questa parte» disse infine. «Ma pensavo che ci fosse qualcosa di malato nella sua lingua, anzi, volevo proprio portarlo da te uno di questi giorni, Sapiens» soggiunse preoccupato, perché a modo suo ai suoi cuccioli voleva bene, anche se spesso non riusciva a capire che cosa passasse per la loro testa. E così a poco a poco i tre animali cominciarono a parlare e il povero Papà tirò fuori tutte le preoccupazioni che aveva in quel periodo e che erano proprio tante, cosicché alla fine Sapiens gli disse: «Vedi, Romualdo» era questo il suo vero nome, che conoscevano solo gli animali del bosco, non gli uomini «tu pensi che sia meglio tenere tutte le preoccupazioni dentro di te per non spaventare tua moglie e i tuoi figli; ma loro si spaventano molto di più perché tu sei sempre arrabbiato e pensano che la colpa sia loro. Se tu dici a tua moglie che sei preoccupato perché il pascolo sta finendo qui e hai paura di non riu-

scire più a sfamare i cuccioli, lei lo capirà e ti aiuterà a cercarne uno nuovo e anche i cuccioli lo potranno fare perché si renderanno conto che è vero che il pascolo vecchio sta finendo e bisogna cercarne un altro. Ma se tu non dici niente, loro si chiederanno perché hai quell'aria così preoccupata e arrabbiata, crederanno che la colpa sia loro e diventeranno sempre più scontenti».

Mentre l'asino parlava, Papà si vede davanti la scena che Sapiens descriveva, come se fosse stato un film e cominciò ad accorgersi di tanti piccoli particolari che gli sfuggivano quando era così arrabbiato e preoccupato che pensava soltanto a quello che c'era nella sua testa, dimenticando che anche in quella degli altri potessero esserci dei pensieri che a loro non piacevano proprio, tanto più se erano piccoli e i pensieri grandi.

Ora c'erano due sensazioni che si alternavano nella sua testa: una era un po' di rabbia perché lui non s'era mai accorto di queste cose e c'erano voluti il vecchio asino e l'orso perché riuscisse a vederle, mentre l'altra era di sollievo perché finalmente cominciava a capire, come se gli fosse caduto un gran peso che portava sulle spalle. Non solo, ma cominciò a sentirsi molto più libero e leggero di prima e a poco a poco questo secondo pensiero, che era molto più piacevole del primo, finì per prevalere e persino il suo mal di stomaco migliorò un poco. Fu così che quella sera, quando tornò a casa, invece di fare il broncio e arrabbiarsi, cominciò a parlare con Mamma e alla fine si accorsero tutti e due con molto stupore che era da tanto tempo che non si parlavano più davvero, cioè ascoltando ognuno quello che l'altro diceva, senza pensare di saperlo già in partenza. E così per un po' di giorni invece di continuare a litigare Papà e Mamma continuarono a parlare e a dirsi tutte le cose che non erano mai riusciti a dirsi prima da un po' di tempo a questa parte e alla fine decisero di andare a discutere un po' anche con Civetta Centenaria, che era una loro vecchia amica.

Quando ognuno dei due ebbe finito di parlare, la vecchia civetta tirò fuori dal suo cassetto un librone pieno di numeri, lo sfogliò per un bel po' di tempo, fermandosi a pensare ogni tanto e poi disse: «Quello che mi sembra abbastanza probabile è che se voi continuate a litigare i vostri cuccioli ne soffriranno moltissimo, fino a sembrare malati di qualche cosa o fino ad ammalarsi veramente. In questo caso l'unica cura è che voi smettiate di litigare, ma non per finta, perché i cuccioli se ne accorgono lo stesso, ma per davvero. Altrimenti potreste fare come hanno fatto tanti altri e cercare due grotte diverse in cui vivere, insieme ai cuccioli che vorranno stare con voi. Il problema non è darsi le colpe, perché ognuno di noi fa quel che può e a volte anche di più, ma capire che cosa succede e che cosa si può fare».

Papà e Mamma continuavano ad ascoltare in silenzio. Che fosse difficile capire bene le cose se n'erano accorti anche loro, visto che c'era voluto l'aiuto dei vecchi per cominciare a rendersene conto. Ma che Caprettino balbettasse anche per quello che sentiva dentro di sé durante i loro litigi era una cosa proprio difficile da riconoscere e accettare. Però il ragionamento di Civetta Centenaria non faceva una grinza, questo lo sapevano anche loro, e d'altra parte avevano visto con quanta cura aveva sfogliato il librone per cercare di capire bene anche lei, prima di parlare. E fu così che Papà e Mamma decisero di fare un esperimento e di vivere per un po' in due grotte diverse, ma i cuccioli erano liberi di stare con tutti e due, se volevano, anche se avevano deciso che la loro casa era la vecchia grotta dove avevano sempre abitato.

All'inizio sembrò un gran disastro perché Caprettino diventò ancora più balbuziente e la sua voce tremava per tutto il bosco quando l'eco la faceva rimbalzare di roccia in roccia. Poi, però, a poco a poco, i capretti si resero conto che il Papà veniva sempre a trovarli tutti i giorni e che questa volta non litigava più con Mamma, anzi era quasi gentile con lei come non era mai stato prima e anche lei era meno arrabbiata.

Fu in una serata di tarda estate, verso il tramonto del sole che faceva allungare tutte le ombre sul terreno, che il vecchio orso, sfaccendando in casa sua, sentì arrivare il belato dei capretti e, come al solito, caricò la sveglia sull'ora giusta. Poi però cominciò a grattarsi la testa, perplesso. L'ora era giusta, le ombre erano esatte, la luce era proprio quella del sole che tramontava, eppure c'era qualcosa di strano in quella situazione.

Ascoltò attentamente e finalmente si accorse di che cosa ci fosse di strano: il belato dei capretti era tornato normale, come prima che Caprettino diventasse balbuziente.

Il vecchio orso sorrise soddisfatto.

C'era voluta la buona volontà di tanti, di Sapiens, di Civetta Centenaria, di Papà e Mamma, ma finalmente il piccolo capretto non balbettava più. Adesso belava, a volte tranquillo e a volte arrabbiato, proprio come tutti gli altri, giocando con l'eco che trasportava le loro voci e le faceva rimbalzare di roccia in roccia, nel tepore della luce pomeridiana, mentre il sole scherzava sorridente fra le ombre e le luci del bosco, come ha sempre fatto ogni giorno, amico certo e fedele, con questa vecchia terra che lo corteggia nello spazio da tanti e tanti milioni d'anni.

Qualche riflessione sulla favola: quando il conflitto entra nel bambino

«Deve essere difficile fare il genitore!
Certo però che è ben difficile anche fare il figlio!»

Un adolescente di 15 anni in crisi

Il sintomo intorno a cui lavora questa favola è un problema di balbuzie legato, in questo caso specifico, alla conflittualità della coppia dei genitori.

È questo soltanto uno dei tanti modi in cui si può manifestare l'aggressività repressa di un bambino quando, per un qualsiasi motivo, sente minacciato il suo mondo interno. Il cucciolo della favola era preso tra la lacerazione di vivere con due genitori che non andavano d'accordo e la sua aggressività nei loro confronti per paura che l'abbandonassero.

I continui litigi fra genitori possono rappresentare infatti per un bambino un attacco alla sua stessa identità; proprio perché lui si porta dentro anche le loro due storie, è come se avesse due parti di sé in lotta fra di loro e anche quando si schiera con una delle due il prezzo che deve pagare è il sentirsi in colpa per aver tradito l'altra. Quello di tradire un genitore è un prezzo però troppo alto da pagare per un bambino, che cercherà quindi di far di tutto per evitarlo, tanto la cosa gli è insopportabile. L'aggressività che inevitabilmente prova nel sentirsi preso dentro questo conflitto potrà allora trovare un canale d'espressione, soprattutto se si tratta di un bambino forte e vitale che riesce a esprimere e a comunicare la sua sofferenza, seppure sotto forma di sintomo.

Nel caso della favola si trattava del balbettare, cosa che può essere frequente nei primi anni di vita, quando l'uso del linguaggio segue ancora la strada del tentativo e dell'errore, mentre negli anni successivi può indicare invece, in genere, la presenza di qualche difficoltà nel mondo interno del bambino, che in questo caso specifico aveva anche a che fare con la conflittualità fra i genitori.

Quando, dopo aver provato tutte le strade possibili, una coppia non riesce più a trovare un accordo, una buona separazione dei genitori (in cui i figli non siano gestiti come proprio oggetto di possesso contro l'ex-partner) potrebbe essere meno disturbante quotidianamente per un bambino dei continui litigi.

Anche qui vale l'osservazione comunemente accettata che il disagio psicologico sembra nascere spesso molto più frequentemente nei rapporti quotidiani disturbati che da un grande trauma o dolore.

In questo caso, dice Winnicott:[1]

> Si può dire che vive dentro di lui (il bambino) l'immagine dei genitori che litigano e ne segue che una certa quantità d'energia è impiegata per padroneggiare la cattiva relazione interiorizzata. Clinicamente il bambino sembrerà stanco, depresso, o malato fisicamente. In certi momenti, la cattiva relazione interiorizzata prenderà il sopravvento e il bambino si comporterà come se fosse "posseduto" dai genitori che litigano. Ci apparirà aggressivo in maniera compulsiva, spiacevole, irragionevole, allucinatoria.
>
> Secondo un altro processo, il bambino che ha interiorizzato dei genitori in conflitto farà nascere periodicamente dei conflitti in mezzo alle persone che lo circondano, utilizzando allora la cattiva realtà esterna come una proiezione di ciò che è cattivo in lui.

---

[1] D. Winnicott, *Dalla pediatria alla psicoanalisi*, Giunti Martinelli, Firenze 1991.

Proviamo ad ascoltare una testimonianza su questa esperienza, da uno studio sulle separazioni:[2]

> Quando ero una bambina e, ancor di più, quando frequentavo le scuole medie, avrei tanto voluto che i miei genitori si separassero, ma mia madre ci ripeteva sempre che lei sarebbe rimasta con mio padre per amore di noi figli finché mio fratello più piccolo non avesse compiuto diciotto anni. Così ha fatto e mi ha rovinato doppiamente la vita. Non separandosi, infatti, mi ha privato della spensieratezza dell'infanzia e mi ha fatto invecchiare prima del tempo. Toccava sempre a me proteggere i miei fratelli, mediare tra i miei genitori...
> Io non osavo invitare le mie compagne a casa a fare i compiti o a giocare perché l'atmosfera era sempre tesa; se mamma e papà non discutevano si tenevano il muso, e io tremavo sempre all'idea che scoppiasse un nuovo litigio. Ho supplicato la mamma di separarsi visto che non amava più il papà, ma lei sosteneva che una madre deve restare col marito fino a quando i figli sono grandi, e mi ripeteva che quando Alessandro avesse compiuto diciotto anni se ne sarebbe andata. Nessuno le credeva. Eravamo tutti inquieti e infelici. I miei fratelli andavano male a scuola e uno di loro frequentava compagnie balorde.
> A diciassette anni mi sono innamorata di Guido e sono andata a vivere con lui. In seguito ho scoperto che era un tossicodipendente, e, per salvarlo, è andata a finire che mi sono fatta anch'io. Per fortuna ho incontrato un volontario che mi ha aiutato a entrare in comunità. Ho ripreso a studiare e a ventidue anni mi sono sposata. Mentre aspettavo il primo figlio, mio fratello minore ha compiuto diciotto anni e mia madre, sorprendendo tutti, ha chiesto la separazione e ha cacciato mio padre da casa. Così mi sono ritrovata a gestire un padre depresso e angosciato e dei fratelli sconvolti proprio quando sarei dovuta stare tranquilla ad aspettare la nascita di mio figlio.

[2] D. Francescato, *Figli sereni di amori smarriti*, Mondadori, Milano 1994.

Penso che i miei genitori mi abbiano fatto passare un'infanzia orribile, non separandosi, e mi abbiano rovinato i primi anni dell'età adulta separandosi quando ormai tanto valeva che restassero insieme. Adesso che sono passati quattro anni, devo dire che mia madre sta meglio, lavora, viaggia. Chi sta peggio è mio padre; non si è più ripreso e così mi tocca stargli vicino, dargli una mano, visto che sua moglie si rifiuta di aiutarlo.

In terapia ho imparato a sentirmi un po' meno responsabile di quello che succede ai miei genitori e a occuparmi di più della mia vita, ma provo ancora molto rancore e tanto rimpianto se penso a me bambina o ragazzina, al senso di impotenza e di rabbia che provavo allora. Io amavo sia babbo sia mamma e pensavo che se avessi aiutato ciascuno dei due a vedere il lato buono dell'altro, forse la nostra sarebbe potuta essere una famiglia serena. Più mi sforzavo, più i miei tentativi fallivano, più mi sentivo impotente. Una bambina non dovrebbe mai vivere in una situazione così, l'ho detto a mio marito. Spero che a noi non succeda: se però noi non dovessimo andare più d'accordo, senz'altro sceglierei la separazione. Mai e poi mai vorrei che mio figlio si trovasse in una situazione simile a quella che ho vissuto io.

Credo che questa testimonianza possa proprio aiutare a capire il prezzo che un bambino deve pagare in certe circostanze.

Un'altra riflessione che vorrei però fare sulla separazione e che mi viene da una lunga esperienza d'insegnamento con adolescenti, riguarda gli accordi che vengono presi per i figli. Mi sembra di aver notato nel corso degli anni e in un alto numero di adolescenti (sicuramente maggiore di quelli che si incontrano in una terapia) che se una separazione è chiara e corretta in genere i ragazzi reagiscono bene, indubbiamente meglio che ai litigi quotidiani. Ricordo con simpatia un ragazzo molto allegro e sereno che aveva un ottimo rapporto con entrambi i genitori e con i loro nuovi partner e che quando c'erano i consigli di classe allargati ai genitori chiedeva sempre sorridendo: «Allora me li posso portare tutti e quattro?». E il bello è che venivano davvero spesso tutti e quattro, con un'atmosfera molto tranquilla e rilassata tra di loro, come tra loro stessi e il ragazzo.

Quella che invece mi sembra di aver notato spesso come fonte di insicurezza e di difficoltà per i ragazzi, anche in separazioni che per il resto funzionano bene, è quando i genitori sono così presenti che per paura di far sentire il figlio abbandonato da uno dei due finiscono per dividerlo equamente tra di loro nel tempo e nello spazio. Una giusta attenzione per il figlio, quando è esasperata a questo estremo, può correre il rischio di farlo sentire come un pacco postale, sempre in movimento da una casa all'altra, una settimana qui e una là, un mese qui e uno là, a volte proprio nel momento dell'adolescenza, quando il suo bisogno è invece quello di stare chiuso nel SUO angolo, con la SUA musica, i SUOI manifesti, le SUE cose e così via.

«Non ce la faccio proprio più con questi avanti e indietro, una settimana qui e una là! Vorrei avere un posto unico in cui stare!» diceva un giorno con tristezza il quindicenne della frase riportata all'inizio.

«Ma tu dove ti senti più a tuo agio?»

«In casa di mia madre, dove ho tutte le mie cose!»

«E allora perché non lo dici a tuo padre, così magari trovate insieme un'altra soluzione?»

«No, no, a mio padre no. Non posso dargli questo dispiacere. Lo farebbe soffrire troppo!»

Quante volte un ragazzo soffre per non far soffrire i genitori?

5
La morte di un genitore

Si tratta certamente di una delle condizioni più dolorose per un bambino, tanto più quando è molto piccolo.

Bowlby colloca sotto gli undici anni la fascia più esposta al rischio psicologico per questo evento (soprattutto nel caso del genitore di riferimento) perché è questa l'età in cui la maggior parte delle sicurezze di un bambino è ancora rappresentata dalla presenza dei genitori.

Tuttavia, anche se in modo forse diverso, questo rischio prosegue per tutta l'età evolutiva, perché mina proprio alla base la sicurezza necessaria al bambino e al ragazzo per crescere.

L'atteggiamento che l'ambiente intorno avrà quindi nei confronti di un bambino che perde uno dei genitori è perciò della massima importanza, soprattutto per aiutarlo a esprimere e a elaborare anche la rabbia che il bambino inevitabilmente proverà nel sentirsi abbandonato, evitando che possa rivolgere l'aggressività verso di sé:[1]

> È stata osservata inoltre fin dai 13 mesi un'inversione dell'aggressività, che consiste da parte del bambino nel

---

[1] P. Fenagy e altri in M. Ammaniti, D. Stern, *Attaccamento e psicoanalisi*, Laterza, Bari 1992.

ferire se stesso invece della madre. Spitz (1965) ha osservato atti autolesionistici tra gli orfani fin dagli otto mesi e le osservazioni di Fraiberg confermano questi comportamenti difensivi tesi ad affrontare l'aggressività stimolata dalla frustrazione nel secondo anno...

Favola n. 5
La tartarughina che non voleva più uscire dal guscio

> Lasciatemi così
> come una
> cosa
> posata
> in un
> angolo
> e dimenticata.
>
> G. UNGARETTI, *Natale*

Quando nel bosco delle Sette Querce arrivava la pioggia, tutti gli animali si rifugiavano nelle loro tane ad aspettare che finisse, guardando l'acqua che scendeva dal cielo, si posava sulle foglie e poi scivolava sul terreno per dar da bere alle radici delle piante. Quando poi la pioggia cessava, tutto il bosco faceva festa e usciva ad ammirare il lucido delle foglie e dei sassi che brillavano al sole.

Fu così che un giorno, dopo una pioggia, alcuni cuccioli del bosco se ne andavano a spasso in mezzo ai cespugli e facevano a gara per trovare il sasso più bello e brillante. Ma mentre discutevano per decidere quale fosse il più splendente ecco che si sentì una voce dietro a un cespuglio che diceva: «Il mio è il più bello di tutti, ha tante piccole macchie sopra».

Gli altri cuccioli si avvicinarono e videro questa piccola pietra che sporgeva dalla terra, ma si resero subito conto che era un po' strana. Provarono a toccarla col muso ed ecco che la pietra fece un piccolo balzo, piccolissi-

mo, poi tornò ferma come prima. Riprovarono con le zampette e anche stavolta ci fu un balzo quasi impercettibile, poi di nuovo il silenzio come prima. Allora, incuriositi, i cuccioli andarono a chiamare Papà scoiattolo che abitava da quelle parti e lo portarono sul posto.

«Siete proprio dei cuccioli che devono ancora vedere tante cose» disse Papà scoiattolo con l'aria un po' divertita. «Questa non è una pietra, è una piccola tartaruga, ma è proprio molto, molto piccola. Chissà dov'è la sua mamma, provate a cercarla!» E i cuccioli si sparpagliarono per il bosco, ma della mamma tartaruga non trovarono nessuna traccia. Era proprio sparita, non c'era più, era come se la piccola tartaruga fosse comparsa da sola, dal nulla e per quante ricerche potessero fare anche gli adulti, di mamma tartaruga non si trovò traccia.

«Ma perché di questa tartarughina non si vedono né la testa, né le zampe?» chiese un piccolo.

«Forse l'avete spaventata e si è nascosta bene nel suo guscio, ma aspettate un po' e vedrete che uscirà.»

E invece, aspetta e aspetta, dal guscio non uscì proprio niente e i cuccioli erano sempre più incuriositi.

Fu così che fecero un carrettino di foglie e di frasche, ci misero sopra la tartaruga che era piccolissima e lo tirarono fino allo spiazzo delle Sette Querce. Quando finalmente questo strano corteo arrivò, si avvicinarono tutti incuriositi, ma la tartaruga non accennava a mettere fuori la testa dal guscio; ormai aveva deciso di fare il sasso e sasso continuava a essere.

«Vieni a vedere che cosa abbiamo trovato, Leone Criniera d'Oro» dissero i cuccioli, e il vecchio leone si avvicinò a vedere. «Perché non esce dal suo guscio?» insistettero i piccoli.

«Vediamo un po'» rifletté pensieroso il leone. «Che cosa potrebbe fare la tartarughina se mettesse la testa fuori dal guscio?»

«Potrebbe fare tantissime cose» ribatterono i cuccioli sempre più stupiti. «Potrebbe camminare, andare in giro

per il bosco, cercarsi da mangiare, dei compagni con cui giocare e tante altre cose ancora.»

«Eh, già, è proprio così. Allora forse questa tartarughina in questo momento non ha voglia né di camminare, né di andare in giro per il bosco, né di cercarsi da mangiare o di giocare.»

«Ma se un cucciolo non mangia, muore» disse spaventato un piccolo ghiro a cui la madre doveva sempre raccontare le storie per farlo mangiare.

«Ma allora la tartarughina morrà?» chiese con gli occhi sgranati un passero che si dondolava su un ramo.

«Non lo sappiamo» rispose il leone. *«Forse la tartarughina vuole solo fare come se non fosse viva.»*

«Ma perché?» chiesero tre o quattro vocine tutte insieme.

«Questo lo dobbiamo scoprire noi» rispose il leone. *«A te, per esempio, anatroccolo Geronimo, quand'è che non piacerebbe essere vivo?»*

«Mah...» ribatté l'anatroccolo colto alla sprovvista *«non so, perché a me spiacerebbe non fare più tutte le cose che so fare, però, forse, la cosa che mi spiacerebbe di più sarebbe che morissero la mia mamma o il mio papà e allora forse per un po' mi passerebbe la voglia di giocare.»*

«Io invece avrei proprio bisogno di giocare tutto il giorno, continuamente, per non pensarci» disse una piccola puzzola grattandosi la testa.

«A me passerebbe la voglia di giocare se nessuno mi volesse più bene» continuò un riccio appallottolandosi tutto per difendersi con le sue spine.

«E a me se avessi sempre qualcuno che mi comandasse di fare questo o quello, continuamente, come se io fossi un orsetto di peluche e non uno vero» disse con un sospiro un piccolo orso che ogni tanto era un po' in crisi.

«A me passerebbe la voglia di giocare se fossi solo al mondo» sospirò un pettirosso che si dondolava su un giunco.

«Ma allora forse è per questo che la tartarughina non vuole più mettere la testa fuori dal guscio!» sbottò un cer-

biatto tutto soddisfatto di aver forse capito il perché. «Vuol dire che si sente proprio sola al mondo!»

«Un momento» intervenne Lupetto «ma la tartarughina ha perduto davvero la sua mamma, se nessuno di noi è riuscito a trovarla. Forse è per questo che non vuole più né camminare, né giocare.»

«Anche questo è molto probabile» intervenne Criniera d'Oro «che cosa può essere successo alla mamma della tartarughina?»

«Non lo sappiamo; forse è partita.» «O forse è stata catturata.» «O forse è morta», sospirò Orsetto, in mezzo a tutte le altre voci.

«Dev'essere sicuramente morta, oppure è stata catturata, perché altrimenti una mamma non abbandona il proprio cucciolo» ribatté un altro. «Però noi vogliamo che Tartarughina viva e allora potremmo fare un bel girotondo intorno a lei e metterci a cantare tutti insieme per svegliarla.»

«Oppure potremmo portarla in una delle nostre tane per farla sentire al sicuro.» «Però potremmo anche farle una tana tutta per sé, così si sentirebbe più sicura che nella tana di un altro.» «Sì, però dovremmo fargliela vicino a una delle nostre tane, altrimenti si sentirebbe ancora sola.» «Oppure potremmo far finta che la sua mamma sia ancora viva e che debba tornare da un momento all'altro» insistette un altro cucciolo a cui non piaceva proprio l'idea che una persona non tornasse più.

«Tutte queste cose si potrebbero fare tranquillamente» ribatté Leone Criniera d'Oro. «Il problema è ora di scegliere quelle che possono aiutare di più Tartarughina a mettere la testa fuori dal guscio e a tornare a camminare, a giocare e a mangiare. Cominciamo dall'ultima proposta: se le dicessimo che la sua mamma non è morta, ma che tornerà da un momento all'altro, voi pensate che questo la aiuterà?»

«Certamente!» ribatté convinto il piccolo daino che aveva fatto la proposta, sorpresissimo del fatto che a qualcuno potesse venire in mente un pensiero diverso dal suo.

«*Ma che cosa succederà quando Tartarughina passerà un giorno dopo l'altro ad aspettare una mamma che non tornerà più?*» chiese Orsetto che, quando era più piccolo, aveva aspettato ancora per tanto tempo il suo nonno dopo che era morto.

«*Secondo me*» ribatté una formica che aveva ascoltato attentamente «*sarà ancora più infelice di prima perché penserà che gli altri le hanno detto una bugia e che quindi non ci si può proprio più fidare di nessuno e così si sentirà ancora più disperata e sola al mondo.*»

«*È vero*» soggiunse un merlo saltellando sull'erba fresca. «*Secondo me la soluzione non è quella di dire a Tartarughina che la sua mamma non è morta, ma dirle esattamente come stanno le cose.*»

«*Ma tu pensi che non si dispererà se glielo diciamo?*» insistette il piccolo daino che non riusciva a darsi pace su questo punto.

«*Certo che si dispererà*» intervenne Criniera d'Oro «*ma è giusto che un cucciolo pianga e si disperi se resta solo perché la sua mamma non c'è più. Quello che non è giusto è che non voglia più vivere, perché un cucciolo ha tutta una vita davanti a sé per diventare grande e per trasmettere ad altri cuccioli la vita che la sua mamma ha trasmesso a lui.*»

Adesso le cose erano un po' più chiare di prima. L'idea di fare come la piccola tartaruga che si era ritirata nel suo guscio per non fare più tutte le cose che a loro piacevano tanto, ai cuccioli del bosco proprio non andava. Che senso aveva essere vivi se uno non poteva né camminare, né giocare, né mangiare, perché qualcosa nella sua testa gli impediva di aver voglia di farlo? Fu così che i cuccioli decisero che non si sarebbero dati pace finché la tartarughina non avesse messo fuori dal guscio la testa e le zampe.

Il parere che prevalse fu quello di tenerla alla Scuola dello Spiazzo, che era il posto giusto per imparare a uscire dal proprio guscio.

E così, per un'altra settimana, la tartarughina rimase lì, giorno e notte. Di giorno sentiva tanto chiasso e molta allegria intorno a lei, poi le arrivavano da lontano le voci degli anziani che raccontavano le storie del Bosco delle Sette Querce nei tempi passati e, anche se faceva finta di non sentirle, quelle parole a poco a poco si fermavano nella sua testa. Quando poi tramontava il sole e calava la notte, la tartarughina si accorse che veniva tutta ricoperta con un bel tetto di frasche che la proteggeva e che ogni sera c'erano un adulto e un cucciolo che si fermavano a dormire vicino a lei, in una tana provvisoria, per farle compagnia. E dopo che questo avvenne per una settimana intera, ecco che un bel giorno si rese conto che le sue zampette avevano voglia di uscire e che la sua testa aveva nostalgia dell'aria fresca del bosco.

Fu il piccolo daino che per primo si accorse che le zampette di Tartarughina si muovevano, e corse subito a chiamare tutti gli altri. Quando i cuccioli arrivarono, lei era lì con le zampe e la testa che le spuntavano timidamente dal guscio, pronte a tornare dentro. Invece i cuccioli erano così felici che le fecero tantissime feste, perché questa era anche una loro vittoria e la piccola tartarughina scoprì di essere di nuovo contenta come da molto tempo non le succedeva più.

Quella sera la lezione alla Scuola dello Spiazzo fu dedicata a Tartarughina che aveva deciso di tornare a camminare e a giocare. Cuccioli e anziani si diedero da fare e le prepararono una bella tana proprio vicino alla Scuola dello Spiazzo, non lontano da quella di Criniera d'Oro, cosicché lei sapeva di avere un amico vicino per i momenti in cui si fosse sentita sola o piena di paura.

E così a poco a poco anche il nuovo piccolo entrò a far parte della Scuola e quando furono passati tre inverni, tre primavere, tre estati e tre autunni, anche per Tartarughina si celebrò la festa d'addio allo Spiazzo perché ormai era diventata grande e aveva tanti amici e tante cose da fare e da costruire nel bosco.

Qualche riflessione sulla favola: aiutare a vivere il proprio dolore

> «Mamma, tu non devi morire mai! Altrimenti muoio anch'io, perché io senza di te non posso vivere!»
>
> FABIO, 7 anni, alla mamma

A volte noi adulti crediamo di proteggere un bambino senza renderci conto che in realtà gli complichiamo di più la vita. Una delle situazioni in cui questo può succedere è, per esempio, il caso della morte di un genitore.

Si tratta sicuramente di un trauma unico nella vita di un bambino, un avvenimento che giustamente lo farà sentire solo, impaurito, disperato e abbandonato perché gli viene a mancare una delle due persone in cui lui ripone, e a ragione, la fiducia massima.

Ora, purtroppo, nessuno può evitare a un bambino che la incontra sulla propria strada, la difficoltà e la realtà di questa prova. Quello che si può evitargli, però, è di aggiungere, senza rendercene conto, ulteriori difficoltà a questa che è già di per sé una prova difficilissima. Paradossalmente, voler evitare a un bambino il dolore, non parlandogli di questo fatto, non facendolo partecipare al lutto generale, evitandogli le occasioni in cui possa piangere e disperarsi e ribellarsi per una cosa così ingiusta, può corrispondere al portargli via anche una seconda cosa, l'unica che gli resti in quel momento: il SUO dolore, la testimonianza ultima della presenza della mamma o del papà proprio nel dolore e nel vuoto e nella disperazione della loro assenza, nelle emozioni che questa circostanza determinano in lui. Anche noi adulti abbiamo bisogno di vivere il nostro dolore, è un nostro diritto, nessuno può portarcelo via.

«Non so che cosa darei per poterti togliere questo dolore!» ha detto una volta un giovane uomo alla sua compagna che vedeva disperarsi per la morte della propria madre.

«Ma io non voglio che tu me lo tolga!» ha risposto lei tra le lacrime. «È il Mio, è il mio dolore, è l'ultima cosa che mi resti della mia mamma! Non voglio che mi si porti via!»

La giovane donna aveva davvero messo a fuoco quanto è importante poter vivere il proprio dolore.

Ecco perché cercare di nascondere la verità e di non dirgli che cosa è successo può procurare al bambino un ulteriore trauma, oltre a quello della perdita del genitore ed è quello di sentire che non può più fidarsi degli adulti che lo circondano. È questo secondo trauma, il tradimento della fiducia, quello che invece gli si può evitare. La morte della mamma o del papà no, purtroppo, quella non gliela si può evitare, ma tradire la sua fiducia sì, questo sì che gli si può e gli si deve evitare. Altrimenti per lui sarebbe come perdere la mamma o il papà una seconda volta, se al mondo non gli resta più nessuno in assoluto di cui fidarsi.

È importante perciò rispettare e riconoscere il dolore di un bambino. Quando tentiamo di evitarglielo è forse a noi stessi che tentiamo di evitare il dolore che ci procura il veder soffrire un bambino, ma in questo modo priviamo sia lui che noi stessi di una cosa molto importante.

Può essere invece utile aiutare un bambino a curare, giorno dopo giorno, questo suo dolore, curando qualcosa che vada bene a lui, portando dei fiori alla tomba del papà o della mamma, se questo non lo disturba, piantando un albero e avendone cura, innaffiandolo e vedendolo crescere, regalandogli un cucciolo che gli faccia compagnia soprattutto quando si sentirà solo e così via. E soprattutto due cose si possono fare per lui: aiutarlo a trovare le parole per esprimere le sensazioni e le emozioni che prova e ascoltarlo per davvero quando parla, fino alla fine, senza interromperlo e senza aver paura dei silenzi che ci saranno. Ascoltare davvero un bambino è una cosa difficilissima, che in genere non siamo abituati a fare e che quindi difficilmente sappiamo fare. Ascoltarlo come se fosse sempre la prima volta che lo vediamo, con la curiosità di voler capire chi è, che cosa pensa, che cosa prova e senza la presunzione di sapere già in partenza che cosa dirà, come se si trattasse di un gioco di cui abbiamo già in mano noi le regole e la soluzione. Ascoltare davvero un bambino può invece aiutare anche noi adulti a vedere le cose anche da altri punti di vista e questa è sempre un'esperienza arricchente che a volte ci aiuta a trovare soluzioni nuove ai problemi.

E poi ci sarà probabilmente qualcos'altro in cui aiutare un bambino nel caso della perdita di un genitore e saranno i suoi sensi di colpa.

Proprio perché il compito del genitore è anche quello di fargli conoscere e interiorizzare le regole di appartenenza alla società (guai se non lo facesse perché gli renderebbe la vita sociale molto più difficile e quindi lo proteggerebbe di meno davanti alle future e inevitabili difficoltà della vita), ci saranno stati dei momenti di conflitto in cui il bambino sarà stato arrabbiato col papà o con la mamma. Questa rabbia di solito gli suscita dei sensi di colpa ed è proprio col loro aiuto che il bambino comincia ad uscire dalla onnipotenza infantile (la fase in cui tutto il mondo è suo) e a poco a poco interiorizza il concetto della esistenza anche degli altri e delle regole di appartenenza al gruppo. Però nel momento in cui il genitore gli detta delle regole il bambino proverà inevitabilmente dell'aggressività nei suoi confronti, perché le regole limitano la sua onnipotenza infantile.

Ora, un'altra caratteristica infantile è proprio l'uso del pensiero magico-onnipotente per cui il bambino nel momento in cui proverà aggressività nei confronti del genitore potrà anche essere convinto di fargli davvero del male attraverso questa sua aggressività. Da qui l'insorgere dei sensi di colpa che l'aiuteranno a poco a poco ad accettare le regole e a farle proprie.

Tuttavia nel caso di una malattia, o peggio ancora, della morte di un genitore, questi sensi di colpa diventeranno difficilissimi da tollerare proprio perché il suo stesso funzionamento mentale attraverso il pensiero magico-onnipotente potrà far pensare al bambino di essere stato lui la causa della morte del genitore e questo pensiero gli è assolutamente intollerabile. Per poterlo capire può forse servire a noi adulti pensare a come noi stessi ci sentiamo spesso in colpa dopo la morte di una persona cara. Per quanto buono potesse essere il rapporto che ci legava a lui o lei, ci verranno inevitabilmente alla mente tutte le cose che avremmo voluto e potuto fare e dire e tutte quelle che invece avremmo potuto evitare nei suoi confronti. È del tutto comprensibile e inevitabile, è uno dei prezzi che noi adulti paghiamo nei confronti delle persone care che ci vengono a mancare, la sofferenza per tutto ciò che avremmo potuto fare o evitare di fare e che pensiamo che a loro sia dispiaciuto.

Tuttavia per un bambino la cosa è ancora più dolorosa perché il suo funzionamento mentale magico-onnipotente lo porterà facilmente a credere non di aver fatto delle cose che hanno provocato sofferenza nel genitore, ma di aver fatto delle cose che l'hanno fatto morire (pensiero purtroppo rinforzato da frasi come "Tu mi farai morire!").

La paura di aver fatto morire il papà o la mamma è un pensiero così intollerabile per un bambino che gli causerà il massimo della sofferenza. Ora, per fortuna, non tutti devono attraversarla (saranno probabilmente i bambini con un rapporto molto conflittuale col genitore a doverla provare di più), ma ogni bambino ricorda sicuramente qualcosa che lui ha fatto e che è dispiaciuto al papà o alla mamma e questo gli potrà innescare la paura di aver fatto qualcosa che possa aver contribuito a farli morire.

L'atteggiamento quindi che l'ambiente intorno a lui assume nell'aiutare un bambino a tollerare il dolore per la perdita di un genitore è perciò, come nella favola, molto importante.

Mai come in questo caso è forse utile cercare davvero di provare a vedere la realtà con i suoi occhi, per evitare di aggiungere dolore a dolore e ferita a ferita.

Capitolo terzo
Alle radici della rabbia

Io, quando sono molto arrabbiata, mi sfogo litigando con mio fratello o con le mie amiche.

SILVIA, 12 anni

6
L'iperprotezione svalutativa

Mentre le favole precedenti facevano parte del gruppo che avevo scritto in passato, quelle che seguiranno ora, più ispirate alla fiaba classica e diverse nel tempo e come costruzione, si rifanno sia a dei bambini reali che alla storia infantile di tanti adulti incontrati in consultazioni psicologiche o in psicoterapia. Vorrebbero quindi aiutare a mettere a fuoco come in certe circostanze noi adulti possiamo entrare in atteggiamenti a volte consapevoli e voluti (perché crediamo di agire per il loro bene) e a volte inconsapevoli che in realtà a lunga scadenza si possono ritorcere contro di noi e i bambini a cui teniamo. Si tratta in genere di comportamenti davanti a determinate situazioni che abbiamo inconsapevolmente assorbito da piccoli e che fanno quindi parte della cultura familiare e sociale allargata di come ci si deve rapportare ai bambini. La stragrande maggioranza di questi atteggiamenti è in genere efficace (altrimenti noi stessi non saremmo sopravvissuti!), ma ce ne potranno essere inevitabilmente anche alcuni di scarsa attenzione ai bisogni psicologici dei bambini perché questo dato ha fatto parte della nostra organizzazione sociale e *continua* a farne parte, nonostante oggi possa sembrare il contrario. Sono invece proprio questi gli atteggiamenti che passando inconsapevolmente da una generazione all'altra come tanti anelli di una catena, perpetuano la trasmissione di qualche caratteristica del nostro funzionamento mentale che ci si ritorcerà inevitabilmente contro, come l'ha fatto in passato con i nostri genitori e i nostri nonni prima di loro, seppure all'interno di storie diverse.

Se riusciamo perciò a individuare questi atteggiamenti (che sono in genere *parte di un tutto* e non rappresentano di certo la totalità della relazione che è sempre molto più ricca e complessa) è forse possibile, anche se non facile di certo, spostare la relazione col bambino su piani più costruttivi per entrambi. Gli offriremo così anche il modello che lui a sua volta trasmetterà automaticamente nel tempo alle generazioni che seguiranno.

Un buon segnale a cui fare attenzione per capire se un nostro atteggiamento aiuta o ostacola il processo di crescita di un bambino può essere la sua reazione.

Se sentiamo che il bambino è profondamente mortificato, arrabbiato, dispiaciuto (anche se non lo dimostra) vale forse la pena cercare di capire che cosa nella nostra relazione con lui gli può far male e ritorcersi contro entrambi.

Proviamo, ad esempio, a pensare a una situazione, recente o lontana, in cui ci siamo sentiti svalutati. È una sensazione spiacevolissima che fa tanto più male quanto più gli altri sono importanti per noi. Sentirsi svalutati è un attentato all'autostima, che è invece il nostro motore di vita, quello che ci permette di vivere e di operare nella realtà quotidiana. Eppure la svalutazione è uno strumento che usiamo spesso, consapevolmente o inconsapevolmente, nelle nostre interazioni quotidiane, soprattutto quando insegnamo delle cose ai giovani.

Svalutando compiamo in genere almeno due operazioni: mortifichiamo l'altro mettendogli in crisi le sue risorse e il suo modo di fare le cose e possiamo trasmettere implicitamente il messaggio che il modo di farle è uno e solo uno, che, guarda caso, è in genere il nostro. Corriamo il rischio, quindi, di rinforzare un modo di pensare rigido, che non riesce a vedere soluzioni diverse ai problemi. Eppure l'uomo nel corso dei millenni ha trovato una varietà infinita di soluzioni ai problemi pratici e quotidiani della vita, anche se oggi il tipo di realtà tecnologica in cui viviamo tende spesso a uniformare questo aspetto, con vantaggi e svantaggi, come tutte le cose della vita.

Mi ha sempre colpito moltissimo vedere la grande varietà di strumenti quotidiani del vivere che si può ritrovare in quei veri e propri musei della storia della creatività domestica che sono le cucine e i loro utensili. Lo stesso problema viene risolto in un paese in un modo, in un altro in un altro ancora, altrove in modi ancora diversi. Eppure tutti fungono al loro scopo, che è quello di rispondere a un bisogno elementare e primordiale dell'uomo, quello di nutrirsi. Ma ogni gruppo e ogni cultura ha trovato le proprie modalità, radicate nella storia del paese che l'ha prodotta. Non a caso è solo oggi che, con i forti movimenti migratori in atto, ci confrontiamo con la difficoltà di far coesistere fra di loro culture che hanno valori e modalità di approccio alla realtà profondamente diversi. Pensare invece rigidamente che il modo di affrontare i problemi sia uno e solo uno, è perciò una modalità che non sembra facilitare la vita né a noi, né ai bambini o ai giovani che imparano da noi il funzionamento mentale. Perché non dobbiamo dimenticare che è questa una delle maggiori acquisizioni che un bambino fa nel suo rapporto con noi adulti, quella di imparare gli schemi e i modelli con cui pensare e relazionarsi agli altri.

Ora, per tornare al nostro tema, la svalutazione può essere trasmessa in tanti modi, più o meno palesi, che vanno dal dire «Non sai fare nulla!» con le parole, al dirlo silenziosamente con gli atti, rifacendo da capo quello che un altro ha fatto. «Eppure dobbiamo insegnare ai bambini!» dice a questo punto la nostra parte adulta ed è vero. Ma i bambini di solito imparano per imitazione dai nostri comportamenti, più che dalle nostre parole. Ecco perché val forse la pena di avere uno sguardo d'attenzione a come ci poniamo nei loro confronti. Uno dei modi più sottili e difficili da riconoscere con cui si può inconsapevolmente svalutare un bambino, pensando spesso invece di fare il suo bene, è quello di iperproteggerlo e di fare le cose non per lui, ma al suo posto.

Questa favola tenta di dare le parole a uno dei meccanismi distruttivi che si possono venire a creare, nel corso degli anni, in una relazione di questo tipo, che alla fine si ritorce inevitabilmente contro noi adulti e i bambini che ci sono cari.

Favola n. 6
Il principino che distruggeva i castelli

> Sono un uomo ferito.
> E me ne vorrei andare
> e finalmente giungere,
> Pietà, dove si ascolta
> l'uomo che è solo con sé.
>
> G. UNGARETTI, *La Pietà*

C'era una volta, tanto e tanto tempo fa, un piccolo regno dove un giorno nacque una principessina così bella che le fu dato il nome di un fiore, anzi, della regina dei fiori, la Rosa.

E man mano che il tempo passava, la principessa crebbe facendo i giochi di tutti gli altri bambini di quel regno, compreso quello di costruire i castelli di sabbia sulla riva del mare. Ma la prima volta che ci provò il suo castello cadde rovinosamente a terra, perché, come si sa, da che mondo è mondo tutti i castelli devono cadere tante volte prima di imparare a stare in piedi.

Ma la principessa Rosa, che invece non lo sapeva, cominciò a pensare di non essere capace di farli e diede ragione al suo papà che le diceva sempre: «I castelli lasciali costruire ai maschi, non sono cose per le bambine!». E così a poco a poco si convinse di non essere né brava, né intelligente, né capace di costruire le cose come tutti gli altri bambini, visto che il suo castello non era neanche riuscito a stare in piedi.

E giorno dopo giorno questo pensiero cominciò ad accompagnarla e ogni volta che la paura di non essere capace si impadroniva di lei ecco che davvero la principessa Rosa non riusciva a fare i giochi che facevano gli altri, né ad imparare le stesse cose che imparavano loro e anche le sue mani cominciavano a tremare mentre provava a costruire i castelli, cosicché questi alla fine cadevano rovinosamente al suolo.

E allora la principessa Rosa rinunciò a poco a poco a costruire i castelli e si disse: «Quando sarò grande, però, io troverò qualcuno che mi aiuterà a costruire dei bellissimi castelli, proprio col progetto che ho in mente io! E allora sì che mi sentirò come gli altri, anzi, persino più brava di loro!».

E così il tempo passò, i fiori sbocciarono e appassirono tante volte sui prati, la neve cadde e si sciolse tante volte sui campi di grano degli uomini, l'acqua dei fiumi passò tante altre volte sotto i ponti, il vento continuò a modellare le sue statue di roccia e la principessa Rosa diventò grande e si sposò con un principe azzurro con la segreta speranza di poter finalmente avere qualcuno che l'aiutasse a costruire il castello che lei aveva in mente, esattamente quello e non un altro. Ma quello che lei non sapeva era che il principe, invece, i castelli li sapeva, sì, costruire, ma secondo il progetto che aveva imparato lui quando era piccolo, che era un po' diverso dal suo.

E invece la principessa Rosa aveva in mente un progetto ben preciso di castello, esattamente quello che lei avrebbe voluto costruire quando era bambina, cosicché non le piacevano per niente i castelli che venivano costruiti secondo altri progetti, neanche quelli del principe azzurro.

E fu così che quando più tardi le nacque un principino a cui fu dato il nome di Castellano, la principessa Rosa si disse: «Lui sì che saprà costruire dei bellissimi castelli, proprio con lo stesso progetto che gli insegnerò io! A lui non dovrà capitare di sentirsi incapace e poco intelligente e poco bravo come mi sentivo io quando giocavo con gli altri bambini!». E fu così che fece di tutto perché il suo bambino potesse crescere contento e felice e perché imparasse il suo progetto per costruire i castelli, senza sapere che invece si possono usare anche dei progetti diversi e che i castelli restano lo stesso in piedi.

E così, man mano che i giorni passavano, anche il nostro principino, come tutti, cominciò a imparare a poco a poco a fare le cose e fu così che un bel giorno, vedendo che tutti costruivano dei castelli, decise di provare a costruirne uno anche lui, con la sabbia del giardino. Ma siccome era proprio la prima volta che ci provava, come sempre succede, il piccolo castello non resse e cascò precipitosamente giù.

Allora il principino, che aveva proprio voglia di imparare, si mise pazientemente a costruirne un altro in un altro modo, ma anche questa volta il suo piccolo castello cadde rovinosamente al suolo.

Alla terza volta che gli successe, il nostro principino scoppiò a piangere e pianse tutte le sue lacrime perché lui non sapeva che prima di saper costruire un castello bisogna provarci tante volte e vederlo cadere rovinosamente a terra altrettante volte.

Ma la sua mamma, la principessa Rosa che ora era diventata regina e lo guardava affacciata alla finestra, sentì un gran dolore al cuore e si disse: «No, non è possibile che anche il castello che ha fatto il mio bambino debba cadere, mentre quelli che fanno gli altri stanno in piedi, esattamente come succedeva a me da piccola! Adesso vado giù io a farglielo!».

E fu così che scese precipitosamente in giardino e gli costruì un bellissimo castello, proprio seguendo il modello che piaceva a lei e questa volta, per amore del suo bambino, ci riuscì davvero. Il principino lo guardò ammirato, batté le mani e disse: «La mia mamma sì che è bra-*

va! Lei sì che sa costruire i castelli!» e la Regina si sentì felice perché aveva finalmente dimostrato che anche lei sapeva costruire i castelli, al contrario di quello che le succedeva da piccola, quando si sentiva incapace e frustrata, un vero fallimento.

E fu così che ogni volta che il principino si metteva a costruire un castello, ecco che arrivava la sua mamma che gli diceva: «Tu sei ancora troppo piccolo, devi aspettare, non sai ancora costruire i castelli, aspetta che te ne costruisco uno io!» e gli costruiva un bellissimo castello.

Andò a finire che, senza che nessuno se ne accorgesse, man mano che il tempo passava il principino rinunciò a costruire i castelli, innanzitutto perché c'era la sua mamma che li costruiva per lui, e poi perché, in ogni caso, belli come quelli che faceva lei, lui proprio non li avrebbe mai saputi fare. Ma siccome l'unica cosa che il principino aveva scoperto di saper fare da solo era quella di far cadere i castelli e siccome quando si è piccoli si ha proprio molto bisogno di essere sicuri di saper fare almeno una cosa da soli, proprio da soli, per capire chi si è, ecco che a poco a poco il principino cominciò a fare l'unica cosa che gli veniva spontanea di fare da solo, cioè quella di andare in giro per il suo mondo facendo cadere tutti i castelli che incontrava lungo la sua strada.

E così il tempo passò, i fiori sbocciarono e appassirono tante volte sui prati, la neve cadde e si sciolse tante volte sui campi di grano degli uomini, l'acqua dei fiumi passò innumerevoli volte sotto i ponti e il principino crebbe e diventò grande, ma con un angolo segreto dentro di sé in cui era convinto che lui era uno che i castelli non li avrebbe mai saputi costruire, al massimo li poteva solo far crollare rovinosamente al suolo.

Finché arrivò un giorno in cui il principe Castellano era così amareggiato e triste e arrabbiato per le colpe che tutti gli davano e che lui stesso si dava dentro di sé per non sapere costruire i castelli, che alla fine decise di an-

darsene e di partire per un lungo viaggio, per imparare anche lui a costruire qualcosa nella vita.

E fu così che il principe partì una mattina al levarsi del sole e lungo il suo viaggio, giorno dopo giorno, mese dopo mese, anno dopo anno, incontrò tante persone e cose nuove che lui non conosceva e che non aveva mai sperimentato.

E in questo cammino attraversò con molta paura una foresta popolata di animali feroci, guadò con altrettanta fatica un fiume vorticoso che cercava di travolgerlo e portarlo con sé, attraversò un mare in tempesta dove rischiò più volte di naufragare ed ecco che alla fine si trovò spossato e stremato sulla cima di una collina dolce, illuminata dal sole. E lì, a poco a poco, il principe cominciò a costruire un muro, e poi un altro, e poi un altro ancora ed ecco che alla fine tutti i muri messi insieme formarono una costruzione che non solo era un castello vero e proprio, anche se non del tutto eccezionale, ma che restava anche in piedi.

E allora il principe Castellano si disse tutto contento: «Ecco, in questo castello, quando sarà finito, io ci verrò a vivere con mia moglie e i miei figli!». Ma mentre si diceva questo, si rese improvvisamente conto che per la prima volta in vita sua lui aveva davvero costruito un castello e fu così sorpreso e anche così spaventato dall'idea di non sapere più chi era se non era neanche più uno che distruggeva i castelli e si sentì così schiacciato dal sentirsi improvvisamente diverso da come lui aveva pensato di essere e anche da tutte le responsabilità che si hanno quando si costruiscono i castelli, che si disse precipitosamente: «No, io no, non è possibile! Non può essere vero! Io sono uno che non sa costruire i castelli, li sa solo distruggere!».

E così, per paura che crollasse come tutti gli altri, decise di distruggere lui il suo castello, che pure stava in piedi ed era pure solido, anche se non proprio meraviglioso come quello degli altri e neanche costruito sul progetto che lui aveva sempre avuto in mente. Ma mentre si accingeva a distruggerlo ecco che un pensiero nuovo gli attraversò la mente: «Ma questo castello l'ho fatto proprio io, con le mie mani, dopo tanti tentativi. Non c'è nessun altro al mondo che l'abbia fatto al posto mio! E anche se non è così meraviglioso come quelli della mia mamma e di tutti gli altri, è pur sempre un buon castello che sta in piedi e forse un giorno ci potrò davvero venire a vivere con mia moglie e i miei figli!».

E fu così che, a poco a poco, come qualche volta succede, anche il principe Castellano ebbe un castello in cui vivere, costruito proprio da lui, con le sue mani, intorno a un fuoco che riscaldava la sala centrale. E intorno a questo fuoco arrivarono col tempo i suoi figli e poi i figli dei suoi figli e il regalo più grande che ci trovarono fu quello di scoprire che ognuno nella vita, prima o poi, può imparare a costruire il proprio castello e a viverci avendone cura, come un buon padrone e non come ospite, anche se a volte questa può sembrare un'impresa impossibile.

E da allora anche questo fu scritto nel Libro *della Vita che si tramandò in quel castello da una generazione all'altra come eredità preziosa, conservata in uno scrigno antico nella sala del camino centrale.*

Qualche riflessione sulla favola: l'iperprotezione svalutativa e la trasmissione di vecchie ferite

«Mamma tu non mi devi aiutare così!
Altrimenti non imparerò mai da solo!»

GIORGIO, 6 anni, alla mamma

Anche questo è un tema non facile da trattare con i genitori perché non è così evidente il meccanismo relazionale che si genera e che poi il figlio può interiorizzare e fare suo, come tutti i meccanismi relazionali.

Quello che colpisce l'osservatore non coinvolto (nel momento in cui siamo coinvolti ci possiamo cadere invece tutti) è il paradosso che si viene a creare. Un genitore che ha sofferto per essersi sentito svalutato e inadeguato può paradossalmente prolungare e perpetuare questa ferita nel momento in cui si propone fermamente di evitarla a suo figlio iperproteggendolo. È importante invece che riesca a capire che sono le sue ferite quelle che vuole riparare attraverso il figlio. Infatti considerare un bambino come qualcosa da riparare («Io non ho studiato, allora tu devi studiare! Io ho sofferto, allora tu non devi soffrire!» e così via...) vuol dire considerarlo già in partenza come qualcuno carente di qualcosa, il che vuol dire accoglierlo già con una visione preconcetta. E questo qualcosa non sempre è un bisogno reale del bambino: è invece facilmente "quel qualcosa" che è mancato a noi adulti quando eravamo piccoli. È questo mischiare e proiettare sul bambino fuori, cose che invece appartengono alla storia del bambino che noi adulti siamo stati, ciò che può intervenire in una relazione creando confusione e perpetuando la sofferenza invece di aiutarla.

Eppure alla base c'è quasi sempre da parte di noi adulti un desiderio genuino di far qualcosa di buono per un bambino, ma in questo caso la modalità con cui si tenta di realizzarlo si ritorce spesso alla fine contro di noi e i bambini che ci sono cari.

Proviamo a scorrere, per rendercene conto, una vignetta fra le tante possibili, costruita sintetizzando in una sola diverse storie personali, viste sia nella scuola che in consulenze psicologiche (quanti abbandoni scolastici hanno alle spalle storie simili!).

Roberto è il terzogenito di una coppia con tre figli, ed è l'unico maschio, il prediletto della madre, quello su cui lei investe gran parte della sua affettività sin dalla nascita. In quel periodo la madre, Leila, giovane donna lontana dalla sua famiglia, vive con la famiglia del marito da cui si sente poco capita e accettata, in una condizione di grande solitudine. Anche col marito il dialogo non è molto facile, per cui alla nascita del figlio maschio Leila gli si lega moltissimo, lo vede come la sua futura arma di riscatto e tende a formare con lui una coppia chiusa madre-bambino ancora più che con le figlie.

In effetti il rapporto di Leila con gli uomini della sua vita non è mai stato molto facile; da suo padre si è sempre sentita svalutata rispetto ai fratelli e questa svalutazione è proseguita anche dopo il matrimonio perché lei ha voluto sposare proprio un marito che suo padre non stimava. E così Leila, per affermare una scelta sua in un ambiente familiare che valorizzava solo un certo modello maschile, ha scelto un marito in opposizione alla sua famiglia. Ma il gioco psicologico in cui era cresciuta in famiglia ormai è diventato inconsapevolmente il suo; a poco a poco, più lei si sente poco accettata e capita dalla famiglia del marito e più tende a mitizzare quella d'origine, cominciando contemporaneamente a svalutare suo marito che a suo parere non è all'altezza di quel modello.

Giacomo, il marito, si sente a sua volta messo un po' ai margini di questi nuclei familiari, quello nuovo e quello d'origine, e riversa tutte le sue energie sul lavoro, anche perché c'è il problema dell'acquisto di una casa autonoma. E così Roberto cresce in una famiglia con una mamma tutta proiettata su di lui perché è da lui che si aspetta una rivincita nei confronti della sua famiglia d'origine e di quella del marito. È lui che deve diventare una persona di successo e deve studiare più di tutti. E così Leila, senza rendersene conto e facendo grandi sacrifici personali per dare a suo figlio il meglio di tutto, comincia a chiedergli inconsapevolmente di essere lui chi finalmente guarirà le sue ferite svalutative.

Il rovescio della medaglia è che in questo modo purtroppo la svalutazione continua. Roberto cresce con una mamma che non solo provvede a lui in tutto e per tutto, ma che gli previene persino i desideri per evitargli qualsiasi frustrazione e questo sul piano mentale a poco a poco gli produce l'assoluta incapacità di reagire e di trovare le sue risorse nelle situazioni di difficoltà. Leila, che è stata una bambina sola, triste e svalutata, senza rendersene conto e in un modo sicuramente ben lontano dalla sua volontà, finisce purtroppo per perpetuare con Roberto, il suo figlio prediletto, lo stesso meccanismo svalutativo in cui è cresciuta lei.

E così Roberto cresce con la sensazione di essere un oggetto nelle mani della mamma. È lei che lo guida, che gli dice che cosa deve fare, che media sempre fra lui e la realtà.

«Era come se io non esistessi» dirà lui, anni più tardi con grande sofferenza. «Io, da solo, non sapevo chi ero. Io ero quello che mia madre mi diceva che ero; senza di lei non avevo neanche la sensazione di esistere.»

In questo modo Roberto è così pieno di tensione per le aspettative troppo alte che l'ansia lo fa diventare a poco a poco il contrario di quello che sua madre si aspetterebbe da lui. Invece di essere un bambino e un ragazzo di successo comincia ad accumulare difficoltà su difficoltà, sia sul piano scolastico che su quello relazionale, il tutto in silenzio e senza che sua madre intuisca la sua sofferenza. Neanche l'aiuto del padre gli può servire perché non può identificarsi con un modello maschile che sente svalutato da sua madre. Ma Leila insiste, instancabile, non si lascia scoraggiare. Più Roberto entra in comportamenti che gli si ritorcono contro, più lei moltiplica le sue strategie e i suoi tentativi di farne una persona di successo, senza rendersi conto che è invece anche questo uno dei meccanismi che ne favoriscono l'insuccesso.

Finite le scuole medie, il ragazzo entra alle superiori, ma la sua energia mentale è impiegata tutta sul piano della sopravvivenza psicologica, e neanche un briciolo gliene resta a disposizione per lo studio. Di conseguenza l'insuccesso continua, finché qualche anno più tardi anche Leila, al colmo della disperazione, si arrende, rinuncia all'idea di avere un figlio con un titolo di studio e lo porta all'Ufficio di Collocamento a fare il libretto di lavoro. «Ecco, da ora in avanti sarai tu ad assumerti le tue responsabilità. Ecco qui il libretto. Io non c'entro più, non mi voglio più occupare di te!» gli urla in preda a una sofferenza non più tollerabile.

Ma dentro a quella rabbia angosciata c'è il riassunto di tutte le ferite della sua vita; la solitudine, la disperazione, l'essersi sentita una persona di nessun valore, l'aver finalmente visto una speranza di riscatto nel momento in cui è nato il figlio maschio e l'aver visto questa speranza spegnersi giorno dopo giorno, nonostante tutti i suoi tentativi di alimentarla. Leila ha sacrificato tutto a questa speranza pur di tenerla accesa, se stessa, i suoi desideri, le sue emozioni, i suoi bisogni ed ecco che adesso deve riconoscere davanti a se stessa e davanti a questa famiglia d'origine che lei continua a portarsi dentro che questa speranza si è spenta, non c'è più modo di tenerla accesa.

Suo figlio non riscatterà mai con lo studio le sue vecchie ferite e questo per lei vuol dire riconoscere definitivamente il suo fallimento. È finita la battaglia che ha combattuto per una vita su questo punto e lei ha perso. Nel dolore di questa perdita Leila è come un animale ferito e sfoga la sua rabbia sul figlio.

«Me lo ricorderò per tutta la vita quel giorno» dirà Roberto, anni più tardi. «C'era la nebbia e noi camminavamo lungo un viale. Mia madre camminava davanti a me e agitava il libretto di lavoro e mi diceva che d'ora in avanti lei per me non avrebbe fatto più niente. Io ero dietro e all'improvviso mi sono sentito abbandonato, come se non esistessi più. Non sapevo più chi ero né dove ero. Avevo davanti a me mia madre, quella che aveva provveduto a me per tutta la vita, in tutto, nelle cose che facevo e persino in quelle che pensavo perché lei sapeva sempre pensare meglio di me e aveva sempre fatto tutto per me, anche al posto mio, ed ecco che all'improvviso questa persona senza la quale io non so vivere mi dice che lei per me non farà più niente, che sarò io a dover fare tutto e mi mette in mano questo libretto di lavoro. Era come se per tutta la vita qualcuno mi avesse dettato una parte da recitare e ora all'improvviso ero io che dovevo inventare la mia parte. Ma io non potevo farlo, per inventare qualcosa bisogna almeno essere sicuri di esistere, ma io ormai non ero sicuro di niente, tanto meno di esistere. Avevo una sensazione terribile, che non era neanche quella di essere morto, era proprio quella di non esistere. Non sapevo più chi ero, né che cosa facevo, né dove ero. Ricordo solo il viale e la nebbia. Forse è stata quella che mi ha salvato. Da allora la nebbia mi ha accompagnato, è entrata dentro di me. Ogni volta che avevo la sensazione di non esistere, ecco che mi ritornava in mente il viale, la nebbia, il suono dei nostri passi sulle foglie e quel libretto di lavoro agitato nell'aria. Ecco, io ormai non sapevo più chi ero, ma c'era il ricordo persistente di questa nebbia. Da quel momento la nebbia è entrata dentro di me. Io ero la nebbia. È sempre meglio essere nebbia piuttosto che non esistere per niente! Almeno la nebbia esiste, la vedi, la senti, la sfiori con le mani, la respiri con i polmoni! Sì, essere nebbia era una possibilità di esistere, contro questa terribile sensazione di non esistere. E io allora sono diventato nebbia.»

Questa nebbia è costata a Roberto anni e anni di dolore, di pena, di fatica quotidiana di vivere, ma l'ha pur salvato alla fine. Quando Leila ha accettato la sua impotenza e ha smesso di lottare al posto di suo figlio, a poco a poco è stato lui che ha cominciato a farlo, a lottare per sé, a conquistarsi il diritto di esistere, giorno dopo giorno.

Così, nonostante tutto questo grande dolore e tutta questa pena, Leila ha lasciato a suo figlio una grande eredità, gli ha insegnato a lottare per vivere.

Ora Roberto ha costruito un suo castello. Non è meraviglioso, non è per niente eccezionale, ma è pur sempre un buon castello che sta in piedi per conto suo, senza puntelli esterni. Molto spesso le finestre si spalancano ai venti gelidi della tempesta e qualche volta la pioggia penetra dal tetto, ma in fin dei conti si tratta pur sempre di un buon castello, con delle persone care intorno al fuoco e Roberto sa che ogni tanto nella sua vita deve e dovrà fermarsi a dedicare del tempo ad aggiustare le finestre che si spalancano o a sistemare le tegole del tetto smosse dal vento delle tempeste, mentre qualcuno l'aspetta accanto a un fuoco che ha costruito lui, proprio lui, con le sue mani.

7
I conti in sospeso

Una caratteristica tipica della rabbia è quella di scatenarsi spesso nel momento in cui un qualsiasi avvenimento esterno, a volte banale e apparentemente irrilevante, va a toccare uno dei lembi delle vecchie ferite che ne sono all'origine. In questo caso, sia gli altri che noi stessi per primi restiamo a volte stupiti dall'intensità e dalla veemenza con cui ci invade quest'emozione che è solo parzialmente spiegabile dalla situazione del momento e che spesso facciamo fatica a controllare.

Ogni volta che il furore si impossessa di noi facendoci perdere il controllo è probabile infatti che le persone o le circostanze esterne coinvolte abbiano, a volte inconsapevolmente, riprodotto qualcosa che ci ha fatto molto male in passato e che è lì, pronto a entrare in risonanza, anche nelle nuove relazioni e situazioni. Questo finisce quindi per complicare notevolmente la vita, a noi e alle persone coinvolte insieme a noi. A noi, innanzi tutto, perché perdiamo la speranza nelle persone che ci circondano pensando che siano gli unici responsabili di tutto questo dolore e agli altri perché finiscono spesso per non capire che cosa è successo e quindi per sentirsi loro stessi accusati ingiustamente di qualcosa.

La favola seguente tenta di ricostruire un percorso che restituisca un senso alle difficoltà reali che alcune persone hanno incontrato in passato nei loro rapporti con le persone vicine, cercando di ricostruire una delle tante modalità relazionali che le hanno fatte soffrire, quella di subire degli interventi ironici distruttivi da bambini. È il risultato, quindi, di varie storie personali, condensate in una, come per la precedente.

A questo proposito è tuttavia sempre importante ricordare che ognuno ha la propria storia, unica e irripetibile, e che sembra che sia solo nell'incontro specifico fra la propria individualità (che va dal patrimonio genetico alla propria storia) con determinate modalità di relazione che scaturisca una maggiore o minore sofferenza.

Favola n. 7

La principessina arrabbiata perché non le chiedevano mai scusa

> «Ah! Ecco un suddito!» esclamò il re appena vide il piccolo principe.
> E il piccolo principe si domandò: «Come può riconoscermi se non mi ha mai visto?».
> Non sapeva che per un re il mondo è molto semplificato. Tutti gli uomini sono dei sudditi.
>
> A. DE SAINT-EXUPÉRY, *Il Piccolo Principe*

C'era una volta, tanto e tanto tempo fa, in un'epoca che gli uomini di adesso non sanno neanche immaginare, tanto era diverso, un piccolo regno di cui nessuno conosceva l'esistenza perché era su un'isola ed era circondato da un grande mare che nessuna nave o barca solcava mai.

E in questo piccolo regno vivevano un re e una regina che si erano ritirati lì tempo prima quando avevano perduto il loro vecchio castello a cui erano molto affezionati e che stava da un'altra parte della terra. E insieme a loro c'era anche la principessina che era una bambina proprio come tutte le altre, a cui piaceva ridere, fare chiasso e giocare come a tutti i bambini di questo mondo. E ogni volta che la principessina vedeva i pochi altri bambini di quell'isola giocare fuori dal suo giardino provava sempre una grande invidia perché loro potevano andare in giro per le strade ma lei che era una principessa non poteva farlo, anche se ormai non abitava più in un castello, come fanno di solito i principi, ma solo in una casa come tutti gli altri.

Allora la principessina andava dal re e dalla regina a chiedere almeno il permesso di far entrare gli altri bambini nel giardino, ma il suo papà e la sua mamma, da quando avevano perduto il loro vecchio castello, degli altri ormai avevano un po' paura, per cui le rispondevano sempre: «No, no, non c'è da fidarsi a far entrare gli altri in giardino. E poi loro non devono sapere che il nostro non è più un castello, ma soltanto una casa».

E così la nostra principessa cresceva sola e senza amici ed era spesso triste e anche arrabbiata, ma nessuno se ne accorgeva proprio perché di solito si pensa che i principini siano sempre felici e non si fa tanto caso invece a quello che gli passa davvero per il cuore.

E il cuore della principessina invece sembrava spesso una giornata di tempesta sul mare, con tuoni, fulmini, e onde altissime che volevano toccare il cielo.

Un giorno che la nostra principessa, che si chiamava Matilde, era davvero molto, molto, ma proprio molto arrabbiata, raccolse tutto il suo coraggio e andò dal re a protestare: «Perché gli altri bambini possono giocare sulla strada e io no?» gli chiese.

Il re la guardò un po' meravigliato. «Ma tu non sei come gli altri» le rispose. «Noi siamo diversi, siamo dei principi e un principe non può giocare per la strada!»

«Ma io sono una bambina» singhiozzò la principessa «e ho proprio voglia di giocare con gli altri.»

Allora il re si mise sul vecchio trono che aveva portato via dal suo antico castello e le disse severamente che un altro dovere dei principini era quello di obbedire al re, in tutto e per tutto perché quello che diceva lui non si poteva proprio discutere. Ma siccome la principessa Matilde continuava a piangere e a singhiozzare perché il suo cuore era troppo pieno di dolore e di solitudine e di voglia di imparare tante cose giocando insieme agli altri bambini, ecco che il re, pensando di aiutarla a smettere, facendola ridere, cominciò a prenderla in giro per questa sua richie-

sta, che invece per lei era davvero molto importante, più dell'aria che respirava e del cibo che mangiava.

Il re, in realtà, voleva veramente solo farla smettere di piangere perché la verità era che lui non tollerava di veder soffrire un bambino, gli ricordava troppo quanto lui stesso aveva sofferto da piccolo. Ma le sue parole di presa in giro invece caddero come tanti aghi che si conficcarono nella carne della povera principessina la quale alla fine si ritirò in un angolo della casa addolorata più di prima e questa volta anche offesa perché la presa in giro l'aveva proprio mortificata.

E così, per tanto tempo, la principessina ogni tanto si armava di coraggio e continuava a chiedere delle cose che di solito i bambini fanno, come andare a giocare e stare con gli altri, e il re continuò a negargliele e a prenderla in giro per cercare di farla ridere, senza accorgersi che lei si offendeva, era ogni volta più mortificata e si ritirava sempre più in un angolo. Finché un giorno tutto questo dolore e tutta questa mortificazione che la principessina portava dentro di sé arrivarono a un punto tale che il suo piccolo corpo non poteva più contenerli e allora per uscire si trasformarono in rabbia. Matilde andò diritta davanti al re, tutta arrabbiata e stringendo i pugni: «Mi hai offeso!» gli urlò «chiedimi scusa!».

Il re, che stava leggendo il giornale sul trono, smise di leggere, la guardò meravigliato e un po' ironico e dopo un poco le disse: «No, non te la chiedo!».

La principessina, non sapeva più che cosa fare. Lei era entrata arrabbiata, sì, ma anche piagnucolante e con i pugni dietro la schiena, proprio per fargli compassione e perché era convinta che il re le dovesse chiedere scusa per come l'aveva presa in giro e pensava che questa volta anche lui si sarebbe accorto che doveva farlo davvero.

Non è che Matilde non avesse delle cose, ne aveva tante, per carità, come tutti gli altri principini, persino troppe e a volte anche inutili, ma erano sempre cose che decidevano *gli altri per lei, come se lei non avesse il diritto di avere dei pensieri, delle emozioni, sentimenti e desideri tutti suoi e solo suoi, che fossero diversi da quelli del re e della regina.*

"Allora" pensò Matilde "se lui che è il re e quindi il più importante di tutti mi chiede scusa, vuol dire che riconosce che anch'io valgo qualcosa e se lo riconosce lui vuol proprio dire che è vero. Ma se io non ho neanche il diritto di avere dei diritti, vuol proprio dire che non valgo nulla, che è come se non esistessi, che è indifferente che io ci sia o non ci sia."

E fu così che la principessina da quel giorno cominciò a pensare di non valere proprio niente e quindi di non essere proprio niente. E alla fine, per sopravvivere, decise di mettere a tacere tutte queste cose dentro di lei che le facevano così male.

Un bel giorno prese tutte le emozioni e le mise in un cassetto in un angolo del cuore, lo chiuse a chiave e decise di andare avanti solo con i pensieri della testa, stando bene attenta che fossero neutri e senza emozioni.

E fu pure così che passò tanto tempo e Matilde era diventata la principessa più ragionante del mondo, ragionava su tutto, ma sempre e soltanto con pensieri lontani dal cuore. La sua testa diventava sempre più simile a un calcolatore in funzione: $(y^2 + 2y + 1)^{1/2} = [y + 1]$ *oppure* $\log(ab) = \log a + \log b$ *o anche* $4z^2 - 9 = (2z + 3)(2z - 3)$ *e così via. Qualsiasi cosa le venisse da fuori la nostra principessa la selezionava immediatamente e la immetteva nel calcolatore al posto giusto. Era diventata un abilissimo robot, perché il filtro della testa era l'unica cosa che le permettesse di proteggere il cuore.*[1]

Intanto, però, man mano che il tempo passava, le emozioni dentro al cassetto diventavano sempre più insofferenti di restarsene al chiuso. Erano tante emozioni diverse

---

[1] Ringrazio Marina Marcelletti per avermi preparato la formula, nonché la persona che mi ha suggerito la frase riguardante il filtro della testa.

che agli inizi non riuscivano a capirsi neanche tra di loro perché ognuna parlava la propria lingua che era straniera per le altre.

Ma a lungo andare, continuando a stare tutte insieme nello stesso posto, finirono per trovare il loro modo di comunicare e decisero di allearsi tra di loro per uscire dal cassetto. Però ogni volta che questo succedeva la principessa Matilde si accorgeva che c'era qualche pericolo in vista e, esperta com'era diventata ormai in matematica, cambiava continuamente la formula del calcolatore necessaria per aprire il cassetto prima che le emozioni la potessero trovare. E così andò avanti per molto tempo, e la nostra Matilde viaggiava per la vita senza sapere né chi era, né se era proprio viva, visto che non provava più le emozioni a testimoniarlo, ma si sentiva solo come un guscio vuoto senza niente dentro. E qualche volta anche il mondo in cui viaggiava le sembrava lontano e distante, come se lei non ne facesse parte.

Intanto, però, le emozioni dentro al cassetto non si davano per vinte. Un giorno decisero infine di fare una riunione tra di loro e dissero: «Per poter uscire di qui ci serve l'aiuto dei pensieri, che però in questo momento sono tutti nella testa e si occupano solo di formule matematiche. Allora come si può richiamare la loro attenzione?».

«Ci penso io» rispose la Rabbia, che era la più forte di tutte. «Se voi vi mettete tutte dietro di me e mi spingete forte vedrete che prima o poi riusciremo a far saltare il cassetto e ad arrivare ai pensieri.»

E fu così che cominciarono ad aspettare che arrivasse l'occasione giusta. Ed ecco che, finalmente, un giorno la principessa Matilde, ormai diventata grande, incontrò un principe a cui voleva bene, anche se non ne era mai proprio sicura perché anche il voler bene era chiuso nel cassetto insieme alle altre emozioni e sentimenti. Tuttavia decise di provare a viaggiare con lui per la vita.

Ma quando si viaggia insieme nella vita ci sono delle vol-

te in cui si è d'accordo e delle volte in cui non lo si è e non succede proprio niente di male, perché, come dice il proverbio, «Centu concas, centu barrittas»:[2] *"per cento teste ci vogliono cento berretti", ognuna ha bisogno del proprio. Però questo la principessa Matilde non lo sapeva proprio. Lei era cresciuta in una casa dove di berretti ce n'era uno e uno solo che, oltre tutto, aveva la forma di una corona, per cui tutti si dovevano adattare a lui, qualsiasi fosse la forma e la misura delle loro teste. E fu così che quando una volta il principe con cui viaggiava le disse una cosa diversa da quella che lei si aspettava da lui e solo da lui, la principessa Matilde si sentì così tradita e abbandonata, come le succedeva da piccola col re, che le emozioni dentro al suo cuore seppero che era arrivata l'occasione giusta.*

Si misero tutte insieme, dietro alla rabbia, con la forza si trasformarono in furore e riuscirono a forzare la serratura del lucchetto e ad arrivare fino ai pensieri. La principessa, spaventatissima, provò a fermarle con le sue formule matematiche, ma questa volta non ci fu niente da fare, nessuna formula resisteva alla furia delle emozioni tutte insieme. E fu allora che, volente o nolente, la povera principessa Matilde dovette fare i conti con le emozioni che nel corso del tempo aveva chiuso bene dentro a un cassetto, sperando di tenerle a bada con le formule matematiche per tutta la vita.

Agli inizi la nostra principessa non sapeva proprio che cosa fare. Era solo travolta da questa furia e anche dallo stupore che provava per una cosa che non le era mai successa nella vita e che quindi lei non conosceva e non sapeva come affrontare. Alla fine, però, visto che era una principessa forte e vigorosa, decise di affrontare tutta questa furia.

«Che cosa volete da me?» chiese.

---

[2] È un vecchio proverbio sardo che ho imparato anni fa da Enrico Frau, che a quell'epoca aveva più di novant'anni.

«*Vogliamo che ci ascolti, finalmente!*» *le risposero le emozioni e i sentimenti.* «*E vogliamo la compagnia dei pensieri che adesso sono impegnati solo con i numeri!*»

«*È vero*» *dissero a quel punto anche i pensieri* «*siamo stanchi anche noi di fare calcoli dalla mattina alla sera!*»

«*Ma come faccio ad ascoltarvi se siete tutte così arrabbiate e parlate tutte insieme?*»

«*No*» *rispose la Rabbia* «*sono solo io che mi sono dovuta dar da fare per aiutarle a uscire, ma se tu ci ascolti per un po' di tempo, mentre viaggi per la vita, vedrai che dietro di me ce ne stanno tante altre. Io servo solo ad aiutarle a uscire, perché da sole loro non ce la fanno.*»

E fu così che la nostra Matilde dovette a poco a poco imparare ad ascoltare i sentimenti e le emozioni che tanto tempo prima aveva cacciato in un cassetto e chiuso a chiave. Ogni volta che arrivava la Rabbia lei si sedeva pazientemente ad aspettare per capire quali emozioni le stavano dietro. «*Ma io ho bisogno di aiuto per ascoltarla*» *si disse un giorno spaventata* «*questa volta è troppo grossa per me. Sarà meglio che mi trovi qualche alleato!*»

E dopo una lunga e paziente ricerca ecco che finalmente scovò dei vecchi e delle vecchie eremite che vivevano silenziosi in un bosco sulle rive di un lago a meditare e a raccogliere speciali erbe palustri. Servivano a costruire dei cesti particolari per contenere le emozioni, in modo che queste fossero contemporaneamente libere di entrare e di uscire, ma all'occorrenza potessero anche restare dentro protette e tranquille, ognuna col proprio nome che le distingueva dalle altre. E così anche la nostra principessa poté andare giorno dopo giorno, mese dopo mese, anno dopo anno a imparare da loro l'arte di raccogliere le erbe palustri, farle macerare per poi ripulirle e lavorarle per farne quei cesti del tutto particolari. E fu pure così che a poco a poco, lentamente e nel corso del tempo, imparò di nuovo, col loro aiuto, a riconoscere il Dolore, la Solitudine, la Mortificazione, l'Invidia, la Gelosia e tut-

te le altre emozioni che aveva provato quando da bambina giocava da sola nel giardino. E ogni volta che le riconosceva le riprovava tali e quali dentro al suo cuore che sembrava un campo di battaglia in mezzo a una tempesta.

E fu pure così che, senza accorgersene, giorno dopo giorno, mese dopo mese, anno dopo anno, la principessa Matilde fece una lunga strada e alla fine cominciò a sentire qualcosa dentro al suo guscio vuoto e questo qualcosa testimoniava che al mondo c'era anche lei. E il mondo era proprio fatto di cose e oggetti reali e non era più una stranezza lontana che non si capiva bene né come fosse fatto, né dove si trovasse.

Finché un giorno Matilde si svegliò una mattina e si guardò intorno meravigliata. Il sole sorgeva all'orizzonte, gli uccelli cantavano, il vento soffiava leggero sul mare increspandone le onde, le barche dei pescatori erano ferme laggiù, lontano, all'orizzonte. Insomma, il mondo esisteva proprio, lo si poteva sentire, toccare, odorare e dentro a questo mondo c'era anche lei che viaggiava per la vita in compagnia degli altri.

"Come è bello avere un mondo a cui appartenere! Allora forse valeva la pena di passare attraverso la tempesta delle emozioni" pensò infine Matilde. "Forse è questo il prezzo da pagare per conquistare un mondo reale e il diritto ad abitarci, almeno ogni tanto, invece che doverlo osservare sempre e solo da fuori!"

E fu così che anche la nostra principessa Matilde poté finalmente, dopo tanti anni, uscire qualche volta dal giardino della sua casa per andare a giocare sulla strada e quando si gioca sulla strada si ride, si scherza, ci si diverte, ma ogni tanto si cade e ci si sbucciano le ginocchia o ci si può anche ferire dolorosamente. Però si ha il permesso di vivere e di esistere in un mondo vero e reale e questa è la cosa più naturale dell'avventura della vita.

Qualche riflessione sulla favola: le ferite non cicatrizzate

> «Maestra, lo sai che sei forte?
> Sei l'unico grande che conosco che chiede scusa quando ha sbagliato!»
>
> PINO, 9 anni, alla maestra

Alla base del tema di questa favola stanno, come sempre, diverse possibili storie reali. Scegliamone una, condensata da altre, che aiuti a capire che cosa è successo a questa bambina arrabbiata una volta diventata adulta.

Anche qui, come sempre, è importante ricordare che quello che è successo è avvenuto all'interno di queste singole storie e non di altre, per cui qualsiasi trasposizione su storie altrui sarebbe inutile, anche se certi dati possono essere comuni.

I due temi su cui invece questa favola potrebbe aiutarci a riflettere, data la sofferenza che hanno prodotto nelle persone che li hanno vissuti, sono l'importanza che il gioco ha per il bambino nello strutturare la sua personalità e la sua identità sociale e la sofferenza che l'uso sistematico e prolungato di interventi ironici e ridicolizzanti da parte dell'adulto gli possono produrre.

Non è che l'ironia sia dannosa in assoluto; al contrario, tante volte ci aiuta davvero a ridimensionare e sdrammatizzare le cose. Il fatto è che c'è un limite che bisognerebbe riuscire a non oltrepassare ed è quello, estremamente difficile da riconoscere, della differenza che c'è fra l'aiutare un altro e il ferirlo e, in ogni caso, dell'usare l'ironia su noi stessi oppure sugli altri. Ci può essere d'aiuto, nel riconoscere questo limite, l'osservare la reazione che il nostro intervento suscita nell'altro, in particolare nei bambini. Se si arrabbiano, se si offendono, se restano mortificati o silenziosi o anche se ridono, ma di un riso forzato e inespressivo che è in realtà una smorfia di dolore, allora vuol dire che in quell'intervento noi abbiamo inconsapevolmente messo anche un po' della nostra parte sadica, e gli abbiamo fatto del male pensando di aiutarlo.

Vediamo ora la storia.

Amanda è nata in una famiglia dove, come dirà lei in seguito, si respirava l'aria "delle famiglie reali decadute". I genitori provenivano entrambi da buone famiglie di professionisti con un'origine di proprietari terrieri e fra i ricordi di Amanda ci sono anche quelli dei periodi di vacanza passati da piccolissima in campagna dai nonni e dei suoi giochi con i figli dei contadini. A quell'epoca i suoi genitori erano ancora molto giovani, ma le vicende della vita hanno fatto sì che nessuno dei due arrivasse a una laurea, come era invece tradizione di entrambe le famiglie, mentre il patrimonio familiare si assottigliava e si disperdeva in divisioni, eredità e vicissitudini varie. Amanda è così cresciuta in una città estranea, con un padre che ha cercato di adattarsi al mondo del lavoro senza riuscirci mai completamente perché nessuna occupazione era all'altezza delle tradizioni familiari e con una madre che non è riuscita a tentare l'avventura di un lavoro esterno senza una laurea e si è rifugiata a fare la casalinga e a occuparsi del marito e della figlia. Entrambi i genitori avevano quindi finito per "ritirarsi sull'Olimpo" davanti alle difficoltà pratiche e quotidiane della vita e quando ci si ritira sull'Olimpo è più difficile scendere ad ascoltare quello che succede per le strade del mondo sottostante, le stesse dove giocavano i bambini che Amanda invidiava per la loro libertà di movimento. Inoltre, quando ci ritiriamo e ci isoliamo in un angolo finiamo per restare assorbiti dai nostri stessi pensieri e possiamo perdere facilmente il contatto con gli altri e la capacità di capirli, compresi i bambini.

Amanda è così cresciuta come "una brava bambina", ma fondamentalmente molto arrabbiata con il padre che usava un'ironia che la feriva continuamente e con un conto sospeso col mondo esterno che aveva sperimentato solo in parte e che, come tutte le cose sconosciute, le faceva paura.

Le scuse che un padre, concentrato sulla sua fatica quotidiana di adattarsi al vivere, non le ha mai rivolto, lei, crescendo, le ha inconsapevolmente richieste ad altri per tanto tempo, al marito innanzi tutto.

Guarda caso, la persona che aveva scelto perché era l'unica che avesse mai sentito veramente vicina, proveniva anche lui da una famiglia di abitatori dell'Olimpo per i quali l'idea di poter chiedere scusa a qualcuno faceva parte di una lingua straniera del tutto sconosciuta. Finché un giorno, casualmente, davanti a un suo persistente mutismo che non riusciva a spiegarsi il marito è riuscito finalmente a chiedergliene la causa e Amanda è riuscita finalmente a dargliela e a chiedergli delle scuse, mentre prima se le aspettava senza comunicarglielo, esattamente da divinità offesa come aveva visto fare in casa sua da piccola. A quel punto lui le ha semplicemente chiesto scusa e lei è rimasta letteralmente sbalordita dal fatto che una cosa simile fosse potuta succedere, che il marito l'avesse fatto e che lei si fosse ritrovata all'improvviso a stare bene come non le era mai successo in passato, anche se solo per poco. In quel momento le sue scuse venivano a sanare anche quelle che da bambina avrebbe voluto ricevere da suo padre. Neanche la psicoterapia era riuscita a curare del tutto questa sua ferita, l'aveva solo attenuata. Il conto era finalmente chiuso. Non per sempre, naturalmente, ma in quel momento sì e questo voleva dire due cose: che i conti si possono chiudere, anche se non definitivamente, e che senza conti in sospeso stiamo tutti molto meglio.

Perché erano così importanti le scuse per Amanda? Perché, pur avendo paura della solitudine e senza reali motivi gravi, nella sua mente era arrivata persino a pensare a una separazione se non le avesse ricevute? Perché le scuse erano diventate per lei l'ultima prova che le restava per dimostrare che cosa era successo, compreso il suo allontanamento dalle emozioni per non farsene sopraffare. Però, ancora una volta Amanda ha avuto bisogno di un aiuto che provenisse da fuori, cioè che le venissero rivolte concretamente, prima di poter piano piano riuscire a sciogliere questo nodo dentro di sé.

Uno dei temi principali di sofferenza nella sua storia era stato proprio il non riconoscimento del suo diritto di essere se stessa, di crescere cioè obbedendo al suo processo di separazione, differenziazione e individuazione di sé, il percorso che porta a trovare la propria identità psicologica (l'esempio del non chiedere mai scusa era soltanto una fra le tante modalità che l'avevano fatta soffrire). Lei era una bambina che avrebbe voluto andare per la strada a giocare con gli altri e questa è l'esigenza sana di tutti i cuccioli che crescono e che usano il gioco per sperimentare le loro risorse, imparare a stare con gli altri e acquisire la loro identità sociale.

Ma lei era contemporaneamente anche una principessa che apparteneva a una famiglia reale e qui la regola era che non si va a giocare per la strada con gli altri bambini. Che cosa fare, allora? D'altra parte la famiglia è quella che dà affetto, protezione, sicurezza e conforto quando si è in lacrime, quella cioè che garantisce la sopravvivenza, cosicché ad Amanda non restava scelta, come succede in genere ai bambini, era inevitabile che scegliesse la famiglia.

E così è cresciuta sviluppando una sua parte, quella della principessa decaduta, e sacrificando l'altra, quella della vitalità esplosiva dei giochi per le strade e questa lacerazione fra due parti di sé l'ha accompagnata per tutta la vita. La forza vitale e la violenza esplosiva, chiuse in un cassetto, si sono a poco a poco trasformate per poter uscire sotto forma di razionalizzazioni e di parole spesso amare che erano in realtà un castello difensivo eretto a proteggere le sue insicurezze e la sua fragilità.

E dietro a loro stava questo grande, grandissimo dolore che era alla base di tutto e che era stato quello di tradire il suo sé bambino per paura di perdere l'amore dei suoi genitori. Però il prezzo pagato da Amanda per questo tradimento consisteva nel non sentirsi più viva e reale, ma solo spettatrice di un mondo visto come attraverso un vetro. E per sentirsi invece appartenente al mondo reale doveva entrarci rivestendo un ruolo, quello di moglie, di madre eccetera, che serviva solo a coprire un guscio vuoto di emozioni e sentimenti.

Quando, ad anni di distanza e dopo un lungo percorso psicologico e molta sofferenza, il guscio vuoto ha cominciato a sentire nuovamente delle emozioni e dei sentimenti, a poco a poco anche Amanda, pur restando fedele a quella che è la sua storia, ha cominciato a sentirsi qualche volta più viva e reale, appartenente a un mondo vero. Quello dove si ride e si scherza, dove si ha il piacere di giocare con gli altri, ma dove ogni tanto si cade e ci si sbucciano le ginocchia, oppure ci si ferisce molto dolorosamente. Però si ha finalmente il diritto di esistere per come si è.

8
Vicino e lontano: la spinta all'autonomia

Vorrei riprendere, per una riflessione comune, il tema della prevenzione della sofferenza psicologica, così come l'ho accennato nel *Bambino nascosto*, per evitare di creare possibili equivoci. La sofferenza fa parte del vivere ed è in genere potenzialmente evolutiva, per cui non è di certo da eliminare a ogni costo, anche ammesso che fosse possibile. Ogni conquista implica anche della sofferenza, a volte persino quella di lasciare alle spalle una situazione precedente che dà ansia, ma che è ugualmente rassicurante perché familiare. Ricordo con molta simpatia una mamma che arrivava regolarmente ai gruppi di genitori e nel sedersi diceva ogni volta: «Ohi, che male il mio dolore al fianco!».

Il dolore era diventato per lei una compagnia abituale. Un giorno è arrivata invece tutta allarmata e nel sedersi ha esclamato: «Oh, povera me! Oggi non ho neanche il mio dolore al fianco! Chissà che cosa ho!». Questa volta era la mancanza del dolore la cosa che l'aveva messa in allarme e agitata. Preferiva, come spesso succede, essere accompagnata da un dolore, purché familiare e noto.

Se ci pensiamo, quindi, il gioco delle conquiste e delle perdite caratterizza un po' tutto il vivere per ognuno di noi; esiste perciò un aspetto della sofferenza, legato alla perdita, che è sicuramente evolutivo, per cui non solo non è utile prevenirlo, ma è bene affrontarlo, perché sarebbe dannoso il contrario (pensiamo al ruolo di certe frustrazioni necessarie, ad esempio, come il dover tener conto dell'esistenza e delle esigenze anche degli altri).

Quando invece parlo di prevenzione della sofferenza mi riferisco a quella non necessaria al normale evolvere della vita e che rischia di diventare involutiva invece che evolutiva, perché ostacola il processo di crescita di un bambino, soprattutto in momenti importanti della sua evoluzione.

Il periodo su cui questa favola vorrebbe aiutare a riflettere è quello che si colloca tra il primo e il secondo anno d'età (verso i quindici mesi, secondo M. Mahler), quando il bambino, che ha già cominciato a esplorare il suo piccolo mondo staccandosi dalla mamma, torna ogni tanto improvvisamente ad attaccarsi a lei come ad attingere sicurezza per esplorare un po' più lontano, secondo la bella immagine di Bowlby (*Il bambino nascosto*, p. 57).

La modalità con cui la mamma reagisce a questo nuovo bisogno del bambino sembra essere molto importante per il suo futuro sviluppo psicologico. I due estremi che sembra possano essere dannosi per il bambino sono o un atteggiamento materno che lo tiene sempre attaccato a sé, rendendogli difficili o impossibili i distacchi (e l'evoluzione di un individuo è fatta di tanti piccoli distacchi nel corso della vita), oppure quello di allontanarlo da sé spingendolo all'autonomia in un momento in cui la capacità di essere autonomo non è ancora pronta dentro di lui, ma si sta preparando, giorno dopo giorno, nella sua esperienza quotidiana.

È proprio nell'acquisizione di questa capacità secondo i suoi tempi e i suoi ritmi che il bambino deve essere aiutato e in questo sembra gli sia utile un atteggiamento che tenga conto veramente del suo bisogno come lui lo vive e lo esprime, sia quando vuole esplorare che quando gli serve stare attaccato ad attingere ulteriore sicurezza.

La favola che segue ora vorrebbe aiutare a riflettere su questo tema e sugli atteggiamenti che si possono inconsapevolmente assumere perché non derivano tanto da buona o cattiva volontà, quanto da una storia personale di relazioni fra generazioni di un tipo piuttosto che di un altro.

In questo caso quello che potrebbe essere veramente utile, anche se obiettivamente difficile, sarebbe riuscire a disinnescare l'anello che perpetua la difficoltà da una generazione all'altra.

Favola n. 8
Il libro dell'esploratore

> Cammina cammina
> ho ritrovato
> il pozzo d'amore.
>
> G. UNGARETTI, *Fase*

C'era una volta, tanti e tanti, ma proprio tanti anni fa, uno dei nostri piccolissimi regni, di quelli dove non succedeva proprio niente di particolare e dove le cose scorrevano tranquille come sempre, giorno dopo giorno, nelle case e per le strade. Le persone si alzavano la mattina, si lavavano e si vestivano, facevano colazione, poi andavano fuori per il mondo a lavorare e tornavano a sera alle loro case per riposarsi, stare in compagnia e raccontarsi le storie prima di andare a dormire.

E in ogni casa succedevano prima o poi le stesse cose, quelle allegre per cui si rideva e si facevano feste e balli e quelle tristi per cui si piangeva e ci si disperava.

Fra le cose per le quali si rideva e si facevano feste e balli in quel piccolissimo regno, la più allegra di tutte era proprio quando nasceva un bambino. Per tre giorni persino la porta di casa veniva rivestita a festa con tanti fiocchi e tutti gli abitanti del paese arrivavano con i loro doni. Quando però il nuovo bambino arrivava nel palazzo del re perché era un principino, allora la festa andava avanti per una settimana e la gente veniva a portare i suoi doni persino dai paesi vicini.

Fu così che quando in quel piccolissimo regno nacque una nuova principessina per ben sette giorni la gente fece festa con giochi, tornei e con i cantastorie che la sera si raccoglievano in mezzo alla piazza a raccontare del tempo passato.

E il giorno in cui la principessina fu battezzata ecco che tutti sfilarono con i loro doni. Il primo di tutti fu quello più importante, l'amore del Re e della Regina che si prendevano cura di lei e di tutti i suoi bisogni di cucciolo appena nato. Il secondo fu il suo nome, quello che le avrebbe fatto compagnia per tutta la vita, nelle giornate di sole e in quelle di pioggia, nel tepore dell'estate e nel freddo dell'inverno, nella luce del giorno e nel buio della notte e questo nome fu Lorenza. Il terzo fu il Libro della Vita *così come era stato tramandato nella sua famiglia generazione dopo generazione, e c'erano scritte tutte le cose che avevano vissuto i suoi genitori, i suoi nonni, i suoi bisnonni e i loro genitori prima di loro e c'erano ancora tante e tante pagine per le cose che avrebbe vissuto la nuova principessina e poi i suoi figli e i suoi nipoti e pronipoti dopo di lei.*

E così la principessina Lorenza cominciò a crescere come tutti i bambini di questo mondo e per il primo anno di vita stette bene attaccata alla sua mamma e al suo papà, perché aveva proprio bisogno di tutto, ma arrivata al suo primo compleanno cominciò a esplorare la reggia dove viveva e a staccarsi sempre più spesso dalla sua mamma, cosicché la Regina pensò che ormai lei non avesse più bisogno di stare attaccata e tornò a occuparsi di tutte le faccende del regno che erano molte e importanti. Ma dopo che furono passati tre o quattro mesi dal suo primo compleanno ecco che la principessina Lorenza che prima sembrava un esploratore senza paura, cominciò di nuovo ad avere paura di tutte le cose nuove, proprio come le era successo verso i sette, otto mesi, cosicché davanti a tutte le novità cominciò a tornare precipitosamente verso la sua mamma per attaccarsi a lei. Ma la Regina, pensando che fosse già abbastanza grande per imparare a superare questa nuova paura continuava ormai a dedicarsi agli affari del regno che la occupavano tutto il tempo, anche perché aveva paura che tornare a occuparsi di Lorenza le piacesse troppo e le impedisse poi di dedicarsi ai suoi compiti di Regina.

E così la principessina Lorenza dovette imparare da sola, ma questa cosa non le piacque tanto, anzi le lasciava sempre molta rabbia e insoddisfazione dentro perché avrebbe preferito imparare a poco a poco secondo i suoi bisogni del momento, stando un po' attaccata alla sua mamma e un po' allontanandosene per esplorare, e crebbe così pensando che le fosse mancato qualcosa. E questa idea che le mancasse qualcosa divenne dentro di lei un dispiacere così radicato che l'accompagnò poi per tutta la vita, cosicché anche quando la principessina aveva delle giornate o delle cose che la rendevano felice, per quanto belle potessero essere, non si sentiva mai completamente soddisfatta, come se le mancasse sempre qualcosa.

Fu così che quando anche lei fu grande e arrivò il suo turno di diventare la Regina di un altro piccolissimo regno, il giorno stesso in cui le nacque una nuova principessina, cui fu dato il nome di Edera, decise che lei dalla sua bambina non si sarebbe staccata mai e non l'avrebbe lasciata sola a esplorare per evitare di farla crescere pensando che le mancasse qualcosa.

E così quando anche la principessina Edera arrivò a voler tornare dalla sua mamma prima di ripartire per esplorare, come fanno tutti i bambini che crescono, ecco che la Regina Lorenza se la tratteneva vicino a sé con giochi, sorrisi e carezze e la principessina ne era ogni volta così conquistata che dimenticava il suo desiderio di esplorare la reggia. E a poco a poco perse il desiderio di esplorare e così non poté conoscere né la reggia né il suo piccolissimo regno, ma siccome le cose che non si conoscono fanno sempre un po' paura, ecco che la principessina Edera cominciò a crescere piena di paure e ugualmente insoddisfatta perché da sola, senza la sua mamma, non sapeva fare assolutamente niente. Cosicché anche a lei toccò di restare con il piccolo dispiacere del pensare che le fosse mancato qualcosa e la grande sensazione di insoddisfazione che resta dentro quando non si riesce a capire se si sanno fare le cose oppure no, per il semplice motivo che non le si è mai fatte da soli.

E quando furono passate tante stagioni, quando per tante volte la terra si fu addormentata in autunno e risvegliata a primavera, dopo che il sole e la luna sorsero e tramontarono per tantissime altre volte, ecco che anche la principessina Edera diventò grande, incontrò un principe che le piaceva molto e insieme fondarono un altro piccolissimo regno di cui diventarono il re e la regina. E anche la nuova Regina si portò nel nuovo regno tutte le sue cose, compreso il Libro della Vita *che le era stato donato appena nata, con dentro la storia sua, dei suoi genitori, dei suoi nonni e di tutte le generazioni che stavano ancora prima, dietro di loro.*

E ogni giorno la Regina Edera leggeva qualche pagina del libro e quando arrivò alla storia della sua nonna e della sua mamma, ecco che dalle pagine saltò fuori la loro insoddisfazione e lei si rese conto che per ognuna di loro c'era stato qualcosa che le era dispiaciuto da piccola e che le era rimasto dentro sempre un po' per tutta la vita. Infatti la sua nonna non riusciva ad affezionarsi troppo alle cose per la paura di doversene staccare e la sua mamma ci si affezionava tanto che poi non riusciva più a staccarsene anche quando ormai era tempo di passare ad altre cose, per cui alla fine restava lei stessa prigioniera di una ragnatela che soffocava lei e chi le stava vicino.

E allora la Regina Edera decise che forse una cosa im-

portante da aggiungere ai doni per un principino quando nasceva, oltre all'amore e alle cure, al suo nome e al Libro della Vita, poteva essere il Libro dell'Ascolto, *per capire che cosa gli servisse davvero in quel momento. E quando anche a lei nacque una principessina, a furia di ascoltarla attentamente ogni giorno imparò che i principini hanno un tempo per ogni cosa, il tempo dello stare attaccati alla mamma, il tempo di staccarsene per esplorare e poi di nuovo il tempo di tornare attaccati alla mamma prima di trovare il coraggio di esplorare un po' più lontano e così via.*

E da allora nel Libro della Vita *che nella sua famiglia si tramandava, come in ogni famiglia, da una generazione all'altra, ecco che nell'elenco dei doni da fare a un principino che nasce fu inserito anche il* Libro dell'Ascolto *dei suoi bisogni del momento, che non sempre coincidono con i tempi che noi grandi abbiamo nella nostra mente.*

E i principini che da allora nacquero nelle loro case ebbero le solite gioie e i soliti dispiaceri di tutti i bambini di questa terra, ma si sentirono un po' meno insoddisfatti e più sicuri nell'esplorare il mondo di quanto non fosse successo alla loro nonna e bisnonna prima di loro e questo è un dono che quando lo si riceve resta a far compagnia per tutta la vita e nessuno, proprio nessuno, neanche le difficoltà del vivere possono portarlo via.

Qualche riflessione sulla favola: né trattenere, né spingere lontano

«Che bello, mamma, se ci fosse una colla magica che ci tenesse tutti attaccati!»

CLARA, 6 anni, alla mamma

Come si vede, la favola ha cercato di affrontare il tema attraverso tre generazioni, per mostrare come nell'atteggiamento che abbiamo davanti ai distacchi vada a confluire anche la storia delle generazioni che ci hanno preceduti.

Se ci pensiamo, è del tutto naturale che questo succeda, esattamente come per la trasmissione dei caratteri genetici, anche se poi ognuno ha il proprio patrimonio genetico e la propria storia che lo differenziano anche dai fratelli e ne fanno un individuo unico.

Sono state raccolte diverse prove che riguardano l'associazione tra il modo in cui una madre ricorda la propria esperienza infantile e la qualità della relazione tra lei e il suo bambino (Morris, 1981; Main et al. 1985; Main e Goldwyn, in corso di stampa; Grossman et al., 1988; Ricks, 1985). Il concetto di concordanza intergenerazionale nei modelli di relazione ha un passato importante sia nella letteratura psicoanalitica (Freud, 1938; Fraiberg et al., 1975; Bowlby, 1975, 1969, 1973, 1980) che nella ricerca epidemiologica (Frommer e O'Shea, 1973; Rutter e Madge, 1976; Rutter, Quinton e Liddle, 1983).[1]

Credo sia utile riflettere su questo fatto per renderci conto di quanto possa essere complesso anche l'atteggiamento di voler evitare ai bambini le cose che hanno fatto soffrire noi. Se da una parte infatti questo atteggiamento scaturisce da una genuina volontà di operare per il bene di un bambino e come tale è sicuramente buono, dall'altra parte può inconsapevolmente correre il rischio di attribuire a lui esperienze che invece sono state nostre e non sue e questo può complicargli inevitabilmente le cose. Si può così cadere nell'atteggiamento delle due regine della favola, che cercavano inconsapevolmente di aggiustare il proprio passato nella relazione con le figlie, così come si potrebbe cadere in altri atteggiamenti ancora diversi, come quello di credere che ciò che è stato è stato e non ha nulla a che fare con quello che succede oggi. Capita infatti a volte di fare delle consulenze con genitori sinceramente preoccupati per il malessere del loro bambino che non riescono assolutamente a spiegarsi e che non sanno come affrontare. Quando poi si indaga sulla loro stessa infanzia per tentare di capire che cosa è successo, si scoprono delle relazioni familiari che hanno lasciato dentro un grandissimo dolore e una sofferenza tale che l'unica difesa possibile è stata per loro il distacco emotivo, difesa che poi un bambino impara e che può entrare, come tante altre, nel suo malessere.

Per tornare ora alla favola, il tema che ha cercato di sviluppare sono due rischi involutivi nell'interazione madre-bambino nella fase che M. Mahler chiama del "riavvicinamento":[2]

---

[1] P. Fonagy e altri, "La prospettiva intergenerazionale", in M.Ammaniti, D. Stern, *Attaccamento e psicoanalisi*, Laterza, Bari 1992.
[2] A. Massa, "Il paziente borderline secondo Masterson", in «Quaderni del-

[...] A partire dai 15 mesi, il senso narcisistico di onnipotenza in cui il bambino si trova, dopo la fase di sperimentazione, comincia a essere minacciato dalla consapevolezza di essere una persona molto piccola in un mondo molto grande. Si verifica una notevole diminuzione della precedente indifferenza alla frustrazione e anche del relativo disinteresse alla presenza della madre [...]. La consapevolezza di essere separato comporta un maggior desiderio e bisogno che la madre condivida con lui ogni sua nuova scoperta e abilità. Il bambino ha bisogno che la madre partecipi al suo mondo e cerca di coinvolgerla attraverso il corteggiamento, ma è indispensabile che tale partecipazione e coinvolgimento della madre si inseriscano all'interno del contesto di un qualche riconoscimento della sua separatezza. Fondamentale, allo sviluppo di tale processo, è la disponibilità emotiva ottimale della madre che si trova ad affrontare quella che Mahler chiama "la crisi del riavvicinamento".

Il bisogno della madre e l'aggrapparsi a essa si alternano a reazioni aggressive nei suoi confronti, determinando un atteggiamento di "ambitendenza" del bambino che passa dal desiderio di evitare a quello di stare molto vicino alla madre, una sorta di balletto avanti e indietro, vicino e distante dalla figura materna.

È evidente che il comportamento della madre in questo periodo è fondamentale perché il bambino possa staccarsi e faccia il suo cammino verso la separazione e l'autonomia (Mahler, 1975).

Ci sono però delle madri che non riescono ad aiutare il bambino in questo lavoro. Alcune madri divengono, loro stesse, l'ombra del figlio, non tollerano di vivere separate e perseverano negli anni in un amore cieco e invadente che diventa un impedimento per il corretto svolgersi del processo di individuazione [...]

Allo stesso modo esiste un tipo di madre che rifiuta la nuo-

l'Istituto di Psicoterapia del Bambino e dell'Adolescente», n. 3, Milano 1993. Questa favola mi è stata ispirata proprio dall'ascolto di questa conferenza e successivamente dalla lettura di Masterson.

va dipendenza del figlio, nella convinzione che "è ormai grande" e ne sottovaluta, in questo modo, i bisogni legittimi di rifornimento affettivo. La madre, non disponibile, provoca nel bambino un atteggiamento di corteggiamento disperato.

È evidente che in entrambi questi casi si pone un problema di relazione che è estremamente delicato e non è solo una questione di buona o cattiva volontà, perché ci relazioniamo in base al nostro modo di essere profondo che comprende anche i lati oscuri e non conosciuti della nostra storia, sia personale che familiare. Si tratta allora di cercare il miglior equilibrio possibile in quella situazione fra il bisogno del bambino e quello della madre, senza dare per scontato che la madre non debba avere anche lei dei bisogni.

«La totale dipendenza dell'essere umano agli inizi della vita è una trappola per molte madri» ricorda giustamente Françoise Dolto.[3]

Non è facile cambiare, per nessuno, mentre un bambino che cresce ha bisogno che anche l'atteggiamento dei genitori cresca con lui, secondo i suoi bisogni, tenendolo vicino quando ha bisogno di tornare a dipendere e permettendogli di allontanarsi quando invece ha bisogno di esplorare.

Questo gioco fra vicino e lontano è uno dei temi di discussione più animati nei gruppi di genitori, soprattutto quando i figli sono adolescenti. Non si sa mai quando e se è il momento di lasciarli andare.

«È la prima volta che ho dimenticato una seduta, dopo tanto tempo!» ha esclamato accorata e mortificata un giorno una mamma. «Ma il fatto è che ieri mia figlia è partita per la prima volta per un viaggio all'estero: lei era felicissima, ma io sono stata fuori fase per diversi giorni!»

E davvero per la prima volta aveva dimenticato una seduta verso la quale aveva la stessa ambivalenza che prova-

---

[3] F. Dolto, *Il gioco del desiderio*, SEI, Torino, 1987.

va verso il viaggio della figlia: da una parte ci teneva moltissimo perché si sentiva appoggiata e sostenuta, ma dall'altra quello era anche il luogo dove stava imparando a crescere e a permettere a sua figlia di farlo anche lei e il crescere implica sempre anche la fatica delle separazioni e dei distacchi.

Accanto a questa difficoltà a staccarsi, esiste però anche l'esasperazione dell'atteggiamento opposto, quello di spingere a tutti i costi all'autonomia, che può diventare altrettanto disturbante per un adolescente e che sembra caratterizzare soprattutto i rapporti genitori-figli, oggi.

Mi sembra perciò interessante riportare le osservazioni fatte su questo tema da psicoterapeuti dell'età evolutiva con una lunga esperienza di lavoro con adolescenti.[4]

> Studiando il tipo di immagine che alcuni adolescenti in crisi si erano formati della madre interna, mentale, affettiva, ci siamo imbattuti con una certa frequenza in una rappresentazione della madre che porta alle estreme conseguenze i valori di cui parlavamo prima; una madre interna che sospinge il figlio al successo in tutti i campi, da quello scolastico a quello sportivo, senza trascurare l'ambito della vita sentimentale e sessuale; una madre interna che incita all'autonomia, all'autosufficienza, allo sviluppo delle capacità, alla socializzazione, alla precoce formazione della coppia; una madre interna che produce sentimenti di colpa e vergogna se non si riesce ad avere molti amici, molte telefonate di invito, che non consente di sperimentare solitudine, nostalgia, passività.
>
> Per noi psicologi questa è una novità; siamo stati per molti anni abituati a sentir parlare i nostri pazienti di madri interne ostili all'emancipazione, soffocanti, possessive, gelose dell'autonomia e degli amici dei figli, per non parlare dei loro fidanzati o fidanzate; abbiamo sempre

---

[4] G. Pietropolli Charmet, E. Riva, *Adolescenti in crisi, genitori in difficoltà*, Franco Angeli, Milano 1994.

sentito parlare dei rischi di portarsi dentro questo tipo di madre e delle inenarrabili sofferenze e conflitti nevrotici e sessuali che tutto ciò comportava. Perciò per noi psicologi è una incredibile novità sentire parlare di madri interne che creano conflitti e sofferenza perché esigono più autonomia, più indipendenza, amici, e, perché no, una vita sessuale più spensierata e meno bigotta.

Nonostante la sorpresa, siamo però certi che, in alcuni casi, ad alimentare situazioni di crisi adolescenziali contribuisca non poco il vissuto dell'adolescente di non riuscire a soddisfare le aspettative di successo sociale coltivate dalla madre, sia reale che interna [...]

Strana conclusione di un lungo lavoro di madre; aver fatto di tutto per regalare la libertà di movimento ai figli, e non ipnotizzarli con fraudolenti promesse materne, e ritrovarseli appiccicati come bebè proprio nel momento in cui ci si aspetterebbe che prendessero il volo alla grande.

Come si vede, il tema è complesso; come dice Anna Freud, ogni passo avanti nella crescita implica sempre non solo nuove acquisizioni, ma anche nuovi problemi.

9
Le critiche svalutative

Quando noi adulti insegnamo delle cose ai bambini o ai ragazzi usiamo, anche senza rendercene conto, delle vere e proprie strategie educative. Ora, quando si impara, lo si fa in genere tutti per tentativi ed errori e questo fa sì che inevitabilmente commettiamo degli sbagli. Se però la persona che ci insegna finisce per sottolineare solo ed esclusivamente le cose che abbiamo sbagliato, ci sentiamo spesso inevitabilmente mortificati, sia che lo dimostriamo oppure no e questa mortificazione ci può limitare o bloccare l'uso delle nostre stesse potenzialità.

L'esperienza di tanti anni di insegnamento mi ha portata a riflettere che se è vero che i ragazzi hanno risorse d'apprendimento diverse fra di loro (per cui c'è chi impara di più e più in fretta di altri in determinati campi), è altrettanto vero che difficilmente esistono ragazzi che ne sono privi del tutto. La capacità d'apprendimento fa infatti parte integrante di ogni processo di crescita. Esistono invece ragazzi che, per tanti motivi (e non solo per cattiva volontà, come spesso viene detto), non utilizzano o utilizzano solo in parte le loro risorse evolutive di apprendimento e questo è un enorme spreco sociale, che la scuola come è strutturata oggi purtroppo sembra non essere in grado di sanare. Forse fra i tanti motivi che vi concorrono ci potrebbe essere anche quello che si tratta di una delle poche istituzioni nella quale non si fa o si fa molto raramente la formazione del personale dal punto di vista psicologico, cosa che invece ormai fanno regolarmente molte istituzioni. L'organizzazione scolastica, come è oggi, corre il rischio di far consumare agli insegnanti buona parte delle loro risorse ed energie, spesso utili e preziose, per riempire schede o tabulati a volte completamente inutili, a mio parere, o per riunioni che perpetuano se stesse, togliendogliele per il rapporto diretto con gli alunni che ne richiedono invece una quantità altissima. Si moltiplicano gli spazi destinati a parlare dei ragazzi e si riducono sempre più quelli destinati a parlare *con loro*. Per poter insegnare curando davvero la relazione bisogna invece poter disporre di tutte le proprie energie da dedicare ad ascoltare i ragazzi e a insegnar loro delle cose, piuttosto di concentrarle in buona parte a riempire schede su di loro, come se fossero solo oggetto di osservazione, e di un'osservazione poi del tutto particolare perché raramente prende in esame, come invece ogni osservazione dovrebbe, anche chi osserva.

Dice Groddeck a questo proposito:

> L'immagine dall'esterno viene sempre falsata da una seconda immagine proveniente dall'interno. L'immagine reale che abbiamo è una mescolanza dell'immagine reale e di quella condizionata dalla nostra umanità. Di conseguenza non esiste una scienza obiettiva.[1]

Quando noi osserviamo, lo facciamo infatti attraverso il nostro funzionamento mentale, che per ognuno di noi è diverso, così come siamo diversi nel fisico, negli occhi, nella voce eccetera, per cui anche la valutazione di uno stesso ragazzo può essere molto differente. Qualcuno vede e sottolinea delle cose e qualcun altro delle altre, secondo appunto la propria modalità di funzionamento mentale.

[1] G. Groddeck, *Il linguaggio dell'Es*, Adelphi, Milano 1969

Ora, il meccanismo su cui questa favola vorrebbe aiutare a riflettere fa proprio parte del tipo di funzionamento mentale di una persona piuttosto che di un'altra. Se a noi stessi è stato insegnato sottolineando solo gli errori che facevamo, lo faremo probabilmente inconsapevolmente anche con i ragazzi a cui insegnamo delle cose, sia come genitori che come insegnanti, anche se a livello consapevole ci proponiamo esattamente il contrario e questo si può ritorcere contro di noi, ma soprattutto contro di loro.

Racamier dice che frustrazione e gratificazione dovrebbero essere distribuite in modo equo, e che è dannoso usare solo l'una o solo l'altra. Tante volte ho visto dei ragazzi reagire positivamente al rapporto con alcuni insegnanti e negativamente al rapporto con altri, anche sul piano dell'apprendimento. Non ho visto nessun ragazzo diventare scolasticamente un genio solo perché gratificato invece che mortificato, ma ne ho visti tanti usare le loro risorse invece di non usarle per niente e questo fa una grande differenza.

Se quindi anche a scuola, dove i ragazzi passano solo una parte, anche se importante della loro vita, l'uso sistematico della critica svalutativa produce più danni che vantaggi, pensiamo a quanto si può sentire mortificato un bambino che cresce in un ambiente familiare dove questo sia il meccanismo dominante a cui è esposto per la maggior parte del tempo.

Questa favola tenta di aiutare a metterlo a fuoco, per poter riflettere su noi stessi quando ci può capitare di usarlo.

Favola n. 9
La principessa che si sentiva sempre stupida

> Non a colpi di clava né di pietra
> Si spezza il cuore;
> Una frusta invisibile, sottile
> Conobbi io,
> E staffilò la magica creatura
> Fino a che cadde.
>
> EMILY DICKINSON, *Poesie*

C'erano una volta, tanto, ma tanto tempo fa, due piccoli regni che non si conoscevano tra di loro, dove un bel giorno nacquero un principino e una principessina a cui furono dati i nomi Apollonia e Desiderio.

E così i due principini crebbero, senza conoscersi, nel loro piccolo mondo, con tante cose diverse e qualcuna che invece era molto simile, senza che loro stessi lo sapessero. Per esempio, quello che era molto simile era il modo con cui li educavano i loro genitori e i loro maestri. Ogni volta che i principini facevano delle cose, alcune giuste, altre sbagliate, loro non sottolineavano quasi mai quelle giuste, come se le cose non potessero che essere così, ma sempre quelle sbagliate. E così, a lungo andare, i principini non ebbero modo di imparare a riconoscere le cose buone che anche loro facevano, che erano tante come per tutti gli altri, ma solo quelle sbagliate e crebbero con la spiacevole sensazione di essere delle persone che facevano sempre le cose sbagliate. Insomma, la sorte li aveva fatti nascere nel Paese della Perfezione che, come si sa, presenta anche tanti vantaggi, ma non proprio quello di aiutare a vivere meglio, sia i bambini che gli adulti. E infatti l'atmosfera dei loro due palazzi era sempre molto seria e austera perché le energie di tutti erano concentrate sul raggiungere la perfezione, cosicché non ne restavano molte a disposizione anche per ridere e scherzare e accettare di avere dei limiti, che sono delle cose che di solito fanno stare molto meglio e fanno usare di più le proprie risorse.

Insomma, erano due palazzi che avevano in ogni stanza uno specchio giudicante, davanti al quale ognuno doveva controllare che tutto fosse a posto e in ordine e secondo le regole. Persino gli estranei che arrivavano e i pellegrini di passaggio imparavano a farlo, se si dovevano trattenere nel castello, cosicché davanti agli specchi c'era sempre un susseguirsi e un via vai di persone che andavano a controllarsi e a controllare.

E così sia Apollonia che Desiderio crebbero, come tutti i bambini di questa terra, pensando che il mondo di fuori fosse esattamente come quello dentro ai loro due palazzi, per cui quando si arreda un castello ci si devono mettere tutti i mobili che servono, tavoli, sedie, letti, e così via e insieme a loro uno specchio giudicante per ogni sala del castello.

E fu così che i due principini crebbero e diventarono grandi, e quando si conobbero e si accorsero di avere tante cose in comune si piacquero proprio e decisero di sposarsi e di costruire un nuovo castello tutto per loro e i loro figli, dove potessero vivere in pace a fare il Re e la Regina. E quando fu il momento di arredarlo, comperarono tutti i mobili che servivano, compresi due specchi giudicanti per ogni sala perché sia Apollonia che Desiderio erano affezionati alla forma di quelli del loro castello d'origine, che era un po' diversa tra di loro, cosicché nessuno dei due ci voleva rinunciare.

E così il nuovo palazzo fu chiamato il Castello degli Specchi perché non c'era una sala che non ne avesse almeno due di foggia un po' diversa.

E quando finalmente anche lì nacque una principessina cui fu dato il nome di Splendore ecco che a poco a poco crebbe come tutti i bambini che nascono e crescono nei castelli degli specchi, pensando che lei non sarebbe mai riuscita a fare le cose nello stesso modo che volevano gli specchi del suo palazzo e cioè secondo tutte le regole della perfezione.

E ogni volta che il suo papà o la sua mamma o i suoi nonni o i suoi maestri le dicevano: "No, no, non si fa così! Hai sbagliato!", lei pensava di essere proprio una che sbaglia tutto e non imparò a riconoscere anche le cose buone che invece faceva e che erano certamente di più di quelle che sbagliava.

Andò a finire che la principessina Splendore non ebbe più neanche bisogno di sentirsele dire queste cose perché alla fine le bastava andare davanti agli specchi giudicanti che nel suo castello non mancavano proprio e se le finiva per dire lei stessa, quelle parole.

Alla fine, però, Splendore finì per pensare che lei era una che sbagliava tutto e cominciò a sentirsi sempre più spesso sola e triste e troppo piccola davanti a cose più grandi di lei e a quel punto le veniva solo da scappare. Allora gli altri le dicevano che era una principessina proprio stupida, che non sapeva fare altro che scappare e lei si sentiva ancora più sola, triste e infelice.

Ma il Re e la Regina un giorno si accorsero che Splendore doveva avere qualcosa, perché non aveva più tanta voglia né di mangiare, né di dormire e neanche di giocare con gli altri bambini. Però era difficile capire che cosa mancasse a una principessina che aveva a disposizione tutto quello che potesse desiderare, dai cibi agli abiti e ai giochi, compresi quelli che a loro stessi sarebbero piaciuti quando erano piccoli.

E fu così che fecero l'unica cosa che si può fare in queste circostanze e cioè cominciarono a osservare le cose meglio, anche nei particolari che prima non vedevano, per cercare di capire, non dico tutto, perché non tutto si può capire, ma almeno qualche piccola cosa in più che li potesse aiutare.

Fu un giorno in cui la porta di una delle stanze del castello era rimasta aperta, che la Regina Apollonia si accorse che Splendore era là dentro e piangeva silenziosamente davanti a uno specchio. E così cominciò a fare attenzione e si rese conto che ogni volta che passava davanti agli specchi la principessina poteva anche sembrare indifferente, ma dopo aveva sempre un po' meno voglia di mangiare, giocare e dormire.

Allora la Regina andò dal Re a parlargli perché non riusciva a capire, ma il Re Desiderio all'improvviso si ricordò che anche lui si era sentito proprio infelice quando tutti gli specchi gli dicevano che faceva sempre la cosa sbagliata, da bambino, e pensò che forse non sempre gli specchi giudicanti sono una buona compagnia e lo disse alla Regina. E fu così che anche lei andò a ripescare il baule dei suoi giochi di quando era bambina e ci ritrovò il quaderno su cui scriveva le sue cose e poté finalmente ricordare come agli inizi neanche lei fosse stata per niente contenta degli specchi giudicanti del suo castello d'origine. Anzi, era stato proprio per mettere a tacere questo dolore che si erano tutti e due dati alla ricerca della Perfezione che ora complicava tanto la vita a ognuno di loro.

«Che cosa possiamo fare?» disse allora la Regina «non è che un castello possa stare senza specchi! Ci deve pur essere qualcosa che aiuti a vedere come si è!»

«Certo!» continuò il Re che ci aveva pensato tutta la notte. «Ma per far questo forse ne basta uno, magari non è necessario averne due in ogni sala, come abbiamo noi e forse basta uno specchio normale per capire e non uno per giudicare!»

E fu così che il Re e la Regina decisero di provare a cominciare a togliere qualche specchio giudicante e lo fecero a poco a poco, uno per volta, perché Splendore non si sentisse disorientata e anche perché anche per loro era una gran fatica togliere degli oggetti a cui erano abituati sin da quando erano bambini, anche se agli inizi non erano state proprio delle buone compagnie.

Però, man mano che uno specchio giudicante se ne andava dalle sale del castello, ecco che non solo Splendore aveva più voglia di ridere e di scherzare e di giocare e di usare le sue risorse buone, ma anche il Re e la Regina si accorsero che loro stessi stavano meglio e che l'atmosfera del castello era più tranquilla e rilassata, cosicché anche loro potevano cominciare a ridere e a scherzare.

A poco a poco anche in quel castello si videro un Re e una Regina più contenti e meno impegnati ad andare a controllare dieci volte al giorno che tutto fosse a posto davanti agli specchi giudicanti e una Principessa che finalmente sapeva riconoscere anche le cose buone che lei aveva, proprio come tutti gli altri e che, sapendole riconoscere, era libera anche di usarle.

E gli specchi giudicanti furono tutti messi in una cantina attigua al castello, dove non davano fastidio a nessuno, e nella reggia fu lasciato soltanto qualche piccolo specchio qua e là, solo dove era proprio necessario per capire come stavano le cose e non per giudicarle.

E da quel giorno in quel regno si imparò che quando si arreda un castello non è necessario avere due specchi per sala, ne basta solo qualcuno distribuito nei posti necessari.

E gli artigiani che prima costruivano con molta cura gli specchi giudicanti a poco a poco cambiarono mestiere e divennero inventori di grande abilità.

Qualche riflessione sulla favola: la mancanza di autostima

«Mamma, tu mi DEVI ascoltare, perché se non mi ascolti tu, quando sarò grande non mi ascolterà nessuno!»

SILVIA, 7 anni, alla mamma

Questa favola vorrebbe offrire del materiale di riflessione a genitori e insegnanti perché è molto facile per ognuno di noi correre il rischio di giudicare là dove spesso sarebbe più utile per tutti tentare di capire.

Vediamo una storia fra tante.

Giovanni è l'ultimogenito di una famiglia con tre figli. Quando nasce, unico figlio maschio in una casa di tutte donne, viene accolto con grandi aspettative, soprattutto dal padre che comincia inconsapevolmente a volere per lui il risultato brillante che ha avuto lui.

Quando arriva l'età della scuola, al contrario delle sorelle che hanno frequentato una buona scuola pubblica, il bambino viene inviato a una privata, molto costosa, ma la sua carriera scolastica inizia subito in modo piuttosto sofferto e proseguirà nello stesso modo anche passando ad altre scuole.

Giovanni ha dei tempi d'apprendimento lunghi e, pur avendo delle risorse, le ha tutte impegnate sul piano emotivo, per cui gliene restano poche per imparare. Il padre è presente, non si può assolutamente dire che sia assente, al contrario di altre situazioni, ma il suo modo di esserlo avviene purtroppo nell'unica maniera che ha finora conosciuto: assillare il bambino perché diventi perfetto, imparando tutto e bene, sottolineandogli continuamente le cose che sbaglia. Giorno dopo giorno Giovanni si trova così a perdere buona parte del piacere d'imparare, come un cavallino che corra verso un traguardo che non raggiungerà mai perché continua a sfuggirgli e a spostarsi in avanti. L'esperienza di imparare si lega presto per lui solo a quella della frustrazione di non essere mai all'altezza della situazione e davanti a un traguardo che continua a sfuggire perché si sposta sempre in avanti non resta spesso che rinunciare già in partenza, senza neanche provare a lottare per raggiungerlo. Però Giovanni è un bambino arrabbiato, si sente prigioniero di una trappola da cui non sa uscire e in cui sente rinchiusi anche i suoi genitori. Inoltre, come spesso succede, avendo interiorizzato una relazione in cui si sente mortificato dagli adulti, finisce anche lui per porsi in modo tale da stimolare spesso lo stesso tipo di mortificazione anche all'esterno, in altre relazioni. Inizia così un calvario, con gli insegnanti che dicono che il bambino potrebbe fare, ma non fa (ritornello che echeggia continuamente nelle aule scolastiche quando non si sa più che cosa dire o fare), come se fosse un problema di pura e semplice buona volontà. Sia a casa che a scuola a Giovanni viene continuamente sottolineato solo quello che non sa fare e questo lo rende sempre più avvilito e mortificato.

Anno dopo anno la scuola diventa per lui un carico pesantissimo perché tutto il suo tempo è impegnato con lo studio e le ripetizioni. Gli viene a mancare il tempo per imparare a vivere e a stare con gli altri. Nessuno si pone il problema di sapere se è un ragazzo contento di vivere o triste. Invece Giovanni, da bambino arrabbiato, è diventato un ragazzo triste e le sue risorse, che pure esistono, sono tutte impegnate sul piano profondo, ma nessuno se ne preoccupa, come se il problema vero fossero la scuola e le ripetizioni, che si moltiplicano con scarsi risultati da una materia all'altra, giustamente, perché il problema non sta lì. Nessuna ripetizione può rendere a Giovanni il piacere di vivere e di imparare e di usare in modo diverso le sue risorse. Gli servono delle altre cose, sia in famiglia che a scuola, a partire da una diversa relazione con gli adulti, la stessa che gli è mancata dall'inizio della sua esperienza scolastica, come anche in casa.

Dice Colette Chiland,[1] a proposito del ruolo della scuola (e sarebbe utile per tutti riflettere sulle sue parole):

> Che sia necessario imparare a leggere in modo diverso da quanto si faccia attualmente è sicuro. Ma più che con un metodo che sarebbe migliore di qualsiasi altro, è con una trasformazione dell'atmosfera classe e della relazione col bambino. Bisogna che il maestro non sia in cerca dell'allievo ideale, ma accolga il bambino così com'è; bisogna che conduca il bambino al piacere di una riuscita invece di sottolineare i fallimenti invitandolo a fare degli sforzi. Insomma, si tratta di domandare al maestro di essere sempre più dedito, più competente, più geniale ed egli non lo può essere senza essere sostenuto da un'opinione pubblica che lo valorizzi e che valorizzi quello che insegna. Ne siamo ben lontani!

---

[1] C. Chiland, *Il bambino, la famiglia, la scuola*, ed. C.E.R.P., Trento 1993.

10
La ricerca di sé negli altri

Uno dei temi che possono stare spesso alla base di una nostra rabbia di adulti si può scoprire anche nel tipo di relazione che abbiamo a volte con gli altri.

Quando ognuno di noi è nato, si è trovato, come ogni cucciolo dell'uomo, a essere completamente in mano agli altri e senza di loro e le loro cure non sarebbe potuto sopravvivere. È stato da chi ci ha circondato che abbiamo ricevuto affetto, nutrimento, protezione e abbiamo a poco a poco assorbito tutto ciò che abbiamo imparato, dal sorridere, al parlare, al camminare e così via. Ne è nato un gioco di rispecchiamenti e di rimandi fra noi e gli altri che è stata una delle nostre prime e fondamentali esperienze psicologiche e che ha posto le fondamenta della costruzione della nostra identità. Da questo primo momento poi ognuno è partito per la propria specifica esperienza di vita e per il proprio cammino.

Questo gioco di rispecchiamento fra noi e gli altri, tuttavia, non cessa del tutto, ma continua in genere un po' per tutta la vita anche se con modalità diverse e in modo generalmente meno accentuato perché è diverso il bisogno che ne è alla base. Di solito siamo più in pace anche con noi stessi se dagli altri ci viene un rimando positivo su quello che facciamo e siamo, anche quando questo non è essenziale alla nostra autostima. Là dove però, per qualche motivo particolare, sicuramente legato alla nostra esperienza di vita e alla nostra storia, sia personale che familiare, continuiamo a cercare noi stessi soprattutto e quasi esclusivamente nello specchio degli altri anche da adulti, come è successo nella prima infanzia, ecco che quest'esperienza si può trasformare allora per noi in una fonte di grande sofferenza. È come restare prigionieri in una trappola di cui gli altri hanno la chiave ed essere completamente alla loro mercé.

Gli altri diventano così, senza che noi lo sappiamo e spesso senza saperlo loro stessi (ma anche loro per motivi facilmente legati alla loro storia), sempre più importanti per noi, ma sono contemporaneamente anche i nostri carcerieri, perché senza di loro non ritroviamo più la nostra stessa immagine.

Ecco che allora ogni volta che si allontanano da noi, oppure non sono d'accordo con le nostre scelte e le mettono in discussione, abbiamo la dolorissima sensazione di essere stati traditi e una rabbia furibonda si può impossessare di noi, perché pensiamo che il problema sia loro e non anche nostro.

In questo caso la rabbia è il segnale di quello che è successo, l'unico che riesce a emergere per liberare e comunicare un dolore così profondo che è legato alla nostra stessa identità e a come si è venuta strutturando nel corso della vita:

> «Questi soggetti provano un senso di sicurezza e di sollievo solo quando si sentono amati, stimati, sostenuti e incoraggiati».[1]

La favola che segue, tenta di raccontare la storia di una di queste rabbie per restituirle il suo vero senso e permetterle di cercare degli altri sbocchi evolutivi.

---

[1] S. Radò, "Il sarcasmo" in J.W. Slap, *Le rabbie croniche*, Bollati Boringhieri, Torino 1992.

Favola n. 10
La principessa prigioniera degli specchi

«Specchio, specchio delle mie brame, chi è la più bella di questo reame?»

dalla fiaba di *Biancaneve*

Una volta, tanto e tanto tempo fa, in un piccolissimo regno di questa terra nacque una principessina bella e buona cui fu dato il nome di Artemisia. E la nostra principessina crebbe, come sempre succede, raccogliendo le cose che la circondavano quando era piccola per riempire il sacco delle sicurezze che l'avrebbe poi accompagnata per tutta la vita. E quando arrivò il momento di arredare l'angolo della fiducia in se stessi, che è quello che ci aiuta a capire chi siamo e a usare le nostre risorse, Artemisia cominciò a preparare il ritratto da appenderci e per essere ben sicura che fosse fedele prese ad andare in giro per il suo piccolo regno chiedendo a tutti, come in genere fanno i principini, "Chi sono io? Che cosa so fare? È vero che i miei occhi sono belli? È vero che ho lo sguardo intelligente? È vero che sono capace di fare le cose?" e così via, fino ad avere abbastanza risposte da poter iniziare a fare questo famoso ritratto per interpellarlo ogni volta che aveva bisogno di sapere chi era e se anche lei valeva qualcosa.

E il re e la regina, che erano quelli a cui lei lo chiedeva più spesso, cercavano di risponderle ogni volta, anche se non sempre ci riuscivano, forse perché il loro stesso angolo della fiducia in se stessi era rimasto un po' fragile quando anche loro erano bambini e non avevano così potuto riempire completamente il sacco delle loro sicurezze. E inoltre, un giorno imprecisato in cui lei era ancora molto, molto piccola, in quel paese successe qualcosa di particolare anche se la storia non dice esattamente che cosa, perché non tutto viene trascritto sui registri ufficiali e si può quindi conoscere, cosicché il re e la regina furono molto impegnati intorno alle gravi preoccupazioni che erano entrate nella loro vita e non ebbero più tanto tempo da dedicare ad aiutare la principessina a mettere le risposte che le servivano nel suo bagaglio di vita. Fu così che il ritratto che la principessina aveva iniziato a fare rimase incompiuto in una cornice vuota e lei dovette cominciare a uscire dal castello per proseguire la sua ricerca.

Andò a finire che a poco a poco Artemisia prese l'abitudine di porre questa sua domanda al centro di ogni suo interesse perché il bisogno da cui sorgeva era forte e vigoroso, cosicché ogni volta che incontrava qualcuno la nostra principessa gli chiedeva subito "Chi sono io? Che cosa valgo? Che cosa so fare?".

E siccome era una principessina bella e intelligente tutti le davano delle buone risposte, cosicché lei, in mancanza di un ritratto, si abituò ben presto a usare gli altri come uno specchio che riflettesse il suo viso per dirle chi era e se valeva qualcosa, oppure proprio niente, come invece a volte temeva.

Fu così che, a poco a poco, la nostra principessina non solo rinunciò a finire il suo ritratto, perché tanto riusciva a ottenere ugualmente le sue risposte dallo specchio degli altri, ma, impegnata come era, non poté neanche aprire il cassetto delle sue risorse per sapere quante erano. E così Artemisia piano piano si ritrovò prigioniera degli altri senza neanche saperlo, e fu costretta a cercare di fare le cose sempre meglio e a mettersi in mostra per essere ben sicura di attirare i loro sguardi e avere le loro risposte.

Passarono così gli anni e Artemisia viaggiava per la vita credendo di essere libera, mentre in realtà era prigioniera di un'immagine riflessa che incessantemente inseguiva nello specchio degli altri. E così gli altri diventarono sempre più importanti perché il suo valore era rimasto sparpagliato nelle loro mani e lei lo doveva faticosamente recuperare qua e là, a destra e a sinistra.

E allora, quando loro le facevano i complimenti per tutto quello che sapeva fare, la nostra principessa era proprio a suo agio, perché in quel caso l'immagine riflessa coincideva proprio con la cornice vuota del suo angolo, ma quando da fuori le venivano delle osservazioni o delle critiche o semplicemente dei pareri diversi dal suo, cadeva profondamente in crisi e si sentiva abbandonata, sola e senza più un'immagine neanche riflessa, perché quella che gli altri le rimandavano in quel momento non la sentiva sua. E quando siamo soli e abbandonati da tutti, anche dalla nostra immagine, stiamo proprio molto, anzi moltissimo male, perché non sappiamo neanche chi siamo e abbiamo persino paura di noi stessi, come di tutte le cose che non conosciamo. E così Artemisia camminava per la vita e ogni tanto si arrabbiava moltissimo con gli altri quando pensava che fossero loro a portarle via la sua immagine perché se ne andavano, oppure quando gliene restituivano una di sé che non coincideva con la sua cornice vuota. "È colpa degli altri!" pensava allora tra di sé. "Non ci si può proprio fidare di loro! Sono io che sono stupida a pensare di poterlo fare!"

Fu così che quando diventò grande un bel giorno la nostra principessa incontrò un principe che si chiamava Roderigo e che era bravissimo e allenato fin da piccolo a fare da specchio alla sua mamma, perché anche a lei era rimasto vuoto l'angolo della fiducia in sé. E quando Artemisia e Roderigo si incontrarono, si riconobbero, si inna-

morarono e decisero che si sarebbero sposati per camminare insieme sulla strada della vita.

E per un po' di anni la cosa andò avanti molto bene. Ogni volta che la nostra principessa aveva bisogno di sapere chi era e se anche lei valeva qualcosa, ecco che Roderigo era ben contento di farle da specchio perché così anche lui si sentiva importante per qualcuno. Andò a finire che la principessa Artemisia abbandonò definitivamente la strada che aveva iniziato da piccola per sapere chi era e se valeva qualcosa oppure no, come invece temeva fortemente dentro di sé.

Intanto però il tempo passava e portava con sé nuove cose. Roderigo si trovò sempre più impegnato in tutti i problemi del suo piccolo regno ed ebbe sempre meno tempo e bisogno di restare a casa a fare da specchio e Artemisia era sempre più arrabbiata di non trovarlo ogni volta che cercava la sua immagine riflessa. Era un bel problema. Lui aveva ragione perché non si può trovare il proprio valore solo facendo da specchio a qualcun altro, soprattutto se si comincia a trovarlo anche da altre parti, e lei aveva ragione perché senza un'immagine non si può vivere, e quando non se ne ha una dentro e nessuno vicino a rimandarcene un'altra non si sa nemmeno se si esiste né chi si è.

Fu così che un bel giorno mentre la nostra principessa cercava disperatamente la sua immagine riflessa perché in quel momento ne aveva assolutamente bisogno e non la trovava perché Roderigo era lontano, un pensiero le attraversò improvvisamente la mente. "Ma allora io sono stata tradita! Non mi posso proprio più fidare di nessuno se anche lui mi ha abbandonata!" E questo pensiero le scatenò la rabbia più furiosa che le fosse mai capitato d'incontrare nella sua vita, così grossa che lei stessa si spaventò all'idea che potesse distruggere anche il principe Roderigo di cui lei aveva così bisogno.

"Sarà meglio che vada via, altrimenti chissà che cosa

combino!" disse fra di sé e decise di partire per un viaggio insieme alla rabbia che ormai era diventata la sua compagna inseparabile, alla ricerca di un'immagine che non si trovava più. E così la rabbia, anzi il furore, diventarono la compagnia costante della nostra principessa, e l'accompagnarono per tutto il viaggio.

Ma, a mano a mano che Artemisia camminava lungo i sentieri faticosi, scopriva che sotto al mantello di tutto questo furore stavano altre cose: un grande, grande, grandissimo dolore, l'angoscia di sentirsi abbandonati, la paura di non farcela da soli, l'impotenza del trovarsi come davanti a un muro e di non sapere più che cosa fare e tante altre emozioni e sensazioni che si erano accumulate nel corso del tempo fino a riempire il sacco che lei si portava dietro da quando era bambina.

E quando la nostra principessa finalmente arrivò a sentirle, a viverle e a riconoscerle tutte, sentendole proprio e solo sue, esattamente come la sua immagine, ecco che loro cominciarono a sentirsi un pochino più rincuorate e incoraggiate.

«Meno male che almeno lei ci ha visto e ci capisce!» si dissero allora tutte insieme.

«Adesso possiamo anche uscire dal sacco senza paura e senza doverci travestire ogni volta!»

E fu così che anche le emozioni poterono cominciare a entrare e a uscire senza restare dentro prigioniere a far male. Finché un giorno la nostra principessa, pescando nel sacco, si accorse della presenza di un sacchetto che stava lì silenzioso da tanto tempo. Lo prese, lo aprì e ci scoprì una piccola chiave che era lì da anni e che lei non sapeva di avere. E fu così che Artemisia decise di provare a usarla per aprire i cassetti rimasti ancora chiusi nel suo angolo e quando finalmente trovò quello giusto ecco che dentro scoprì le piantine della raccolta delle sue potenzialità che si era interrotta quando da piccola aveva iniziato a inseguire le immagini riflesse.

E così la nostra principessa cominciò pazientemente a innaffiare le sue piantine e queste cominciarono pazientemente a crescere e a prosperare, ognuna alla propria velocità, finché dopo tante cure e tante stagioni furono loro in grado di dirle chi era e che cosa sapeva fare.

E allora la nostra Artemisia poté finalmente smettere di correre dietro agli altri alla ricerca di un'immagine riflessa che le sfuggiva sempre e poté tornare a casa nel suo piccolo regno dal principe Roderigo che continuava ad aspettarla da quando lei era partita.

E così le piantine delle sue risorse, innaffiate dalla vita, poterono crescere, ognuna con i propri tempi e alla propria velocità, come fanno i semi dispersi dal vento fra la sabbia del deserto quando cade la prima pioggia che va a risvegliarli dal loro sonno profondo di anni per trasformarli in oceani di fili d'erba e petali di fiori.

Qualche riflessione sulla favola: gli altri come specchio per sapere chi si è

«Ma io sono grande o piccolo?»

MATTEO, 4 anni, ai genitori

Quello che la favola ha cercato di restituire al lettore è il senso di una rabbia che ci può caratterizzare quando, spesso senza rendercene conto noi stessi, abbiamo un'autostima così scarsa e fragile per come sono andate le cose nella nostra storia, da aver bisogno che sia sempre sostenuta dall'ammirazione degli altri.

In questo caso il nostro modo di porci davanti a loro diventa un po' come l'usarli in funzione di specchio perché ci rimandino un'immagine di noi rinforzata dal loro sguardo che deve essere quindi benevolo e non si può permettere delle critiche o dei dissensi senza metterci profondamente in crisi, in quanto va a minare un'autostima già di per sé fragile.

Nel rispecchiamento una delle cose che entra in gioco, infatti, è il valore dello sguardo. Se ci riflettiamo, si tratta di una comunicazione non verbale importantissima, che può assumere tantissime valenze. Con lo sguardo possiamo rinforzare un altro come una conferma positiva, quello che in genere fa la mamma col bambino finché lui stesso avrà interiorizzato questa funzione che entrerà così a far parte della sua identità rinforzandolo da dentro.

Una sorgente costantemente attiva e prepotentemente significante è il legame che si stabilisce fra genitori e neonato perché, in esso, sono poste e apprese tutte le regole di vita, tutte le forme di sopravvivenza affettiva, cognitiva e sociale.

Il punto di congiunzione tra il rapporto di cura e il processo di apprendimento è l'imitazione, codice comunicativo non verbale che iscrive le istruzioni per vivere. L'imitazione è un processo di "riflessione" e "rispecchiamento", epifania di una polarità in cui l'uno fa ciò che si attende dall'altro.

La madre apre la bocca se vuole che il bambino accolga il cibo. La ripetizione dei comportamenti serve a consolidarli e a modulare una base di "variazioni sul tema", preludi del lungo percorso della rappresentazione. L'imitare e il ripetere promuovono l'apprendimento, sollecitano la capacità di anticipazione, vera rete di indugio e ritrovo per la sequenza degli eventi.[1]

Con lo sguardo, però, oltre che confermare positivamente, possiamo anche annullare un altro, se lo attraversiamo come se fosse trasparente in quanto siamo solo concentrati su noi stessi, oppure lo possiamo "uccidere" perché lo vediamo in modo distruttivo, o lo possiamo svalutare perché lo vediamo in modo costantemente critico, oppure possiamo rinforzargli il senso di colpa, guardandolo come se fossimo una vittima sacrificale e così via.

Ma è pur vero che se c'è lo sguardo che vedendo in modo amoroso ci conferma e dunque ci fa esistere in modo narcisisticamente positivo, c'è anche lo sguardo che

---

[1] M. Gemma Pompei, "La struttura e l'immaginario" in «Quaderni dell'Istituto di Psicoterapia del Bambino e dell'Adolescente», n. 3, Milano 1993.

non vedendo o vedendo solo se stesso come Narciso ci annulla, o che vedendo in modo distruttivo come Medusa ci uccide, o che vedendo in modo costantemente critico ci fa esistere in modo svalutato.[2]

Lo sguardo ha quindi una funzione importantissima nel legame che abbiamo col mondo e fra tutti quello che è certamente più importante per la futura identità è lo sguardo di conferma che la madre rivolge al neonato. Un bambino che si sente guardato come un oggetto di valore a poco a poco interiorizza questo valore che entrerà così nel tempo a far parte del suo patrimonio di autostima.

Per tantissimi motivi che possono andare da un estremo a un altro (da un lutto recente subìto da una mamma che ne rattrista lo sguardo, all'adorazione narcisistica di chi vede solo ed esclusivamente il figlio anche da adulto, abituandolo a un'aspettativa di attenzioni che la vita inevitabilmente gli deluderà) questa esperienza di conferma può però a volte restare insoddisfatta e determinare così il prolungamento della sua ricerca anche in altre fasi della vita, come la favola ha tentato di mostrare, fino a quando non si riesca a trovare qualche altro possibile sbocco.

Forse in questo, oltre a un fattore di storia personale, può essere che ci sia anche in gioco un fattore d'età. Riflettendo sulla mia stessa esperienza di vita e su quella di altre persone della mia età con cui mi sono confrontata (perché la vita vissuta è per fortuna terapeutica anche su questo), mi sembra che una delle conquiste che si possono fare frequentemente con l'avanzare degli anni, insieme, inevitabilmente, all'esperienza faticosa delle perdite, può essere una diversa libertà psichica proprio su questo tema,

---

[2] Anna M. Pandolfi, "Contributo psicoanalitico allo studio della vergogna" in «Quaderni dell'Istituto di Psicoterapia del Bambino e dell'Adolescente», n. 3, Milano 1993.

con una maggiore accettazione sia di noi che degli altri, anche quando non sono d'accordo con noi.

«Uno dei maggiori piaceri che provo in questi anni» mi ha detto una volta un'amica «è che quando qualcuno non è d'accordo con me o mette in discussione le mie scelte o le mie idee, io vivo la cosa in modo più naturale e sereno di quando ero giovane. Allora mi sembrava di non poter tollerare di non piacere a tutti, le critiche o i dissensi mi gettavano in una profonda crisi. Adesso riesco anche a vedere l'opinione degli altri come un possibile modo diverso di affrontare le cose che però non svaluta il mio. Ognuno ha il proprio.»

Sulla torre del campanile di Coazze, in Val di Susa, campeggia una scritta a cui pare si sia ispirato Pirandello durante una visita in quei luoghi. La scritta dice: "Ciascuno a suo modo".

Per chi invece la vita vissuta non è stata ancora terapeutica perché, per loro fortuna, sono giovani d'anni, vorrei ricordare le parole di Minuchin sulla canzone silenziosa della vita:[3]

> Si nasce dotati della capacità di collaborare, di adattarsi e di interagire. Ogni neonato viene alla luce provvisto di una perfetta ricettività al suono della voce della madre e al ritmo dei suoi movimenti, e i bisogni del bambino, a loro volta, suscitano nella madre una serie di risposte che corrono, empaticamente, sulla stessa lunghezza d'onda. Genitore e figlio si definiscono l'un l'altro grazie a milioni di piccoli atti che si combinano insieme con la precisione di una reazione chimica. Il bisogno stimola la risposta, che a sua volta provoca una serie di adattamenti che richiederanno ulteriori risposte. L'aspetto più straordinario di questo incessante processo è l'automaticità con cui esso av-

---

[3] S. Minuchin, M. Nichols, *Quando la famiglia guarisce*, Rizzoli, Milano 1993.

viene. È la canzone silenziosa della vita. Ma questa pratica della collaborazione ha bisogno di essere sottolineata con maggior forza nella nostra cultura, poiché noi tutti tendiamo, di solito, a cogliere piuttosto le differenze e i conflitti.

Capitolo quarto
Alla ricerca della rabbia perduta

> Secondo me, se uno è arrabbiato l'aiuta molto parlare con qualcuno. Io quando sono arrabbiato parlo sempre col mio gatto e mi passa subito.
>
> BRUNO, 11 anni

11
L'invasione del proprio territorio

La sofferenza che questa favola vorrebbe tentare di aiutare a capire è quella che si manifesta ogni volta che ci sentiamo impotenti davanti a un tipo di rapporto che ci soffoca invadendo il nostro territorio. È un'invasione che, anche se fatta con l'intenzione di proteggerci, ci danneggia invece spesso inconsapevolmente nella ricerca o nella difesa della nostra stessa identità, che è un bisogno fondamentale dell'esistenza.

Davanti a un'invasione di territorio che diventa minacciosa per la propria identità non resta allora a volte altro da fare che proteggersi come facevano un tempo i castelli medioevali, alzando cioè il ponte levatoio e interrompendo la comunicazione con l'esterno. Fra i ponti levatoi che si possono alzare più frequentemente ci può essere quello del rifiutare il cibo, oppure, come in questa favola, quello di tagliare la comunicazione non parlando più, rifiutando quindi uno dei primi e più importanti legami non fisici che abbiamo avuto col mondo, la parola.

Il valore simbolico del parlare come comunicazione e legame è infatti altissimo. Il neonato che cresce, dopo aver seguito prima attentamente la mamma con lo sguardo e il sorriso, a poco a poco impara a chiamarla con la voce e la parola nasce così come un legame fra lui e lei, che l'ha a sua volta spesso sollecitato con tante parole già da prima che nascesse. Non a caso poi la lingua che imparerà da lei diventerà in genere la sua lingua "madre", quella dove è possibile esprimere le emozioni e gli stati d'animo più profondi. Sempre non a caso, inoltre, succede ogni tanto anche il contrario, che da quegli stati d'animo certe volte si debba prendere una distanza tale che per poterli esprimere lo stesso con la parola, ma a distanza, bisogna ricorrere a una lingua straniera. Ho trovato molto interessante a questo proposito, durante un tirocinio di tanti anni fa a Bonneuil da Maud Mannoni vedere che nel progetto terapeutico dei ragazzi in cura per problemi mentali fosse contemplato anche un periodo di soggiorno in Inghilterra. Sono convinta, e la mia stessa esperienza e quella di varie persone me lo confermano, che andare all'estero e appropriarsi di un'altra lingua in cui potersi esprimere, in certi momenti evolutivi della vita, come l'adolescenza, possa essere un'esperienza preziosa che arricchisce di possibilità in più, rispetto all'avere a disposizione una sola lingua in cui esprimersi.

Lo stesso vale, io credo, per il dialetto, oggi in grande regresso per tanti motivi storici, ma che ha un patrimonio di enorme ricchezza espressiva, accumulato in secoli di vita vissuta. Una persona che conosca oltre alla lingua ufficiale anche un dialetto in cui potersi esprimere ha sicuramente più risorse linguistiche a disposizione e dovrebbe essere considerato un vero e proprio bilingue, anche se nell'accezione comune solitamente non viene considerato tale. Se ci pensiamo, invece, anche chi di noi conosce una o più lingue straniere, difficilmente le parla con la stessa competenza linguistica di chi parla anche un dialetto. E conoscere altre lingue o altri dialetti significa conoscere anche altri modi per esprimersi, per comunicare e per arricchire il rapporto fra sé e il mondo.

Possiamo capire quindi la solitudine e l'isolamento in cui ci si può venire a trovare quando si taglia anche questo canale di comunicazione. E tuttavia il tagliarlo a volte è l'ultima spiaggia che resta per proteggere la propria identità, anche se con fatica e dolore, come vorrebbe aiutare a capire la favola che segue.

Favola n. 11
Il principino che non parlava più

> Sono stanco di urlare senza voce.
>
> G. UNGARETTI, *La Pietà*

C'era una volta un minuscolo regno sperduto in un lontano continente, dove un giorno nacque una principessa bella e buona come tutte le principesse delle fiabe a cui fu dato il nome di Viola. E col passare del tempo la nostra principessina crebbe come tutti i bambini di questo mondo, con un papà e una mamma che la curavano con moltissimo amore, nel modo migliore in cui ognuno di loro sapeva fare. E così il Re, che era un tipo taciturno, curava la sua bambina in silenzio e la Regina, che amava molto parlare, la curava parlandole ogni volta e questo alla principessina faceva molto piacere perché le parole le facevano compagnia e non la facevano sentire sola, cosa che ai bambini di solito non piace molto. Ma poiché questo Re e questa Regina avevano anche altri figli, nonché molte altre cose da fare nella vita, sia per la reggia che per i loro sudditi, ecco che le occasioni in cui Viola poteva stare a parlare tranquilla con la sua mamma c'erano sì, ma non erano così frequenti come a entrambe sarebbe piaciuto. E nel corso del tempo lei crebbe con un angolino segreto dentro che soffriva perché si sentiva sola e poco ascoltata.

Fu così che quando la nostra principessa diventò gran-

de e incontrò un Principe Azzurro, lo sposò anche con la segreta speranza di consolare questo angolino segreto in cui si sentiva un po' sola e poco ascoltata. Quello che però lei non sapeva era che tutti gli angoli segreti hanno un linguaggio particolare e speciale che conoscono solo loro, cosicché il Principe Azzurro, che conosceva solo quello del suo di quando era bambino, per quanto si sforzasse non riuscì mai a consolare l'angolo segreto della nostra principessa, anche perché di solito non si può curare quello di un altro. E allora la principessa continuò a sentire che dentro di lei questa cosa faceva ancora male come quando era bambina. E quando un bel giorno anche a lei nacque un Principino, ecco che Viola, vedendolo, si disse: «Questo bambino non deve soffrire perché si sente solo e poco ascoltato, come è capitato a me. Io starò sempre con lui a parlargli e a fargli compagnia!».

E così cominciò a stare sempre con il suo bambino e a parlargli continuamente, proprio come le sarebbe piaciuto che la sua mamma avesse potuto fare con lei quando era piccola. Agli inizi questo andò bene, anzi, molto bene, anche perché le parole sono una cosa di cui i bambini hanno proprio molto bisogno quando sono tanto piccoli, ma a lungo andare, per stare sempre attaccata a parlare al suo bambino la principessa Viola finì per stare con lui anche quando ormai era tempo che lui invece andasse a giocare con gli altri. E così il Principino, che si chiamava Unico, non poté imparare come si fa a stare anche con gli altri e finì per ritrovarsi sempre da solo. Allora la principessa Viola, che non poteva tollerare di vedere il suo bambino triste e senza amici, cominciò a inventare lei le cose che facessero piacere agli altri bambini e le inventò sempre più belle e affascinanti, in modo che loro venissero alla reggia a giocare con il suo bambino e lo faceva di nascosto per paura di umiliare il principino.

Ma Unico, che era molto intelligente, si accorgeva che gli altri bambini venivano per i giochi che la sua mamma inventava e non per lui e se da una parte questo gli piaceva per la compagnia che aveva, dall'altra parte gli dispiaceva moltissimo perché lo faceva sentire come una persona che non sa neanche trovarsi degli amici senza l'aiuto degli altri.

"Vuol dire che io da solo non valgo proprio niente!" pensava allora rattristato fra di sé.

Nel frattempo, la principessa Viola, che non sospettava niente, sacrificava anche tante altre cose, ma non era molto contenta perché più lei faceva per Unico e più le venivano a mancare le cose che avrebbe potuto fare anche per sé e per il Principe Azzurro.

E così Unico cresceva anche lui con un papà e una mamma che gli volevano moltissimo bene e che lo curavano come sapevano fare loro, il suo papà un po' in silenzio e la sua mamma che gli stava sempre attaccata per fargli compagnia e gli parlava sempre, ma qualche volta parlava anche al posto suo, soprattutto quando lui faticava a trovare le parole adatte. E così ogni volta che Unico si trovava in una situazione un po' difficile e gli servivano le parole giuste, ecco che andava a chiamare la sua mamma e lei sì che le trovava e scopriva anche il modo migliore per spiegare le cose. Andò a finire che, senza che nessuno di loro se ne accorgesse, la nostra principessa Viola cominciò a intervenire e a parlare non solo per il suo bambino, ma spesso anche al posto suo, mentre il papà si metteva sempre più in disparte perché gli sembrava di non essere mai all'altezza della situazione. Ma Viola non poteva rendersene conto perché questo era proprio quello che anche il suo papà aveva fatto, cosicché lei pensava che questo fosse proprio quello che tutti i papà fanno a questo mondo.

E fu così che a poco a poco, giorno dopo giorno, perché queste cose non capitano mai in poco tempo, ma hanno bisogno di essere ripetute tante volte prima di fare effetto, ecco che alla fine il principino Unico cominciò a pensare *"Il mio papà e la mia mamma sì che sono bravi! Loro sanno sempre trovare la soluzione di tutto, soprattutto la mia mamma! Non come me che non so mai fare niente, neanche giocare con gli altri bambini! Io sono proprio un fallimento! Anche quando devo parlare, se ne accorge persino la mia mamma che direi solo sciocchezze, altrimenti non avrebbe bisogno di parlare con gli altri da parte mia!"*.

E il principino Unico cominciò a credere di essere proprio un fallimento in tutto e per tutto e a pensare che questo capitasse solo a lui a questo mondo, senza sapere che era esattamente quello che la sua mamma aveva provato da piccola e quello che provava ancora adesso ogni volta che vedeva il suo bambino in difficoltà. Cosicché, invece di dargli il tempo di provare e di imparare, come per tutti i bambini di questo mondo, la povera principessa Viola interveniva subito per aiutarlo, peggiorando così le cose mentre credeva proprio di migliorarle. E allora dentro al principino cominciò a esserci un angolo, che giorno dopo giorno diventava sempre più grande, in cui lui si sentiva insicuro e incapace, diverso dagli altri bambini, proprio come un cucciolo piccolo piccolo che da solo non sa fare altro che combinare guai e ha proprio bisogno di qualcuno che faccia le cose al posto suo.

Ma siccome sentirsi dentro una cosa di questo genere non fa piacere a nessuno, né ai grandi né, tanto meno, ai piccoli, soprattutto se sono forti e vigorosi e hanno tante risorse anche se non sanno di averle, ecco che il nostro Unico cominciò a ribellarsi e siccome non sapeva da dove cominciare, iniziò col dire di no alla sua mamma, che era la prima cosa e la più semplice che gli venisse da fare. In realtà non è che lui volesse rifiutare la sua mamma, voleva semplicemente difendersi dalla sensazione di sentirsi così svalutato e infelice ogni volta che qualcuno parlava o faceva le cose al posto suo, come se lui fosse un burattino e non un bambino in carne e ossa, con i suoi pensieri, i suoi dolori e i suoi desideri. Ma la nostra povera principessa Viola, che non conosceva come vanno le cose negli angolini segreti degli altri perché aveva sperimentato solo il suo angolino segreto, ci rimase proprio male e pensò che il suo bambino stesse facendo i capricci e soffrì moltissimo perché questo la faceva sentire di nuovo sola e poco ascoltata come quando era piccola. E allora, pensa e ripensa, trovò delle parole ancora più belle e delle ragioni ancora più giuste per convincere Unico che lei aveva ragione e gli parlò così bene che il nostro principino non ebbe più niente da ribattere e non avendo più parole per esprimere la disperazione che aveva in cuore, ricorse a un altro linguaggio per dire le cose che non si riescono a dire a parole e cominciò a non parlare più. Allora la principessa Viola, al vedere il suo bambino che si comportava così, pianse tutte le sue lacrime perché lei, non conoscendo il linguaggio degli angoli segreti degli altri, non capiva proprio come questo fosse potuto succedere. E fu così che si ritirò per lungo tempo in meditazione in una Torre speciale, quella dei Propri Limiti, che è l'unica che ci può aiutare e consolare nei momenti di grande difficoltà, perché aiuta a capire che tutto quello che potevamo fare l'abbiamo ormai fatto. E lì, non dovendo dimostrare più niente a nessuno, neanche a se stessa, la nostra principessa Viola si sentì finalmente in pace e poté fare l'unica cosa che il suo cuore desiderasse davvero fare e cioè piangere tutte le sue lacrime di dolore e chiedere aiuto a chi la poteva aiutare di più, il principe Azzurro.

Ma, come sempre succede ogni volta che ci ritiriamo nella Torre dei Limiti, ecco che a poco a poco anche a lei successe qualcosa e delle nuove piantine cominciarono a nascere nel giardino del suo castello. Perché il suo pianto le fece ricordare tutta la pena che c'era dentro di lei quando era bambina e come le sarebbe piaciuto che qualcuno se ne fosse accorto, ma come era difficile che gli altri se ne accorgessero perché lei difendeva bene il suo an-

golo e lo nascondeva e aveva persino creato un linguaggio speciale per lui. E fu così che a poco a poco Viola cominciò a pensare che tutti gli angoli segreti hanno un linguaggio e giorno dopo giorno, per amore del suo bambino, si fece aiutare a studiare anche questo modo di dire le cose senza parole e questo finalmente l'aiutò a capire che cosa era successo nell'angolino segreto di Unico.

E quando Viola lo scoprì provò tanta pena e tanta tenerezza per sé bambina, ma anche per lui, il suo bambino, per quanto aveva sofferto e per quanto stava soffrendo ora e da allora cominciò a guardarlo con occhi diversi. E quando si guardano le cose con occhi un po' diversi si scopre sempre qualche possibilità in più che prima non si vedeva e fu così che a poco a poco anche in quel castello si fece molta più attenzione al rispetto degli angolini segreti di ciascuno senza volerli invadere e questo fu il regalo più bello che da allora in poi venne fatto a tutti i bambini che, generazione dopo generazione, arrivarono nel loro piccolo regno.

Qualche riflessione sulla favola: l'urlo senza voce

> La cosa che mi fa arrabbiare di più dei miei genitori è quando vogliono sapere tutto dei miei pensieri e anche dei miei sentimenti, come se volessero entrare dentro di me!
>
> LIDIA, 14 anni

Come dice Ungaretti, si può urlare "senza voce". Vediamo la storia di uno di questi urli, semplicemente una fra tante possibili.

Sonia è nata in una famiglia molto numerosa in una cittadina del centro Italia dove tutti si conoscevano. È l'ultima di cinque figli e quando lei nasce il padre e la madre stanno attraversando un periodo di crisi nel loro matrimonio. Il padre, professionista affermato, giunto alle soglie dei cinquant'anni vive una relazione con una ventenne quasi alla ricerca del tempo perduto. La madre, ormai quasi prossima alla menopausa, si sente abbandonata e punta su questa nuova figlia per salvare il rapporto di coppia. Sonia nasce quindi con una aspettativa già pesante su di lei, quella di tenere insieme una coppia in crisi e lei risponde appieno a questa aspettativa.

Per amore di quest'ultima figlia che li fa sentire ancora giovani e che li tiene occupati con problemi di salute e di fragilità, il papà e la mamma continuano a vivere insieme e Sonia cresce con la consapevolezza inconscia di essere lei a tenerli uniti, purché si comporti bene. Entra così, senza saperlo, nell'identità di chi pensa di poter sempre influenzare il mondo che la circonda, facendolo andare secondo i suoi desideri.

Una volta finito il liceo locale, Sonia viene mandata dalla famiglia a studiare in una città del Nord, la stessa dove avevano frequentato l'università anche il padre e il nonno. E qui Sonia incontra Silvio, anche lui giovane studente di un'altra facoltà ed entrambi si innamorano. Dopo qualche anno dalla laurea si sposano e un anno dopo nasce la loro prima e unica figlia, Emilia. Il nome che le viene dato è quello del nonno materno, padre di Sonia, a cui lei è molto legata. Emilia cresce all'ombra di Sonia, la segue dappertutto, è sempre attaccata a lei. Con gli altri bambini è molto timida e fa fatica a familiarizzare. Chi l'ha conosciuta da piccola la ricorda mentre si nasconde dietro alla madre ogni volta che incontra dei coetanei anche quando di solito i bambini tendono ormai a giocare tra di loro.

Arrivata in prima elementare Emilia inizia una carriera che sarà brillante come risultati scolastici, ma le sue difficoltà relazionali continuano. Sonia comincia a preoccuparsene, giustamente, ma l'unica soluzione che trova è quella di cercare lei tutti gli stratagemmi possibili per attirare in casa sua i compagni di scuola della figlia perché le facciano compagnia. Senza rendersene conto, continua a mediare fra lei e il mondo come aveva fatto da piccola fra il papà e la mamma, fino a quando a poco a poco si sostituisce a lei in tante piccole cose del vivere quotidiano. È lei che prepara le feste, che invita gli altri bambini senza chiederlo o comunicarlo a Emilia, convinta di farle delle sorprese piacevoli.

Emilia si trova così ad avere tutta la sua vita organizzata dalla mamma, a vedere invitati a casa sua dei bambini o delle bambine che già fatica a sopportare a scuola e così via. Sonia, che ha un forte bisogno mentale di organizzare se stessa e il suo mondo, finisce quindi per organizzare gli altri senza avere la consapevolezza di invadere il loro territorio. I rapporti di Emilia con gli altri bambini in questo modo non solo non migliorano, ma peggiorano paurosamente. La bambina a scuola si sente sempre più isolata e si rifugia nell'unico territorio che la gratifichi, quello dell'essere la prima della classe, acuendo così il suo isolamento.

Passano gli anni ed Emilia cresce fino a diventare adolescente. Nel frattempo il papà, Silvio, si è sempre più buttato a capofitto nel lavoro che lo impegna moltissimo e che lo tiene spesso assente da casa durante la settimana. Sonia, lontana dalla sua famiglia d'origine e lei stessa non facile ad allacciare rapporti di amicizia con persone nuove, intensifica il legame con Emilia che è rimasta figlia unica e che è quindi la sua compagnia privilegiata. Moltiplica così i suoi sforzi e tentativi di organizzare la vita della figlia nella speranza di vederla meno sola e più contenta, ma questo suo modo d'agire viene percepito da Emilia, ormai adolescente, come l'ennesima invasione del suo territorio. La ragazza, che per fortuna ha una personalità forte, presa dalla rabbia per questa invasione che sente ormai minacciosa per la sua stessa identità, cerca disperatamente le possibilità che le si offrono di preservare se stessa e sopravvivere. Una potrebbe essere quella di andarsene di casa, ma Emilia la scarta per le difficoltà oggettive e perché pensa che sua madre non sarebbe in grado di tollerarlo. Un'altra potrebbe essere quella di trovare il modo di difendere il suo territorio perché nessuno lo possa violare e a quel punto Emilia prende la grande decisione di non parlare più quando è in casa. Per fortuna però all'esterno questo canale non viene interrotto e lei trova delle persone che la capiscono e la sostengono in questa sua lotta con un disagio diventato ormai così forte da essere a volte intollerabile per la sua stessa sopravvivenza mentale. Ma da quel momento in famiglia la ragazza non parla più, è diventata un muro di ghiaccio.

Sonia si vede crollare il mondo addosso. Lei che ha investito tutta se stessa, le sue energie, i suoi pensieri, le sue emozioni su questo rapporto, non capisce più che cosa stia accadendo, è annientata dal dolore. Non si rende conto che sua figlia sta facendo il disperato tentativo di salvarsi e non rifiuta lei, ma questa sua modalità invasiva che la sta soffocando fino a farle correre il rischio di non farcela più. Emilia, che è alla base fondamentalmente forte perché ha ricevuto da Sonia anche tante sicurezze, sta facendo l'operazione sana di preservare la sua identità e il suo processo di individuazione di se stessa, senza il quale non si può vivere per davvero. Ma Sonia non lo sa, sente solo questo rifiuto e si rende conto che per la prima volta nella sua vita c'è una cosa che lei non riesce più a organizzare e a determinare. Nessun suo tentativo di far parlare Emilia riesce. La ragazza ha deciso di non parlare e non parla più, per nessun motivo e in nessuna circostanza.

Si ritira nella sua stanza e da lì non esce se non per i casi di necessità o per andare fuori casa. Il suo silenzio è fatto di un urlo senza voce. Se questa voce potesse parlare davvero, direbbe cose che Sonia non è ancora in grado di capire. Direbbe: "Lasciami vivere! Non ce la faccio più! Lasciami stare! Rispetta i miei pensieri, le mie emozioni, i miei sentimenti! Io sono un'altra persona, non sono te! Sono un'altra! Un'altra! Un'altra!".

Ma Sonia agli inizi non può capire, è troppo accecata dal dolore per riuscire a fare la fatica di provare a chiedersi che cosa è successo. È solo dopo molti mesi di questo calvario che Sonia si rende conto di aver perso la sua battaglia e accetta a poco a poco i suoi limiti. Più di quello che ha fatto, lei ormai non è in grado di fare e questo a poco a poco la porta a una rassegnazione che ritiene una sconfitta, ma che in realtà è tutt'altro. Sonia infatti comincia a imparare delle cose nuove, la prima delle quali è che si può solo organizzare se stessi e non gli altri e questo, paradossalmente, le dà molta più pace.

Per la prima volta in vita sua non si sente più schiacciata da tutte le responsabilità che si sentiva addosso prima, quando pensava di dover organizzare tutto e tutti e di essere l'unica responsabile di ciò che accadeva, con un'ansia altissima che riversava sulla figlia. E così Emilia ha salvato se stessa ma anche sua madre. L'ha salvata da questa modalità onnipotente che aveva trovato come risposta ai problemi del vivere sin da quando era bambina, ma che le si ritorceva inevitabilmente contro.

Adesso Sonia, come naturale, non ha perduto questa modalità, ma ci sono anche altre possibilità che ogni tanto cominciano ad aprirsi e ci sono buone probabilità che queste possibilità vadano crescendo col tempo. E poi ha recuperato il rapporto col marito da quando ha cominciato a mostrargli la sua fragilità e a chiedergli aiuto.

Emilia ha avuto bisogno anche di un sostegno psicologico per reggere questa tensione e la sua lotta contro un disagio che rischiava di travolgerla, ma ce l'ha fatta anche lei. Adesso vive, con le difficoltà che incontriamo tutti, ma non è più sospesa come prima senza sapere bene neanche chi si è, e questa rappresenta una grande differenza, rispetto al passato.

12
Le separazioni precoci

Una delle situazioni che sono certamente più dolorose e che lasciano più ferite in un bambino sono le separazioni precoci e durature nel tempo dalle figure più importanti, che sono generalmente i genitori. Se ci pensiamo è del tutto naturale. Il neonato viene infatti al mondo con un'esperienza che gli è familiare, quella della pancia della mamma. È lì che ha cominciato a percepire il mondo che lo circonda e la sua appartenenza a questo ambiente. Dopo la nascita questo suo piccolo mondo cambia e diventa molto più vasto, sconosciuto, minaccioso, come tutte le cose non familiari da cui ci possono venire dei pericoli non prevedibili. Sarà proprio la presenza della persona che lo cura in modo privilegiato tutti i giorni (che è in genere la mamma, la stessa nel cui corpo è avvenuta la sua prima esperienza) ciò che gli garantirà a poco a poco che anche il nuovo mondo gli possa diventare familiare e non più sconosciuto e minaccioso.

Questo processo, però, avviene lentamente nel corso dei primi anni di vita, con vari momenti importanti, come quello in cui il bambino comincia a percepire se stesso come separato dalla mamma e non più come una sua parte (verso la seconda parte del primo anno di vita) o quello in cui, dopo aver cominciato a esplorare il suo piccolo mondo camminando, torna improvvisamente dalla mamma a riceverne conforto e rassicurazione (verso il secondo anno di vita), prima di poter esplorare un po' più lontano.

La separazione precoce dalla mamma o dalla persona che lo cura in modo privilegiato gli è perciò molto difficile da tollerare perché lo priva dell'esperienza più familiare e rassicurante che abbia avuto fino a quel momento nella sua vita.

Ne può essere una buona testimonianza la difficoltà che i bambini incontrano ed esprimono chiaramente anche a parole intorno ai tre anni di vita quando, come ho già ricordato ne il *Bambino nascosto*, devono affrontare il distacco temporaneo per la scuola materna. Se anche questo procura al bambino, nonché alla mamma e al papà, una grande sofferenza (che è evolutiva, ma che deve essere graduale), immaginiamo quanto dolore possa determinare una separazione precoce duratura nel tempo.

A un evento di questo genere che tuttavia la vita gli impone, (va, comunque, ricordato a questo proposito che la sofferenza della separazione è condivisia ugualmente dalla mamma e dal bambino), ogni neonato reagisce organizzando le difese che il suo patrimonio genetico, le sue caratteristiche individuali e quelle dell'ambiente che lo riceverà gli permetteranno.

Questa favola tenta di raccontare come queste difese si possono organizzare anche intorno al tema della rabbia e della vendetta. Volersi vendicare di qualcuno può essere infatti un altro modo di non lasciarlo andare e di stargli attaccato per paura di perderlo del tutto.

Favola n. 12
Il principino che cercava solo vendetta

> Questo vorrei vedere che tu soffra,
> tu che m'eri amico un tempo
> e poi mi camminasti sopra il cuore.
>
> ARCHILOCO, *All'amico di un tempo*
> da QUASIMODO, *Lirici Greci*

C'era una volta, tanto, tanto e tanto tempo fa, uno dei soliti nostri piccoli regni che, come ormai sappiamo, stava sicuramente da qualche parte di questa terra, anche se la storia non dice esattamente dove.

E anche in questo piccolo regno c'erano un re e una regina che si davano molto da fare per aver abbastanza mezzi da poter sopravvivere in un momento in cui l'economia del paese andava piuttosto male. Fu così che quando anche lì nacque un principino, come in genere succede nei piccoli regni, si pose presto il problema di come allevarlo.

«Mi piacerebbe proprio potermene occupare io» disse allora la regina. «Ma come potrò farlo se l'economia del paese continua ad andare così male come succede ogni volta che io non me ne occupo?» soggiunse poi preoccupata.

Fu così che lei e il re ci pensarono per alcuni giorni e poi decisero che la cosa migliore da fare era quella di trovare qualcuno a cui affidare il principino perché lo alle-

vasse a casa sua, mentre loro due si sarebbero occupati dell'economia del paese, per garantire un futuro a tutta la famiglia. E intanto che venivano fatte le ricerche per trovare le persone giuste il principino continuava a crescere e a familiarizzare con le persone e le cose del suo ambiente, come sempre succede da che mondo è mondo. Fu così che imparò a conoscere e a riconoscere il suo lettino, la sua stanza, i suoi oggetti, i suoi genitori e le altre persone che circolavano per la reggia e queste cominciarono a diventare le sue sicurezze, quelle che c'erano sempre e che lui poteva essere ben sicuro di ritrovare ogni volta che voleva, lì, vicino a lui, certe e presenti come il sole che si levava ogni mattina. E man mano che i giorni passavano il legame del principino con questo suo piccolo mondo diventava sempre più saldo, cosicché lui, forte di questa sua sicurezza, poteva anche affrontare delle cose nuove senza averne troppa paura.

Intanto però il tempo passava e il nostro principino, che si chiamava Paride, cresceva pensando che ormai quella fosse la sua vita e che non ce ne potessero essere di diverse da quella.

E a poco a poco imparò ad aspettarsi sempre le stesse cose, e a immaginarsele nella mente sapendo che sarebbero arrivate, ognuna al momento giusto.

Potete quindi immaginare quale fu il baratro che gli si spalancò davanti, la sua rabbia e delusione prima e disperazione dopo quando all'improvviso tutto questo sparì. Un bel giorno si sentì caricato su una carrozza, lui e i suoi bagagli, insieme al re e alla regina e dopo un lungo viaggio arrivò in una casa estranea che non conosceva, abitata da persone che non aveva mai visto in vita sua.

«Ecco» dissero il re e la regina agli abitanti della casa «abbiamo deciso di affidarvi il principino perché ne possiate avere cura intanto che noi siamo impegnati nell'occuparci dell'economia del regno. Noi torneremo ogni tanto a trovarlo per vedere come sta.»

E fu così che il principino Paride, che era troppo piccolo per protestare, si ritrovò improvvisamente in un mondo che lui non conosceva, con dei profumi, delle voci, delle facce diverse che lo circondavano.

"Aiuto, povero me!" si disperò allora tra di sé. "Dove sono? Come è possibile che all'improvviso non ci sia più il mio mondo! Dove sono tutte le cose familiari a cui ero abituato? Dove sono sparite? E il re e la regina dove sono andati? Come riuscirò a vivere senza le loro cure? Possibile che io mi sia fidato e loro mi abbiano tradito e abbandonato così?"

Il povero principino era nella disperazione più nera, non sapeva proprio che cosa fare, finché pensa e ripensa, alla fine ebbe un'idea, visto che era forte e vigoroso e aveva tante energie.

"Vorrà dire che io continuerò a piangere, soprattutto di notte, così loro si accorgeranno che sto proprio male!" pensò. Ma le persone del suo nuovo mondo erano abituate a sentire i principini che piangono di notte e non ci fecero tanto caso. "Allora vorrà dire che non mangerò più!" pensò tra di sé il principino e da quel giorno cominciò a rifiutare il cibo tranne quando era proprio molto, molto affamato, ma anche questa si rivelò una mossa inutile. In quella casa si considerava normale che i principini avessero poco appetito e facessero i capricci per mangiare.

Allora il principino cominciò un po' ad arrabbiarsi e un po' a scoraggiarsi, ma si accorse ben presto che quando si scoraggiava si sentiva ancora più solo e abbandonato, mentre quando si arrabbiava, anche se stava ugualmente male, nella sua mente era almeno accompagnato dal pensiero del re e della regina con cui era così arrabbiato e questo lo faceva sentire un po' meno solo.

Andò a finire che il nostro principino cominciò a essere sempre arrabbiato con loro perché questo era l'unico modo che aveva ingegnosamente scoperto per poterli avere ancora nella sua mente, cioè vivi e presenti accanto a lui invece che spariti chissà dove e si sa che i principini devono poter avere nella loro mente un re e una regina che gli tenga compagnia per sapere chi sono loro.

E insieme alla rabbia a poco a poco nel suo cuore cominciò a crescere il risentimento per questo grande tradimento che avevano fatto proprio a lui che di loro si era invece fidato in tutto e per tutto pensando che fossero come il sole che sorge ed è sempre presente, anche se coperto dalle nuvole, in ogni giorno della nostra vita.

Cosicché, quando ogni tanto il re e la regina venivano a trovarlo, man mano che cresceva, il nostro principino cominciò a non guardarli più in faccia, per punirli e perché si accorgessero di quanto lui si era sentito tradito e abbandonato, ma loro pensavano che facesse solo dei capricci e si sentivano a loro volta offesi.

"Ma guarda un po'" pensavano *"noi facciamo tanti sacrifici per l'economia del paese e per pagare le persone che lo curano, facciamo un lungo viaggio per venire a trovarlo e lui non ci guarda neanche, come se fossimo dei perfetti estranei e non gli importasse niente di noi!"*

Il re e la regina, poveretti, non sapevano proprio che il principino si comportava così non perché non gli importasse niente di loro, ma esattamente per il motivo opposto, che gliene importava troppo perché gli erano venuti a mancare proprio nel momento in cui lui stava riempiendo il sacco delle sicurezze che si sarebbe portato come compagnia costante nel viaggio della sua vita.

«Se continui a trattarci così ogni volta che veniamo a trovarti vorrà dire allora che non verremo più!» gli dissero infine un giorno, esasperati perché anche loro soffrivano senza capire che cosa stesse succedendo.

Ma per il nostro principino quella fu proprio l'ultima goccia che fece traboccare il vaso. "Ma allora vuol dire che stavolta mi abbandonano davvero per sempre!" pensò terrorizzato fra di sé. "E se lo fanno è perché io sono brutto e cattivo. Ma se loro non vengono più io morrò di certo e anche loro possono morire senza che io lo sappia."

E fu così che da quel giorno il nostro principino Paride decise di nascondere anche la sua rabbia per paura che il re e la regina non tornassero più a trovarlo.

Ma la rabbia, che era forte e vigorosa, trovò un angolino del cuore in cui rifugiarsi e lì si costruì la sua tana e se la curava e abbelliva e ingrandiva ogni giorno, ma per farlo dovette buttare in un angolo oscuro le altre emozioni, come la dolcezza e la tenerezza. Finché arrivò anche un tempo in cui il nostro principino si accorse che non ce la faceva più a tollerare nel suo cuore il risentimento per essersi sentito abbandonato dal re e dalla regina senza neanche poterlo esprimere.

Fu così che, senza rendersene conto, a poco a poco prese tutta questa rabbia e la indirizzò non più verso di loro, ma verso chiunque gli capitasse intorno, pur di non tenersela dentro e poterla far uscire di nuovo.

"È il mondo che non mi vuole e mi abbandona sempre" pensò allora tra di sé "si vede che non ci si può proprio fidare, bisogna averne paura!"

E da quel giorno il nostro principino cominciò non solo a essere sempre arrabbiato con gli altri, ma ad averne molta paura e a pensare che lo volessero sempre imbrogliare, approfittare di lui e poi buttare via in un angolo come un oggetto che non serve più. "Il mondo è proprio come una partita a carte" pensava allora sconsolato. "Certe carte valgono molto e tutti le vogliono e certe altre vengono sempre scartate. Io sono fra queste!"

E a poco a poco il nostro principino, così come aveva ormai imparato a fare sin dalla prima volta che si era sentito abbandonato dal re e dalla regina, così importanti per lui, cominciò a stare sempre attaccato agli altri con due briglie, come un cavallino legato a un carretto e queste due briglie si chiamavano una Rabbia e l'altra Risentimento.

E quelli che lo vedevano da fuori pensavano che avesse soltanto un brutto carattere, insensibile e sempre di cattivo umore, mentre in realtà questi erano solo i mattoni di un castello destinato a difendere questa sua grande rabbia che a sua volta proteggeva solo questo suo antico grande, grandissimo dolore, che è poi quello che proviamo tutti ogni volta che ci sentiamo traditi, abbandonati e proprio soli al mondo e senza alleati.

E il carretto a cui il nostro principino era legato da tutte queste briglie, come un cavallino prigioniero, si chiamò ben presto il Carro della Vendicatività.

"Gliela farò pagare" pensava allora fra sé. "Mi dovranno rimborsare di tutto quello che mi hanno fatto soffrire. Gliela farò vedere io!" E questo pensiero dentro di lui diventò come una pianta che cresce, cresce, cresce intorno a un albero fino a farlo soffocare togliendogli la luce e l'ossigeno, che per lui erano l'energia e la voglia di esplorare il mondo.

E quando, anni dopo, con l'economia del paese finalmente salva, i suoi genitori tornarono a riprenderlo per riportarlo al suo castello d'origine, il nostro principino ormai viaggiava corazzato e difeso da tutta questa armatura nei confronti della vita.

Ma la vita, che è molto più saggia e sa tante più cose di tutti i principini Paride e anche dei re e delle regine messi insieme, perché è molto più antica di loro, un giorno decise che era ormai arrivato il tempo perché il nostro principino trovasse finalmente degli altri mattoni per il suo castello.

Mese dopo mese e anno dopo anno, raccolse tutte le giornate di tempesta e poi si unì al vento per soffiare sull'armatura di Paride finché questa prima cominciò a scricchiolare e poi piano piano a cedere, come un castello costruito con le carte da gioco.

"Questa volta sto proprio per morire davvero!" pensò sconsolato fra sé. "A uno sfortunato come me non può succedere altro!"

Ma il nostro principino, in realtà, aveva avuto anche dei bei doni quando era nato e quando da piccolissimo stava ancora alla reggia, cosicché era curioso delle cose, si divertiva a osservarle e a rifletterci con i suoi pensieri che non l'avevano mai abbandonato, amava sentire il suo corpo che correva nello spazio, respirare i profumi e contare le stelle, e questa sua parte non aveva proprio nessuna voglia di morire, che lui volesse o no, per cui era rimasta ben nascosta ma viva e vegeta sotto tutta la sua armatura.

Fu così che lei si alleò con la rabbia, che era la compagna più vitale che avesse incontrato, le aprì la porta che tanto tempo prima Paride aveva chiuso quando l'aveva buttata fuori di sé e diventò la sua fedele amica. E fu pure così che queste due parti, la Rabbia e la Vitalità, a poco a poco cominciarono a guidare il nostro principino e, giorno dopo giorno, notte dopo notte, gli fecero ripercorrere in sogno, in compagnia di un pellegrino amico, tutta la strada che aveva percorso sino ad allora, fino ad arrivare a ritrovare e a riconoscere questo grande, grande, grandissimo dolore che stava alla base di tutto e che è quello che proviamo ogni volta che ci sentiamo traditi e abbandonati, soli al mondo e senza più alleati. Perché è solo quando si riesce a ritrovarlo e ad averne cura che si può poi cercare di voltar pagina nel libro della propria vita, con l'aiuto anche degli altri. E dentro a questo grande dolore c'era anche un grande amore, che era poi quello che lui provava per il suo papà e la sua mamma, perché è solo quando ci sentiamo traditi dalle persone che amiamo di più e di cui ci fidiamo in tutto e per tutto che il dolore per la loro perdita ci diventa così intollerabile che siamo costretti a trovare qualche modo per cancellarlo e far finta che non sia mai esistito.

E fu pure così che il nostro principino Paride scoprì che ogni tanto la strada della vita arriva a un fiume che si chiama Dolore e che bisogna proprio attraversarlo a gua-

do perché non esistono ponti, se vogliamo passare dall'altra parte e proseguire il cammino, che è nostro e solo nostro, per ritrovare dentro di noi anche le emozioni belle che avevamo perse per strada.

E quando finalmente il principino in un giorno imprecisato della vita si trovò infine faticosamente al di là di questo suo guado, ecco che, pur sapendo che ogni tanto lungo un cammino i guadi sono inevitabili, scoprì che dopo averli attraversati ci si ritrova spesso in tasca delle energie e delle emozioni che prima si pensava di aver perso per sempre e che servono per diventare, ogni tanto, artigiani di buone capacità.

E a un artigiano di buone capacità prima o poi può capitare qualche volta il grande piacere di vedere dei piccoli oggetti che scaturiscono dalle sue mani o dei pensieri preziosi che scaturiscono dal suo cuore.

Qualche riflessione sulla favola: la cultura familiare del distacco

Le voci del distacco

Ma non la troverò proprio mai più la mia casa?

CHIARA, 3 anni, in vacanza dai nonni
(dopo essersi fatta accompagnare in giro
per tutto il paese per vari giorni)

«Perché la mia mamma mi ha lasciato qui da solo?»
«Ma guarda che anch'io sono una mamma!»
«Sì però tu non sei la mia mamma!»

LUCA, 3 anni, alla maestra,
il primo giorno di scuola materna

Che bello, ha proprio il profumo di casa!

FEDERICO, 5 anni, in ospedale
per un breve ricovero
(al papà che gli ha portato
da casa il suo giocattolo preferito)

«Perché guardi sotto la tenda, Riccardo?»
«Così vedo i piedi di mamma quando viene a prendermi!»

RICCARDO, 3 anni
(sdraiato sul pavimento a guardare sotto la tenda
verso l'ingresso dell'asilo, in attesa della mamma)

> Adesso che il mio nipotino sta cominciando ad andare alla scuola materna fanno una gran tenerezza tutti e due, lui che piange dentro ogni mattina e mia figlia che piange fuori!
>
> *La nonna di Riccardo*

> Le prime volte che l'accompagnavo la mattina alla scuola materna, poi guardavo dentro alla finestra e la vedevo piangere in silenzio in un angolo e allora mi veniva da tornare indietro e dirle: "adesso invece di andare al lavoro resto qui a consolarti e a giocare con te!".
>
> *Il papà di Sara*

Ho voluto inserire queste voci di testimonianze per ricordare quanta fatica costino i distacchi a tutti, anche nella vita quotidiana del giorno dopo giorno, e in particolare ai bambini che stanno ancora elaborando le loro strategie per affrontarli. E tuttavia riuscire a elaborarli è molto importante e rappresenta uno strumento essenziale per un bambino che cresce.

La capacità di affrontare i distacchi è infatti una conquista indispensabile al vivere che il bambino fa a poco a poco e in cui deve essere sostenuto dall'ambiente che lo circonda.

Mandare un bambino alla scuola materna oppure tenerlo a casa se dimostra troppa sofferenza può essere a volte un po' un falso problema. Il nodo centrale sono il distacco e le strategie che il bambino riesce a trovare per tollerarlo meglio; saranno proprio queste che l'aiuteranno per tutti gli altri che incontrerà inevitabilmente nello scorrere del tempo. Quello che sembra aiutarlo maggiormente sono la solidità delle sue sicurezze di base, l'avere sperimentato una buona relazione col suo mondo e il graduare questa esperienza in modo che gli sia più accettabile cosicché possa diventare per lui una conquista (da qui la grande importanza di un buon inserimento al nido oppure alla scuola materna alla presenza di un genitore). Questa esperienza, una volta fatta, aiuterà il bambino a interiorizzare che i distacchi sono dolorosi ma possibili e fanno parte del vivere e delle conquiste. Se questo è il messaggio che gli viene dalla sua cultura familiare e dalla sua esperienza, il bambino sarà ben accompagnato nel corso della vita e avrà quindi più strumenti a disposizione. Se invece il messaggio profondo che gli arriva è che i distacchi sono troppo dolorosi e difficili da tollerare, l'intero suo processo di crescita (fatto a sua volta di tanti piccoli distacchi) ne potrà risentire. D'altra parte è anche vero che "per potersi separare bisogna incontrarsi",[1] fino a quando ci sono dei conti in sospeso o dei vuoti da colmare è molto più difficile accettare i distacchi, anche quelli piccoli.

Ma se anche un breve distacco quotidiano costa ai piccoli una sofferenza così grande, immaginiamo quale possa essere il prezzo che un bambino deve pagare per una separazione precoce e duratura nel tempo, che è il tema di questa favola.

Per fortuna si tratta di situazioni che erano forse più frequenti in passato, quando le separazioni precoci dai genitori avvenivano più facilmente per tanti motivi, da quelli più gravi (malattie, morte, guerre, difficoltà economiche, eccetera) a quelli di costume (ad esempio i bambini mandati a balia lontano da casa o in colonia "per respirare l'aria buona", eccetera).

Ho voluto tuttavia inserire in questa raccolta anche questo tema per vari motivi, innanzi tutto per aiutare a capire come anche un comportamento arrabbiato e vendicativo possa essere per un bambino un altro modo (certamente più sofferto e che produce altrettanta sofferenza) per stare attaccato alle figure importanti. E in secondo luogo mi sembra possa essere interessante per riflettere sulle nostre radici e per capire meglio qualcuno dei nostri genitori o

---

[1] Dina Wardi, *Le candele della memoria. I figli dei sopravvissuti dell'Olocausto: traumi, angosce, terapia*, Sansoni, Firenze 1993.

nonni o bisnonni a cui sia capitato di incontrare nella sua vita un'esperienza del genere. Il nostro mondo psicologico, infatti, che ne siamo o non ne siamo consapevoli, comprende anche la loro storia. Se la conosciamo o riusciamo a ricostruirla possiamo forse anche capire un po' di più almeno qualcuno dei nostri lati oscuri e l'origine di qualche inquietudine nelle nostre scelte di vita che altrimenti non riusciremmo a spiegarci, pensando alla nostra sola vita. Ecco perché è importante raccontare ai figli la propria storia e quella dei propri genitori; è un bagaglio di consapevolezza che li accompagnerà a vita. Anche se doloroso, sarà inevitabilmente più tollerabile dell'angoscia che invece si prova davanti ai vuoti dentro di sé.

Riporto, per illustrare un tema così difficile, alcune parti da una delle analisi di comportamenti transgenerazionali più interessanti che mi sia capitato di leggere in questi ultimi anni, attraverso la ricostruzione fattane da una psicoanalista.[2]

> Da una generazione all'altra le donne di una stessa famiglia vivevano situazioni di abbandono e le infliggevano a loro volta ai figli. L'essenza della patologia di queste donne era nell'angoscia di venire abbandonati e nell'incapacità di essere veramente presenti per i figli. Temevano di non sapersi conquistare l'amore degli altri e di non sapere amare. La prima donna di cui sappiamo qualche cosa è la signora P. Rimase vedova giovanissima con tre figli, verso il 1890 [...] L'ultima, Gisèle, aveva allora quindici anni. La signora P. seppe trovare una sola soluzione ai suoi problemi: far sposare Gisèle con un ricco cugino di trentadue anni, a cui la giovanetta era del tutto indifferente.
>
> Gisèle era stata abbandonata, dunque, almeno tre volte: dal padre che era morto, dalla madre che l'aveva ceduta a un uomo più vecchio di lei, in cambio del mantenimento di en-

---

[2] J. Van den Brouck, *Manuale a uso dei bambini che hanno genitori difficili*, R. Cortina, Milano 1993.

trambe, e forse anche dall'uomo che aveva sognato e che avrebbe potuto amare [...] Gisèle ebbe tre figli in tre anni, due bambine e un bambino, e si ammalò gravemente. La seconda figlia, Catherine, era una bambina pallida e fragile, attaccatissima alla madre. Quando questa dovette essere ricoverata in sanatorio, affidò dunque due figli alla sorella maggiore e portò con sé Catherine [...] La piccola Catherine, di due anni e mezzo, passò molti mesi nel terrore e nell'abbandono, trascinandosi nei corridoi dell'ospedale dove sua madre moriva dietro a porte chiuse [...] La bambina, che sua madre voleva risparmiare, aveva perduto tutto: la madre, il padre, il fratello e la sorella, la casa. Quando la situazione divenne insostenibile, i medici rimandarono Catherine da suo padre, il quale, non avendo mai prestato molta attenzione ai figli, ne fu imbarazzatissimo. Prese una governante senza saperne granché. Disgrazia volle che la signorina B. fosse una malata mentale, con una sorella internata in un ospedale psichiatrico. Frattanto Gisèle aveva cominciato a riprendersi. In sanatorio incontrò un giovane architetto: si piacquero, si innamorarono, e Gisèle chiese il divorzio. Il marito prese male la cosa e accettò solo a condizione di tenere i bambini, proibendo alla madre di vederli. Fu una decisione tormentosa per Gisèle, che finì per accettare, decisa tuttavia a non rispettare i patti. I figli rimasero col padre e con la signorina B. per dieci anni! [...] Tutte le domeniche la signorina B. portava i bambini all'ospedale psichiatrico quando andava a trovare la sorella. Ma negli altri giorni della settimana Gisèle si trovava davanti alla scuola frequentata dai figli, in una carrozza chiusa per non essere vista da nessuno. Li seguiva così dalla scuola a casa, parlando con loro dal finestrino; si era inoltre messa in contatto con il medico di famiglia che la teneva al corrente della salute dei figli. Viveva ora in una bella casa, felice del nuovo matrimonio. Aveva anche una vita professionale ricca e feconda, il che era raro per una donna della sua epoca. Le riusciva insopportabile vedere i figli infelici, e quando la maggiore ebbe l'età di poter decidere, con l'aiuto del medico preparò insieme a lei la partenza illegale dei tre figli, che il secondo marito era felice di accogliere[...]

Quanto al padre, non fece assolutamente nulla per riprendere i figli [...] Gisèle e il secondo marito diedero una vita felice, ricca e variata ai tre ragazzi, i quali si affermarono brillantemente, ognuno nel proprio campo. Gisèle aveva dunque fatto il possibile per filtrare parte dei problemi di abbandono e di angoscia che pesavano sulla famiglia. È sopravvissuta invece di morire come il padre, è riuscita a costruire una famiglia piena di calore e ad accogliervi i figli con i quali non aveva mai perduto il contatto affettivo. Tuttavia il prezzo da pagare era stato alto e i tre ragazzi erano stati segnati dalle esperienze vissute, in modo particolare Catherine.

Catherine [...] dopo un'adolescenza timida e un po' spenta, divenne una giovane donna luminosa e corteggiata a partire dai vent'anni. Incominciò una vita professionale costellata di successi, si sposò per amore ed ebbe una figlia, Marie. Per tutta la vita intrattenne con il marito e con la figlia un rapporto particolare: li amava teneramente per un certo numero di mesi, quindi partiva per altri mesi, andando il più lontano possibile per motivi di lavoro [...] Ritornava, si faceva in quattro per rendere felici i suoi, seduceva tutti [...] e ripartiva; era un perfetto esempio di madre eclisse [...] A dispetto delle frequenti eclissi, seppe dare stabilità, affetto, sicurezza alla famiglia, e mantenere con il marito un rapporto tanto intenso che lui, quando Catherine era assente, riusciva a essere presente per la figlia.

Divenuta adulta, la figlia di Catherine si sposò anche lei ed ebbe una bambina, Suzanne. Marie aveva sofferto delle eclissi materne, ma la madre le aveva dato tanta sicurezza che la collera, a poco a poco, si era sostituita, in una certa misura, all'angoscia [...] Quando si sposò trasferì la dipendenza affettiva dai genitori al marito: non poteva allontanarsi da lui. Alla nascita di Suzanne si produsse una strana evoluzione: circa due anni dopo Marie, che aveva sempre lavorato con il marito, trovò un'occupazione indipendente che l'obbligava a lasciare la casa due giorni alla settimana [...] Per circa dieci anni le cose andarono avanti così [...]. La situazione ebbe termine il giorno in cui Marie mise a parte lo zio della sua decisione di sostituire il lavoro in una provincia con un altro lavoro [...] in un'altra provincia. Costernato, lo zio esclamò: «Ma non puoi restartene un po' tranquilla con tua figlia? Devi proprio rifarle quello che ti ha fatto tua madre?». Marie rimase profondamente colpita e rinunciò ai suoi viaggi. E tuttavia anche lei aveva svolto la sua funzione di filtro: Suzanne non ha ancora figli, ma quanto resta dei problemi di una giovane vedova del 1890, è ora nelle sue mani.

Credo che questa storia, ricostruita con un paziente ed empatico lavoro di archeologia familiare, possa aiutare a capire come, pensando di fare delle scelte libere, a volte siamo invece profondamente influenzati, come è del tutto naturale, anche dalla storia delle nostre radici e delle generazioni che ci hanno preceduti, senza rendercene conto.

Penso che questo sia un tema importante su cui riflettere dal punto di vista psicologico. Nella mia esperienza di lavoro con i genitori mi sembra infatti di aver notato frequentemente che conoscere la storia dei propri genitori e delle difficoltà che hanno incontrato nella vita aiuta spesso anche a far la pace con loro e a diventare perciò genitori più a proprio agio col ruolo stesso di padre o di madre. Anzi, in certi casi di sterilità, mi è sembrato che abbia aiutato anche a far la pace proprio col ruolo di genitore in generale e a facilitare il diventarlo.

Mi viene in mente a questo proposito il caso di una giovane donna, Sara. Anche la sua è stata la storia di una separazione precoce (non precocissima, intorno ai due anni) dai genitori. Quando Sara aveva due anni la madre ha infatti avuto un quarto figlio e non ce l'ha più fatta ad accudirli tutti da sola, in una grande città e senza nessun aiuto da parte della famiglia allargata che era lontana. E così, per necessità, è stata costretta ad affidare Sara alla nonna che abitava in un'altra regione e che si era offerta di allevarla. La bambina è quindi cresciuta in un ambiente affettuoso e sicuramente buono per lei, ma strappata dal suo mondo, dalla vicinanza fisica con la mamma, impegnata col nuovo bambino, dal padre e dai fratelli maggiori. Sara è tornata a casa verso i sei anni e ha ripreso la sua vita in famiglia, ma questa ferita della separazione precoce l'ha accompagnata ed è stata acuita, una volta diventata adulta, dalla perdita reale della madre. Sara si è sposata molto giovane e agli inizi non ha voluto figli; la maternità era ancora in qualche modo relegata nel suo angolo oscuro di inquietudine e di paura. Quando, anni dopo, ha cominciato a poco a poco a desiderare un figlio, consapevole del tempo che passava e del fatto che le probabilità di averlo sarebbero diminuite con gli anni, ecco che per un lungo periodo non è riuscita a restare incinta, nonostante lo desiderassero fortemente, sia lei che il marito. Che cosa sia successo dal punto di vista organico non lo possiamo sapere, ma dal punto di vista psicologico la sua ferita nei confronti dell'abbandono infantile le faceva sicuramente ancora male.

È stato il ritrovamento di una vecchia fotografia che ha aiutato un giorno Sara ad elaborare questa ferita? Chissà! La foto era un ritratto fatto da un fotografo professionista e ritraeva lei bambina, sorridente, in braccio alla mamma. Era la foto che questa giovane madre aveva voluto farsi fare con in braccio la sua terza bambina, prima di portarla dalla nonna, per conservarla per sé. Era il suo modo per non separarsi dalla sua bambina, anche se le circostanze della vita glielo imponevano.

«È una foto artistica, che deve essere costata un mucchio di soldi! E in casa nostra ce n'erano proprio pochi quella volta, con solo lo stipendio da operaio di mio padre, la casa da pagare e quattro bambini! Si vede che mia madre ci teneva proprio tanto, chissà a che cosa ha rinunciato per pagarla!» ha ricostruito in seguito Sara, commossa. Da quel giorno la foto è stata incorniciata e messa accanto al suo letto. Era la foto di una mamma contenta di stare con la sua bambina e contemporaneamente addolorata di doversene separare.

Qualche mese più tardi anche Sara è rimasta incinta ed è diventata mamma di un bambino. Una parte della ferita si era chiusa. Non tutta, certamente. Adesso la ferita le fa ancora male, ma in modo consapevole e perciò leggermente più tollerabile, ogni volta che Sara si deve allontanare dal suo bambino, per tornare al lavoro, perché lui va all'asilo o a scuola, per tutti i piccoli e grandi distacchi del vivere. Sara sa che i distacchi, difficili per tutti, per lei vanno a risvegliare anche un po' di questo antico dolore infantile, per cui hanno e avranno bisogno del loro tempo di maturazione, sia per lei che per suo figlio.

La differenza con prima, però, è che adesso sono possibili e quindi la vita può continuare a scorrere e a esistere, invece di bloccarsi, a livello profondo, su un nodo irrisolto del passato.

13
La negazione dei conflitti

Questa favola tenta di dare la parola alla sofferenza nascosta che si genera spesso quando come difesa si tenta di negare e di allontanare i conflitti, come se tutto andasse bene e i problemi nella vita non esistessero. In realtà invece il conflitto è la realtà della vita, è la forza propulsiva creatrice del nuovo, in cui si confrontano degli opposti e fa parte dell'evoluzione e dello scorrere naturale delle cose.

Abituarsi ad affrontare il conflitto usando le proprie energie per renderlo evolutivo invece che involutivo è perciò un patrimonio importante per un bambino che cresce. Oltre tutto è solo affrontando le contrapposizioni, le differenze e gli inevitabili conflitti che ne conseguono che un bambino a poco a poco riesce a misurare, a dosare e a circoscrivere l'aggressività, invece di reprimerla senza sperimentarla, per poi esserne travolto quando scoppia all'improvviso.

Vivere in un'atmosfera aconflittuale, dove si faccia finta che tutto vada sempre bene e che i problemi nella vita non esistano, può contribuire invece a dare a un bambino meno strumenti dal punto di vista mentale e quindi a "proteggerlo" di meno nei confronti delle future difficoltà. Se si sperimenta nella vita quotidiana che i conflitti hanno un inizio e una fine come tutte le cose del vivere, infatti, se ne avrà probabilmente meno paura e si imparerà a gestirli, mentre non sperimentandoli se ne avrà facilmente un'idea minacciosa e incerta, come tutte le cose che non conosciamo e che perciò ci spaventano e allontaniamo anche dal pensiero. A volte quando tendiamo a essere aconflittuali abbiamo spesso dentro di noi il mito del "tutti insieme appassionatamente"; il rovescio di questa medaglia può essere il rischio di cancellare la giusta distanza che intercorre fra ciascuno, nonché fra una generazione e l'altra.

Ricorda Minuchin:[1]

> Ma Marci e Ron non erano insicuri al punto di sentire il bisogno di coinvolgere a tutti i costi anche le figlie in ogni loro attività. La loro non sarebbe stata una di quelle famiglie dove si deve fare e si deve vivere tutto quanto insieme, che è un modo sicuro per tenere lontana la solitudine, ma anche l'intimità. Il loro rispetto per i propri diritti e al tempo stesso per l'autonomia delle figlie, li avrebbe aiutati a non travalicare mai quella barriera tra generazioni che consente ai figli di essere figli e alla coppia di avere tempo e spazi per sé.

---

[1] S. Minuchin, M. Nichols, *Quando la famiglia guarisce*, Rizzoli, Milano 1993.

Favola n. 13
Il principino che aveva perso la sua ombra

«Buon giorno» disse a caso.
«Buon giorno... buon giorno... buon giorno...» rispose l'eco.
«Chi siete?» disse il piccolo principe.
«Chi siete?... Chi siete?... Chi siete?...» rispose l'eco.
«Siate miei amici, io sono solo» disse.
«Io sono solo... io sono solo... io sono solo...» rispose l'eco.

A. DE SAINT-EXUPÉRY, *Il Piccolo Principe*

Una volta, tanto e tanto tempo fa, in un paese così piccolo che il suo nome non compariva neanche sulle carte geografiche degli uomini, viveva un popolo minuscolo col suo re e la sua regina. Era un paese dove tutto funzionava benissimo, così bene che non c'era mai bisogno di arrabbiarsi per le cose. E così i suoi abitanti erano sempre tranquilli e sereni, o, per lo meno, così apparivano agli occhi dei visitatori, cosicché le emozioni spiacevoli o faticose come la rabbia, il rancore, l'invidia, la gelosia, l'odio e altre ancora, che pure avrebbero avuto tutto il diritto di vivere nella stessa casa delle altre emozioni più piacevoli, erano rimaste senza tetto e avevano dovuto arrangiarsi in qualche modo, rifugiandosi nelle ombre delle cose e delle persone.

E così, il giorno in cui in quel paese nacque un principino, anche lui crebbe come tutti gli altri abitanti di quel posto, imparando a poco a poco le stesse cose che vedeva fuori di lui. E così, vedendo che la gente gli sorrideva e gli parlava, imparò a sorridere e a parlare, vedendo come si facevano le cose imparò a farle, anche se, come per tutti, il modo con cui sorrideva, parlava, faceva le cose era il suo e solo il suo.

E fu pure così che il tempo passò e il principino cominciò a diventare un ragazzo, ma mentre lui cresceva successe contemporaneamente qualcosa di un po' strano. Ogni volta che lui era calmo, tranquillo e sorridente, sentiva che gli altri intorno a lui erano contenti, perché la calma, la tranquillità e il sorriso in quel paese erano le cose più familiari e conosciute e tutti sapevano riconoscerle.

Ogni volta che invece il nostro principino si sentiva dentro la rabbia, il rancore, l'invidia, l'odio e la gelosia, come ogni tanto capita a tutti, le persone intorno a lui si sentivano come smarrite e perse in un paese straniero che non conoscevano, visto che ormai quelle emozioni non abitavano più nelle loro case, ma nelle loro ombre, per cui non sapevano come rispondergli. Andò a finire che meno gli venivano risposte chiare e sicure dal suo ambiente e più il nostro principino cominciò a pensare che quelle dovessero essere delle emozioni cattive e da scartare, cosicché cominciò a buttarle fuori di lui, ma ogni volta che ne buttava fuori un pezzetto, questo andava a cadere dentro alla sua ombra.

E così, a poco a poco, l'ombra del nostro principino divenne sempre più pesante, tanto che cominciò a fare fatica a stargli dietro quando camminava, cosicché ogni tanto lui si doveva fermare ad aspettarla perché, come si sa, tutte le cose hanno un'ombra e senza di lei non si può vivere. Ma siccome dentro alla sua ombra c'erano anche tante altre cose, come l'energia, la voglia di fare, l'entusiasmo e il piacere di imparare, ecco che a poco a poco, man mano che la sua ombra diventava sempre più pesante e faceva fatica a stargli dietro, il nostro principino si sentiva sempre più distratto, meno entusiasta e meno partecipe delle cose.

Finché arrivò il giorno in cui l'ombra fu così carica e così pesante che non ce la fece più a seguirlo e si dovette fermare nell'unico posto dove si sentisse sicura, sotto le ombre di un bosco molto fitto. Ma il principino, che non se n'era accorto, continuò a camminare e ad andare in giro per il suo paese, anche se si sentiva stanco e distratto e senza nessuna voglia e piacere di fare le cose.

Finché, a un certo punto, non ce la fece più neanche lui a camminare e si dovette sedere stremato su una pietra, ad aspettare che la sua ombra arrivasse. Ma, aspetta e aspetta, l'ombra non arrivò più e fu così che il principino si rese conto di averla ormai persa e quando questo pensiero gli attraversò la mente, gli sembrò che tutto gli crollasse addosso, perché, da che mondo è mondo, tutte le cose hanno un'ombra e senza di lei non si può esistere.

E così il nostro povero principino, che non poteva neanche permettersi di essere disperato perché la disperazione era rimasta nella sua ombra, cominciò a pensare che forse non era vero che lui esisteva perché non aveva neanche un'ombra a testimoniarlo, come invece avevano tutte le altre cose e le persone del suo paese, e quando non si ha neppure un'ombra a testimoniarlo, come si fa a capire se si esiste oppure no?

Oltre tutto l'ombra tiene attaccati alla terra, altrimenti si può correre il rischio anche di volare via nell'aria, perché senza di lei si perde il senso dell'equilibrio.

E allora il principino decise di rimanere lì fermo in attesa, aggrappato alla pietra dove era seduto, per paura di volar via. Intanto, però, la gente arrivava, passava e andava oltre, senza accorgersi di lui perché era nascosto dietro a un cespuglio e si sa che di solito gli uomini hanno cose ben più importanti da fare che fermarsi a guardare dietro ai cespugli.

Andò a finire che il principino cominciò ad augurarsi in cuor suo che finalmente passasse qualcuno che non avesse delle cose troppo importanti da fare nella vita e che avesse il tempo di accorgersi di lui.

Infatti, poco dopo, ecco che passò di lì un cane che era senza padrone e se ne andava a spasso per il mondo. Il cane si fermò ad annusare il cespuglio, poi gli girò intorno, vide il principino e cominciò a ringhiargli minaccioso.

Il povero principino lo guardava terrorizzato e gli venne una paura così grande, ma così grande, che anche se avesse voluto scappare via non sarebbe riuscito a muoversi neanche di mezzo centimetro. Il cane continuò a ringhiare ancora per un po', poi, come sempre succede, a poco a poco smise e si accucciò dall'altra parte del cespuglio, ad aspettare anche lui.

Ed ecco che dopo un po' di tempo passò di lì un vecchio che ormai non aveva più tante cose importanti da fare nella vita, cosicché aveva anche lui tutto il tempo che voleva per fermarsi a guardare dietro ai cespugli.

«Come ti chiami?» gli chiese il vecchio.

Il principino lo guardò stupito. Era ormai tanto tempo che nessuno gli chiedeva il suo nome e anche quando gli parlavano lo chiamavano sempre "Altezza" e così lui si era quasi dimenticato di averne uno.

A dire la verità, ma proprio tutta la verità, lui ne aveva anche un'altra dozzina e mezzo, ma a un bambino o a un ragazzo, anche se è un principe, di solito ne basta uno solo.

«Mi chiamo Filippo!» rispose allora e mentre lo pronunciava gli sembrava che quello fosse proprio un bel nome, così sicuro e familiare e poi era il suo, proprio il suo, quello che l'accompagnava da quando era nato, esattamente come la sua ombra fino a poco tempo prima.

«È un bel nome!» disse il vecchio e gli si sedette accanto silenzioso e il principino fu proprio contento di vedere che qualcun altro pensasse che il suo nome fosse bello e che potesse avere il tempo di sedersi in silenzio accanto a lui.

Intanto il sole aveva iniziato la sua discesa verso la sera e allungava pian piano le ombre delle cose.

«Ma dov'è la tua ombra?» chiese allora il vecchio stupito.

«L'ho persa» gli rispose il principino e gli raccontò tutta la sua storia. Quando ebbe finito, il vecchio lo guardò con simpatia.

«Sarà meglio che andiamo a cercarla!» gli disse allora. E fu così che partirono tutti e tre, il vecchio, il cane e il principino e lui stava ben attento a stare attaccato a loro per paura di volare via.

Ma l'ombra del principino in quel paese non si trovò da nessuna parte, per quanto loro cercassero con cura. Sembrava proprio svanita e dissolta nel nulla.

«Bisognerà cambiare paese» disse un giorno il vecchio «forse dobbiamo andare all'estero, in un posto non familiare né conosciuto.» E così il vecchio, il cane e il principino decisero di andare all'estero, e lì trovarono tante cose nuove e non familiari, ma non l'ombra del povero principino.

«Ci resta un ultimo paese» disse un giorno il vecchio «è il paese delle emozioni, ma per arrivarci bisogna attraversare questo mare che è spesso agitato.»

Il principino e il cane non erano mai stati per mare ed erano un po' spaventati, ma il vecchio aveva fatto anche il marinaio da giovane e li tranquillizzò. E fu così che il vecchio, il principino e il cane si imbarcarono per il mare sulla barca di un altro vecchio che faceva il pescatore e navigarono per giorni e giorni e qualche volta provarono anche come si sta male quando viene il mal di mare.

Finché un giorno il mare si ingrossò tanto e le sue onde diventarono così grandi che la barchetta del pescatore sembrava proprio un fuscello che si arrampicava su una montagna. E a un'ondata più grossa delle altre ecco che la barca si rovesciò e tutti loro furono scaraventati in mare. Il principino era così terrorizzato che pensava ormai di morire. In un lampo gli venne in mente tutta la sua vita, la sua reggia, i suoi genitori, i suoi giochi e i suoi amici e *pensò a come era stato sciocco a lasciarli per andare a cercare un'ombra che, oltre tutto, non si trovava.*

Ma mentre lottava con le onde, andando su e giù dall'acqua, ecco che gli si avvicinò il cane attaccato a un grosso pezzo di legno e così anche lui ci si poté attaccare e insieme lottarono contro la furia del mare, mentre i due vecchi lottavano attaccati a un altro pezzo di legno. E così, a poco a poco, le onde li spinsero verso la riva del Paese delle Emozioni e alla fine, stanchi e stremati, ci sbarcarono tutti e quattro e dormirono sulla spiaggia per due giorni interi, dalla stanchezza che avevano. E quando il mare ebbe sfogato tutto il suo furore, e quando le onde a poco a poco si furono calmate e placate, ecco che tutto ritornò tranquillo e immobile come prima e lungo la riva si vide la sagoma della barca del pescatore, rovesciata e senza qualche pezzo.

Il principino corse con gli altri a vedere in quali condizioni era e mentre correva vide le ombre dei vecchi e del cane di fronte a lui. Si girò sconsolato verso la sua ombra che era ormai sparita, ma si accorse con stupore che, stranamente, se ne poteva vedere una macchia, solo una piccola macchia, di tutta una grande ombra, ma una macchia, anche se piccola, è meglio del vuoto o del niente assoluto e il principino si sentì un po' sollevato.

E fu così che i due vecchi si misero al lavoro per aggiustare la barca, mentre il principino decideva di partire insieme al cane per visitare il Paese delle Emozioni. Era un paese un po' particolare, perché i suoi abitanti erano soprattutto bambini e ragazzi che giocavano tutto il giorno e facevano cose che di solito gli adulti non fanno più perché le ritengono superflue e inutili, oltre che una perdita di tempo per tutti i loro impegni.

«Noi vi aspetteremo qui» dissero i due vecchi «voi andate pure con tutti gli altri ragazzi e forse loro vi aiuteranno a ritrovare l'ombra che si è persa.»

E fu così che il principino partì insieme al cane e tutti e due si unirono a un gruppo di ragazzi e andarono in giro con loro a giocare per quel paese. E man mano che giocava al principino capitava di provare delle emozioni e sensazioni che gli sembravano strane, come la rabbia, il furore, il rancore, la gelosia e l'invidia e quando se le sentiva dentro ne era spaventato a morte perché pensava che l'avrebbero travolto.

Invece, ogni volta che ne provava una fino in fondo si accorgeva che non solo questo succedeva regolarmente anche agli altri, ma che non c'era da averne paura perché dopo non capitava proprio nessuna catastrofe e ognuno trovava il proprio modo per non farsene travolgere. Non solo, ma nel suo caso c'era una piccola macchia in più che ogni volta si aggiungeva a quelle che stavano dietro di lui, al posto della sua ombra. Erano tante piccole macchie, una qua, una là, e non avevano di certo la sagoma di un'ombra, ma erano sicuramente meglio del niente assoluto e lo tenevano un po' più ancorato sulla terra.

E così, a poco a poco, anche lui imparò insieme agli altri che le emozioni avevano un confine e un limite, come tutte le cose, e che non succedeva proprio nessuna catastrofe se uno si arrabbiava o se voleva ammazzare qualcuno col pensiero, perché per un pensiero non era mai morto nessuno. Anzi, era molto più bello e divertente quando la rabbia era finita e si riprendeva a giocare.

Senza che il principino se ne accorgesse, le emozioni che tanto tempo prima egli aveva buttato dentro alla sua ombra e si erano perse con lei, tornarono ad abitare anche nel suo cuore.

Finché un giorno, mentre giocavano in una radura, al tramonto del sole, il principino si girò all'improvviso per vedere le ombre degli altri ed ecco che scoprì che anche la sua era tornata al suo posto, dietro di lui. Tutte le piccole macchie si erano infatti unite insieme e ora c'erano anche dei confini a darle una forma ben precisa, che era proprio quella della sua ombra.

Felice e soddisfatto, il principino Filippo corse con il cane a mostrarla al vecchio e al pescatore e tutti insieme tornarono al suo paese. E quando fu arrivato ed ebbe riattraversato insieme a loro il bosco dove la sua ombra si era persa, ecco che anche all'uscita lei lo seguiva ormai fedelmente.

E così il nostro principino non ebbe più bisogno di stare attaccato alle cose e alle persone per paura di non esistere, perché la sua ombra era tornata a essere la sua fedele compagna per tutta la vita.

E al vederlo correre così leggero insieme alla sua ombra anche gli altri abitanti di quel regno si resero conto che, a furia di buttare le emozioni dentro alle loro ombre, ormai camminavano tutti un po' faticosamente e nessuno di loro sapeva più correre.

E fu così che il principe Filippo insegnò loro senza parole che le emozioni sono delle cose molto importanti, anche quando sembrano un po' faticose e anche gli altri abitanti di quel regno a poco a poco ripresero a camminare più leggeri.

E allora il vecchio e il cane poterono riprendere tranquilli il loro viaggio, mentre il pescatore riprendeva la sua vita sul mare. E il nostro principino poté crescere e diventare grande, lui e la sua ombra, come per tutte le persone e le cose di questa terra, da quando esiste il mondo, da quando si leva il sole, da quando tramonta la luna, da quando scorrono i fiumi, da quando soffia il vento e da quando cresce l'erba a primavera.[1]

---

[1] Devo questa immagine del mondo a un canto degli indiani Irochesi.

Qualche riflessione sulla favola: dove vanno le emozioni perdute?

> Alcune volte lei si nascondeva
> nelle ombre delle case
> e io dovevo rimettermi al sole
> per ritrovarla.
>
> FRANCESCO, I media[1]

L'identità che questa favola tenta di illustrare è quella che si può strutturare quando un bambino cresce in un ambiente dove le differenze e i conflitti, rappresentati qui simbolicamente nell'ombra, vengono negati e allontanati.

In questo modo il bambino tende a selezionare i suoi comportamenti, finisce per scegliere quelli che sente riconosciuti e valorizzati dal suo ambiente, e scarta quelli che invece non lo sono, operando una lacerazione dentro di sé.

Si tratta spesso di ambienti familiari buoni e accoglienti che sono in genere di grande aiuto al bambino da tanti altri punti di vista ma che, per aiutarlo maggiormente, avrebbero bisogno di integrare anche il tema della conflittualità, necessaria e inevitabile, del vivere.

---

[1] Giani Gallino, T., *Il bambino e i suoi doppi*, Bollati Boringhieri, Torino 1993

Scegliamo, per vedere questo punto, una storia fra tante, condensata da varie storie personali.

Giovanna è una bambina di nove anni, terzogenita di due genitori che hanno assunto il loro compito di adulti con molta serietà e impegno. Giacomo e Silvia, i genitori, hanno una buona vita relazionale, ma dedicano anche molto tempo ai loro quattro figli e a crescere con loro. Silvia proviene da una famiglia patriarcale allargata originaria del Nord Europa, in cui imperava il mito "tutti insieme appassionatamente e in allegria", e in cui i figli avevano il dovere di essere allegri perché la tristezza era stata bandita dalla loro casa come una cosa troppo difficile e dolorosa da sopportare. Il messaggio implicito che era stato quindi trasmesso era che dalle situazioni tristi bisognava scappare e dalle emozioni faticose bisognava prendere le distanze.

Ma quando Giovanna nasce c'è un grosso lutto nell'ambiente familiare e la tristezza avrebbe tutti i diritti di essere accolta, riconosciuta e ospitata per un po' nella loro casa. Invece la vita va avanti esattamente come prima, facendo finta che tutto vada bene e la tristezza, scacciata dalla porta, rientra camuffata dalla finestra. Silvia si sente abbandonata e sola in un momento molto delicato, quello del parto, lei e questo nuovo esserino che dipende da lei in tutto e per tutto. Al contrario degli altri figli che sono cresciuti senza problemi, Giovanna ha qualche difficoltà nel crescere e a circa quattro mesi presenta un episodio preoccupante di difficoltà respiratoria.

«Era una cosa straziante» dirà più tardi Silvia, quando finalmente riuscirà anche lei a dare la parola a tutte queste emozioni che prima erano senza parole «vedere questa bambina che boccheggiava in cerca d'aria. Era uno spettacolo che non riuscivo a tollerare. Mi dava la sensazione terribile di una persona che sta per morire.»

Giacomo, a sua volta, è presente come sempre, ma più come presenza fisica che mentale, impegnato com'è a tenere a bada le emozioni del lutto recente che cerca di gestire da solo e in silenzio per non appesantire il momento già difficile.

Giovanna cresce entrando a poco a poco nell'identità della bambina buona, quella che non deve dar fastidio e passare il più possibile inosservata. Come tutti i bambini, anche quelli apparentemente più distratti, è sensibilissima ed estremamente attenta agli stati d'animo dei genitori, a captarne tutte le sfumature senza darlo a vedere.

Passa così il periodo della scuola materna e Giovanna cresce senza problemi, ma con una leggera asma che ogni tanto si ripresenta.

Verso i sei, sette anni, i genitori che la seguono con molta attenzione, come fanno anche con gli altri tre figli, decidono di farla partecipare con altri bambini a un atelier psicologico sulle paure che si tiene in un consultorio. Alla fine di ogni atelier i bambini mettono dei guardiani simbolici ai loro disegni perché abbiano compagnia durante la notte per tutte le paure che si possono avere quando si è al buio (quella di morire nel sonno, quella di restare soli, quella di non essere amati e così via). Giovanna si abitua a poco a poco a mettere anche i suoi guardiani e il loro pensiero, come dirà poi a Silvia, le fa compagnia durante la notte quando si sveglia all'improvviso e le vengono tutte le sue paure.

Un giorno sceglie di disegnare uno strano congegno perso nello spazio. «Sai che cos'è questo guardiano?» chiede, inorgoglita dalla trovata. «È una pattumiera spaziale. Serve a buttar via le emozioni che fanno male dentro.»

Nel condurre gli atelier ci si rende conto anche delle difese che i bambini a poco a poco strutturano davanti alle difficoltà. Ma la difesa che Giovanna ha trovato, la pattumiera spaziale, pur essendo la migliore che in questo momento abbia saputo trovare, è un terreno minato dal punto di vista mentale. Se scaraventiamo nello spazio le nostre emozioni, soprattutto di sofferenza, a lungo andare la cosa ci si può ritorcere contro perché corriamo il rischio di restare noi stessi con dei buchi dentro.

«Allora il mio guardiano lo metterò qui, accanto a questa pattumiera, perché a volte ci si può sentire un po' soli nello spazio!» dice una partecipante all'atelier. Una frase che basta a riavvicinare Giovanna all'emozione e alla sensazione della solitudine.

«È vero!» mormora sottovoce allora. La pattumiera non si ritrova più a vagare nello spazio da sola e la bambina si riappropria contemporaneamente di una sua emozione legata alla solitudine.

Passano i mesi e Giovanna riesce a poco a poco a dar voce alla rabbia che sta sotto il suo aspetto di bambina brava e beneducata. Le persone che la circondano cascano letteralmente dalle nuvole davanti a queste sue esplosioni e non capiscono che cosa sia successo, ma Silvia e Giacomo hanno capito e stanno dalla parte della bambina.

E così le rabbie, bandite per tradizione dalla loro cultura familiare, cominciano a poco a poco ad avere il permesso di entrare anche nella loro vita e quando non si scappa davanti a una cosa nuova è più facile che piano piano impariamo a conoscerla e a gestirla come tutte le altre cose del vivere. Dentro alla rabbia di Giovanna stanno, come sempre, altre emozioni e sensazioni, il dolore per il momento di lutto in cui è nata, la solitudine e la sofferenza dei genitori che lei ha colto con tutte le antenne puntate su di loro, l'impossibilità di esprimerle a parole e di liberarsene per l'assenza di una cultura familiare che lo permettesse in quanto per abitudine in casa loro dei sentimenti dolorosi non si poteva e non si doveva parlare e così via.

Giovanna, la bambina buona ed educata, ma che rischiava di diventare un contenitore vuoto perché la maggior parte delle sue emozioni più profonde era stata chiusa in una pattumiera e vagava da sola nello spazio, ritorna così a poco a poco, proprio grazie alla sua rabbia, a riportare sulla terra e dentro di sé quelle emozioni scacciate che sono invece talmente importanti che senza di loro ci sembra di non esistere davvero neanche noi.

Non a caso anche Giovanna, agli inizi degli atelier, metteva il suo guardiano accanto a quello di un bambino che lo sceglieva per la paura "di non esistere".

Come si fa a essere certi di esistere, se non sappiamo neanche dove siamo, divisi fra la terra e lo spazio?

14

Si può controllare lo scorrere del tempo?

"Le mani che piantano, non muoiono mai" dice saggiamente un antico proverbio nordafricano. E un altro aggiunge: "Tu coglierai i frutti della palma di tuo nonno, dell'ulivo di tuo padre e del fico che tu stesso avrai piantato!".

Ma il rapporto con lo scorrere del tempo non è una cosa così semplice, né per i piccoli, né per gli adulti. Non sempre, anzi forse quasi mai, l'età che compare sulla nostra carta d'identità è quella che ci sentiamo dentro: quante volte si sente ripetere la stessa frase: «Però, dentro, non mi sento la mia età!». Anche nei gruppi di genitori capita molto spesso di sentir riportare, con parole più o meno simili, la stessa frase dei bambini: «Mamma, se io divento grande dopo tu diventi vecchia? Allora io non voglio diventare grande, perché dopo tu muori!».

I bambini, come dice la Dolto, pongono le vere domande, anche quando la scadenza è, per fortuna, lontana nel tempo: perché lo scorrere del tempo implica inevitabilmente la consapevolezza che la vita è un'esperienza a termine, per ciascuno.

«Perché scrivi così stretto sul quaderno?» ha chiesto una volta una mamma al suo bambino di sette anni. «È perché non voglio consumare tutte le righe!» ha risposto lui molto seriamente.

E così anche il bambino, come il cucciolo di questa favola, arrabbiato per la sua impotenza, preso dal suo pensiero magico-onnipotente, fa spesso di tutto per cercare di fermare il tempo, come se questo fosse nelle sue possibilità.

«Se io sono abbastanza bravo e riesco a fermare il tempo restando piccolo» sembra pensare allora «forse il papà e la mamma non morranno mai!»

La favola che segue vorrebbe dunque aiutare a riflettere su questo tema.

Favola n. 14
Il cucciolo che voleva fermare il tempo

> Scivolan l'ore sospese,
> pesci in globo cristallino,
> la luna porta il mese
> e il mese porta il gelsomino.
>
> L. PICCOLO, *La luna porta il mese*

Una volta, tanto e tanto tempo fa, nel paese degli uomini nacque un cucciolo proprio uguale agli altri, in tutto e per tutto. E man mano che il tempo passava il cucciolo crebbe esattamente come tutti gli altri del suo tempo e non c'era niente che lo differenziasse da loro. Finché, un bel giorno, capitò una volta una cosa un po' strana a cui agli inizi nessuno dette importanza, tanto che ne risero tutti. Il cucciolo si era infatti accorto che il suo corpo cresceva sempre più e questo lo metteva a disagio perché lui era ormai affezionato a quello che aveva da piccolo quando tutti lo coccolavano e lo proteggevano, cosicché i cambiamenti lo spaventavano sempre, anche quando erano piacevoli.

«Perché il mio corpo cresce così?» aveva chiesto un giorno preoccupato a un vecchio del bosco.

«È perché tu diventi grande» gli aveva risposto lui, divertito. Allora il cucciolo nella sua testa decise che la colpa di tutto quel cambiamento che lo metteva così in crisi era del tempo che passava e che lo faceva diventare grande. E decise di fermarlo.

E fu così che partì alla ricerca di come fosse fatto il tempo, ma, per quanto si sforzasse, nessuno glielo seppe descrivere in modo tale da poterlo riconoscere senza ombra di dubbio al primo incontro.

«Il tempo?» gli rispose un giorno un vecchio. «Non so neanch'io come è fatto il tempo. Però ti posso dire che è come il fiume che scorre sempre e non si ferma mai. Se tu vai vicino alla sua riva e lo guardi scorrere verso valle forse avrai un'idea di come è fatto il tempo.»

E fu così che il cucciolo andò vicino alla riva del fiume, lo guardò scorrere per giorni e giorni e poi prese la grande decisione: se il tempo era come il fiume e lui riusciva a fermare le sue acque, forse sarebbe riuscito a fermare anche il tempo.

Il giorno successivo il cucciolo tornò alla riva del fiume e cominciò a costruire una diga. Ci impiegò tutte le sue energie e tutte le sue forze e alla fine della giornata la piccola diga reggeva una striscia sottile del fiume.

Il cucciolo andò a dormire tutto soddisfatto. Se avesse continuato così, giorno dopo giorno, prima o poi sarebbe riuscito a fermare il fiume, pensava.

Invece il giorno dopo, quando il cucciolo tornò, ebbe un'amara sorpresa. La sua piccola diga reggeva, sì, ma il fiume aveva trovato un'altra via dove passare e le sue acque continuavano a scorrere. Il povero cucciolo capì che la sua lotta era proprio impari: il fiume era più forte di lui e da qualche parte avrebbe continuato a scorrere, che lui volesse o no. Abbandonato il fiume, continuò altrove la sua ricerca.

«Com'è fatto il tempo?» gli rispose un giorno un altro vecchio. «Mah, non saprei proprio. Ti posso solo dire che è come lo scorrere dei giorni e delle notti, che si susseguono l'uno dopo l'altra, incessantemente.»

Allora il cucciolo ebbe un lampo di gioia: se fosse riuscito a fermare i giorni e le notti, forse sarebbe riuscito a fermare anche il tempo, pensava. Ma come si poteva im-

pedire al sole di tramontare? Per quanto ci avesse provato tante volte, lui non c'era mai riuscito. Allora pensò un'altra cosa: se fosse rimasto dentro alla sua tana con gli occhi chiusi e non avesse visto il sole andarsene, forse gli avrebbe impedito di tramontare.

E fu così che il cucciolo rimase a occhi chiusi dentro alla sua tana per alcuni giorni, ma quando ne uscì ebbe una gran delusione. Non solo il sole aveva continuato regolarmente a tramontare ogni sera, ma lui, per restarsene dentro a occhi chiusi, aveva perso tutti i giochi che gli altri facevano fra le ombre del bosco, quando il sole tramontava dietro agli alberi. E fu pure così che il povero cucciolo capì che neanche questa era la strada giusta e partì per continuare altrove la sua ricerca.

«Com'è fatto il tempo?» gli rispose una volta un altro vecchio. «Mah, non saprei dirtelo. Ti posso solo raccontare che è come il vento che soffia sul bosco e poi sul mare e poi ancora sulle montagne per tornare di nuovo sul bosco e segue il suo corso, non quello che vorremmo noi.»

Ma anche a quelle parole il cucciolo ebbe un lampo di gioia. Se il tempo era come il vento allora forse lui poteva fermare il vento e anche il tempo si sarebbe fermato.

E fu così che preparò dei grandi teli che stese fra un albero e l'altro come trappole per fermare il vento quando fosse arrivato sul bosco. Ma il giorno in cui finalmente arrivò ecco che il vento, invece di arrabbiarsi, si divertì moltissimo con tutte quelle trappole, le sollevò per aria e ne fece tanti aquiloni che portò in giro per il mondo, di nuvola in nuvola.

Il povero cucciolo assisteva impotente a questo spettacolo e dei grossi lacrimoni gli scendevano lungo le guance. Ma allora non era possibile fermare neanche il vento, nonostante i suoi sforzi?

Ma il vento che era amico dei cuccioli perché giocava sempre con loro, si accorse della sua disperazione e gli disse: «Sali su una delle tue trappole e io ti porterò in giro per il mondo a cercare il tempo che tu non hai mai visto».

Il cucciolo era molto spaventato da questa idea, ma era tale la voglia che aveva di trovare il tempo per fermarlo che accettò la proposta del vento. Fece l'intero giro del mondo e il vento gli raccontava la storia dei luoghi dove passavano.

«Vedi lì sotto, quel deserto? Ecco, anche quello è un segno del tempo che è passato di qua, perché una volta dove oggi ci sono tutte quelle sabbie c'erano delle splendide città, piene di traffici, di voci, di vita, finché un giorno la sabbia cominciò ad avanzare e gli uomini per poter continuare a vivere sicuri e protetti decisero di andare altrove a fondare una nuova città. E quel pezzo di mare limpidissimo lungo le scogliere, lo vedi? Ecco, se aguzzi la vista potrai distinguere anche le rovine che stanno sott'acqua. Una volta qui c'era una città, proprio dove adesso io gioco con i giunchi sulle dune di sabbia e questa città aveva due porti, uno a mare aperto e uno a mare morto, per cui le sue rive erano sempre popolate di navi e di barche e di marinai che andavano e venivano e di abilissimi orafi che ricamavano l'oro e di commercianti che arrivavano da lontano per acquistarlo. Poi un giorno sono cominciati a sbarcare i pirati, la terra ha iniziato a sprofondare lentamente nel mare e gli abitanti capirono che la loro città, che era andata così bene per il tempo dei padri dei padri dei loro padri, non andava più bene per il loro tempo e decisero di trasferirsi e di costruirne un'altra nell'entroterra, che li proteggesse e li facesse vivere tranquilli e sicuri nel loro tempo, che era diverso da quello dei loro nonni e bisnonni. Ma oggi le rovine sotto la sabbia e sotto l'acqua stanno ancora a segnare che il tempo è passato di qua, solo che quando c'è non lo si vede, ci si accorge che c'è stato soltanto dopo che se ne è andato.»

«Ma allora è soltanto dopo che il tempo non c'è più che ci si accorge che è passato?» chiese il cucciolo, perplesso.

«Be', più o meno è così. In realtà il tempo c'è sempre, ma nel momento in cui lo incontriamo è trasparente come

l'aria per cui non lo vediamo. È solo dopo che è passato che ci rendiamo conto dei segni che ha lasciato.»

«*Ma allora se il tempo è invisibile, vuol dire che non lo si può vedere e io non potrò mai fermarlo!*» *esclamò il cucciolo deluso, come davanti a una battaglia che cominciava a diventare troppo difficile per lui.*

«*A dire il vero ci hanno provato in tanti*» *rispose il vento* «*però finora nessuno c'è riuscito. Ma tu perché vuoi fermare il tempo?*» *chiese poi incuriosito.*

«*Perché non mi piace che il mio corpo cresca così e preferivo quello che avevo da piccolo*» *rispose sconsolato.*

Allora il vento gli fece provare il gioco che faceva con i cuccioli cresciuti. Lo sollevò in aria e poi lo lasciò cadere su un albero, ma lui fu svelto ad attaccarsi ai rami con le sue mani e non si fece male e quando il vento lo sollevò di nuovo e lo fece ricadere lui si attaccò ogni volta a dei rami nuovi e si divertì moltissimo e fu allora che si accorse che le sue mani erano diventate molto più forti e lo proteggevano molto meglio di quando lui era piccolo.

E fu tale il piacere di questa scoperta che da quel giorno il cucciolo andò in giro per il bosco a misurare le sue forze e cominciò a costruire una tana nuova e ogni giorno che passava la faceva sempre più solida e bella.

Intanto, però, la sua ricerca del tempo continuava, anche se non più con la stessa determinazione di prima, perché da quando aveva cominciato a divertirsi, cioè a vivere il tempo, non sentiva più la stessa necessità di fermarlo. Ma dato che lui era sempre stato un cucciolo fedele, anche alle sue stesse idee, per coerenza con quello che era stato non poteva di certo abbandonare la ricerca.

«*Come è fatto il tempo?*» *gli rispose infine un giorno un ultimo vecchio.* «*Mah, non lo so proprio. Ti posso solo dire che fa quello che vuole lui, come la pioggia quando arriva sul bosco e noi non possiamo fermarla anche se cade per giorni e giorni.»*

Allora il cucciolo pensò che fermando la pioggia, que-

sta volta sarebbe riuscito davvero a fermare il tempo, come ultimo tentativo.

Fece dunque un grandissimo ombrello con cui ricoprì la tana che stava costruendo e tutto il terreno intorno. Ed ecco che la pioggia arrivò e bagnò tutto il bosco, tranne quel piccolo pezzo.

Il cucciolo era molto soddisfatto di sé. Forse il suo problema era risolto.

Ma quando, dopo un po' di tempo, cominciarono a spuntare le erbe e i fiori della nuova primavera ecco che si accorse, con suo grande dispiacere, che si vedevano crescere per tutto il bosco tranne che sul terreno vicino alla sua tana. Proprio lì la terra non si era affatto svegliata, continuava a dormire tranquilla perché la pioggia non l'aveva innaffiata e i semi al di sotto non si erano neanche accorti che fuori fosse cambiata la stagione. E fu allora che il cucciolo capì, finalmente, e stavolta anche col cuore.

Prese il grande ombrello che aveva fatto, lo rovesciò e la prima pioggia che cadde nuovamente lo riempì completamente facendone un bellissimo laghetto dove tutti andavano a bere e dove anche lui raccoglieva l'acqua per risvegliare le piantine sotto terra vicino alla sua tana. E quando anche loro cominciarono a spuntare ne fu così felice che si dimenticò della sua vecchia idea di fermare il tempo. Anzi, appena la sua nuova tana fu pronta, ben attrezzata e sicura, ci si trasferì con tutte le sue cose vecchie e i nuovi attrezzi per i lavori futuri e abbandonò la tana di quando era piccolo.

E fu così che il cucciolo che voleva fermare il tempo si dette infine pace perché aveva finalmente scoperto le cose che gli piacevano anche del tempo che passava. E da allora abbandonò ogni idea di fermare il tempo, anche perché se ci avevano provato in tanti e nessuno c'era riuscito non si capiva bene per quale motivo ci dovesse riuscire proprio lui che era un cucciolo né più né meno come gli altri,

in tutto e per tutto, anche se a lui capitava spesso di pensare che un altro con i suoi problemi non esistesse sulla faccia della terra, senza sapere che queste cose le pensano tutti i cuccioli, proprio tutti e a volte anche i grandi.
 Tu forse no?

Qualche riflessione sulla favola

«Mamma, io non voglio avere bambini!»
«Perché, Lucia?»
«Perché se io ho dei bambini, allora vuol dire che sono grande e dopo tu muori!»

LUCIA, 6 anni, alla mamma

Il cucciolo della favola cercava di fare un'operazione che oggi sembra caratterizzare spesso la nostra vita nelle società occidentali:[1]

> Il giornalista Max Lerner ha detto che la nostra società elimina la sensibilità verso la morte e la sofferenza, il suicidio e la mortalità, enfatizzando il qui e ora, la gioventù e l'azione [...].
> Proprio noi, i grandi sostenitori del cambiamento, desideriamo restare sospesi nel tempo; non c'è nessuno che non aborrisca di invecchiare. Quando pensiamo al futuro, guardiamo soltanto quello raggiungibile, quello provvederà al nostro pensionamento o ai bisogni dei nostri figli. La comunità scientifica è impegnata quanto la persona comune nella negazione del tempo richiamata dalla cultura giovanile [...].

---

[1] A. Aveni, *Gli imperi del tempo. Calendari, orologi, culture*, Dedalo, Bari 1993.

La rimozione della sensibilità verso la sofferenza e la morte, che invece esistono nella vita, sembra dominare oggi il nostro modo di vivere quotidiano, come se si trattasse di incidenti che potrebbero succedere per caso e non di realtà ben precise del vivere.

«Perché si ha così paura di pronunciare la parola tumore?» diceva anni fa una persona in consultorio. «Eppure ogni volta che vado a Milano a fare i controlli, sulla facciata dell'ospedale vedo scritto Istituto dei Tumori. Almeno lì hanno detto la verità. Invece, da quando sono stata operata due anni fa, non ho mai sentito pronunciare questa parola, né da mio marito, né da tutti gli altri. Ma non lo sanno che se non se ne parla una cosa fa molto più paura? Non hai idea di come ci si senta ancora più soli ad affrontarla!»

«Almeno qui, almeno a lei, lo posso dire che ogni tanto non ce la faccio più, che sono stanca, che sono proprio stanca di lottare?» diceva un'altra giovane donna anche lei colpita da una grave malattia. «Non ho nessun altro a cui dirlo che mi possa ascoltare e capire. Sembra quasi che sia io a dover consolare gli altri. Se solo provo a parlarne cambiano subito discorso, tutti, oppure la buttano sul minimizzare o su degli incoraggiamenti banali che servono solo a loro. Sembra proprio che vogliano schiacciare il telecomando per cambiar canale, come si fa davanti alle scene della guerra in Bosnia!»

Anche lo scorrere del tempo, in questa rimozione collettiva della sofferenza e delle difficoltà del vivere, può diventare qualcosa che noi ci illudiamo magicamente di essere in grado di controllare e di combattere. Ma nessun uomo, per quanto ami la conoscenza, è in grado di controllare e di combattere la finitezza dell'esperienza del vivere per ciascuno di noi. Il nodo centrale sembra diventare allora il significato che ognuno riesce a dare alla propria vita, evento che implica inevitabilmente anche la morte, su cui l'uomo si è sempre interrogato fin dai primi documenti scritti che ci ha lasciato.

Lo faceva già Gilgamesh, prima di Omero:[2]

> Enkidu, l'amico mio che amo, è diventato argilla.
> Ed io non sono come lui? Non dovrò giacere pure io e non alzarmi mai più per sempre?
>
> (73-75, tavola X)

E dall'altra parte del pianeta gli fa eco un canto azteco:[3]

> Dove andiamo, oh! Dove andiamo?
> Siamo morti e finiti o vivremo ancora?
> Ci sarà un'altra esistenza?
> Avremo ancora la gioia di colui che dà la vita?

Da quando l'uomo ha imparato a lasciare la testimonianza dei suoi pensieri e del suo interrogarsi sul mondo, il tema della finitezza dell'esistenza è stato dunque al centro della sua attenzione, come ben testimoniano le religioni, le filosofie, le letterature, le stesse scienze nel corso del tempo. Non credo esista letteratura o poeta che non si sia confrontato anche con il mistero e l'ineluttabilità di questo tema, come di uno dei nodi fondamentali del vivere.

"La vita è sogno" diceva Calderon de la Barca. E Shakespeare fa dire a Prospero nella *Tempesta*:

> «Noi siamo della stessa sostanza
> di cui sono fatti i sogni e la nostra breve vita
> è circondata dal sonno.»
>
> (*La Tempesta*, IV, 1)

Il tempo e il suo scorrere sono stati e continuano a essere, dunque, uno dei temi essenziali delle riflessioni sul vivere:[4]

---

[2] G. Pettinato, *La saga di Gilgamesh*, Rusconi, Milano 1992.
[3] A. Aveni, *op. cit.*.
[4] E. Harrison, *Le maschere dell'Universo*, Rizzoli, Milano 1989.

«Ma dunque, che cosa è il tempo?» si chiedeva Agostino nelle *Confessioni*. «Se nessuno mi interroga in proposito so che cosa è. Se però desidero spiegare che cosa il tempo sia a chi mi pone la domanda, mi accorgo di non saperlo.» Il tempo, secondo il pensiero di Agostino, si estende dal passato che ricordiamo, attraverso il presente che conosciamo, al futuro che prevediamo. In pratica quest'idea del tempo non è sensibilmente diversa da quella che oggi ci detta il buon senso; essa era, però, per Agostino, fonte di grandi angosce. La sua perplessità fu ben espressa da Austin Dobson nel suo *The Paradox of Time* con i versi:

Il tempo passa, tu dici? Oh, no!
Ahimè: il tempo è fermo, passiamo noi!

E il dubbio è ancora con noi.
Anche nella più acuta sofferenza mentale come la schizofrenia, quello del tempo è un tema fondamentale:[5]

> L'esperienza del tempo in psicologia e in psicopatologia si intreccia fatalmente con altre fondamentali esperienze umane: con la speranza e con la morte in particolare.
> «Sono indifferente. In un certo senso mi sono suicidata come segno di vita. Per non morire ho dovuto farlo. Non c'era futuro per me, solo un lungo doloroso presente. L'orizzonte era chiuso da ogni parte. Solo la morte poteva dare un senso alla mia vita.» In queste parole straziate e silenziose, che sono quelle di una paziente immersa nell'angoscia schizofrenica, l'incontrarsi (e il divaricarsi) del vivere e del morire, del tempo che si frantuma e della speranza che muore, riemergono con drastica evidenza fenomenologica; dimostrando come l'esperienza psicopatologica sia un'esperienza radicalmente *umana*, che consente di cogliere aspetti profondi ed emblematici della vita: nascosti (invece) nella comune (quotidiana) esperienza psicologica.

---

[5] E. Borgna, *Il tempo nell'esperienza psicologica e psicopatologica*. Conferenza tenuta l'11 febbraio 1985 presso il Centro culturale S. Carlo di Mi-

All'interno delle infinite disquisizioni che si possono fare dunque, in tanti campi diversi, sul tema introdotto da questa favola, vorrei però restringere qui alcune mie riflessioni psicologiche, derivanti dalla pratica, semplicemente alla frase di Lucia alla mamma: «Io non voglio avere bambini, altrimenti vuol dire che sono grande e dopo tu muori!».

Lucia ha sei anni e il suo funzionamento mentale ha ancora le caratteristiche magico-onnipotenti del pensiero infantile, per cui pensa di poterlo usare per controllare tutto, anche il diventare grande, come se potesse essere possibile.

Allora la riflessione che vorrei fare è questa: può essere che un eccesso di controllo come quello che noi viviamo oggi, nelle nostre società altamente tecnologizzate, abbia anche dei grossi risvolti psicologici come ad esempio una maggiore difficoltà verso tutto quello che nella vita è invece inevitabile e non controllabile da noi? Se non siamo preparati a lasciare dentro di noi anche lo spazio per gli eventi che non potremo né prevedere, né controllare, né tanto meno evitare (malattie, incidenti, la vecchiaia, la morte) come possiamo prepararci a tollerarli e ad affrontarli quando la vita ce li presenterà?

È un interrogativo che mi sono posta spesso anche nel riflettere sul tema della sterilità di possibile origine psicologica, che oggi sembra così frequente nelle nostre città industrializzate:

«Io sono riuscita a fare tutto quello che mi sono proposta nella vita, dagli studi al matrimonio, alla carriera» si sente dire spesso da giovani donne realmente angosciate dal problema. «Possibile che non riesca ad avere proprio un figlio, quando c'è tanta gente che non sa che cosa farsene?»

Sono ben lontana dal volerci teorizzare sopra e quindi

lano, nell'ambito dei Lunedì scientifici. Da «Synesis», periodico dell'Associazione Italiana Centri Culturali, anno II, numero 2/3, ottobre 1985.

lo pongo semplicemente come osservazione e come interrogativo a me prima che ad altri. Però so quanto dolore e quanta pena il non poter realizzare questo desiderio naturale di un figlio costi oggi a tante giovani coppie. Perché, al di là del significato che il desiderio di un figlio può avere per ciascuno di loro dal punto di vista psicologico e che è sicuramente legato alla loro stessa vita, e quindi anche ai nodi irrisolti della loro storia,[6] è pur vero però che è il progetto stesso della vita che viene interrotto e ostacolato da una sterilità.

E allora vorrei buttare il seme di un dubbio che, nel corso del tempo, mi è venuto sul tema: può essere che l'eccesso di controllo a volte, e in certi casi particolari, oltre che i rapporti con un bambino (cosa ormai riconosciuta), danneggi o impedisca la stessa vita, proprio perché nega, magicamente come per Lucia, la realtà della morte? E che, quindi, un atteggiamento destinato in una misura ragionevole a preservare la vita (guai se non controllassimo a destra e a sinistra prima di attraversare una strada trafficata!) danneggi la vita stessa se usato in maniera eccessiva ed esasperata?

E di controlli sul tempo il nostro ritmo di vita nelle società industrializzate non si può certo dire che manchi: siamo sempre alla rincorsa di qualcosa, tra una scadenza e l'altra, come se fossimo noi i responsabili di tutto ciò che accade. Ci manca lo spazio per l'imprevisto che la nostra saggezza popolare recuperava con la frase "Se Dio vuole", oppure quello che i musulmani recuperano col famoso "Insciallah!". "Certo, ci vediamo domani alle undici, se Dio vuole, o Insciallah!", una semplice frase che però ci ricorda che non è solo ed esclusivamente da noi che di-

---

[6] Vedi U. Auhagen-Stephanos, *La maternità negata. La paura inconscia di un figlio desiderato*, Bollati Boringhieri, Torino 1993.

pende il fatto che ci si veda domani alle undici, indipendentemente dalla buona volontà di ognuno.

Racconto un po' alcune delle riflessioni che mi hanno fatto accostare i due temi.

Kerényi[7] racconta della grotta sacra in cui in una arcaica cultura mediterranea non poteva entrare una donna incinta in quanto era portatrice di vita, ma anche inevitabilmente di morte, cioè di un progetto che avrebbe avuto nella sua individualità un inizio e una fine.

D'altra parte in nessun gruppo di genitori ho sentito così presente e in modo così profondo il tema del trovare un significato alla vita e alla morte come in un piccolo gruppo di ricerca che ho fatto recentemente con alcune giovani mamme sulla depressione post-partum.

«Io sono laica per cultura familiare, per storia personale, per scelta» hanno detto una volta alcune di loro, seppure con parole leggermente diverse per ciascuna «ma sento che l'esperienza di dare alla vita un figlio è un momento di una intensità particolare, mi verrebbe da avvicinarlo alla parola "sacro", se fossi abituata a usare questo termine. È il momento che ti fa interrogare sul perché si vive e perché si muore con un'intensità con cui non ti sei mai interrogata prima. E questo non ha a che fare con le sensazioni della depressione post-partum, anche se gli è legato nel tempo; è una cosa diversa, è un interrogativo vitale, è una specie di bisogno di spiritualità.»

Allora, se l'evento della nascita avvicina tanto il tema della vita e della morte, può essere che in certi casi e in certe particolari situazioni una sterilità psicologica possa essere in qualche modo legata al non voler diventare grandi, per paura di dover un giorno morire o di veder morire i propri genitori? È questo, in fin dei conti, il messaggio della frase di Lucia: «Io non posso avere bambini, perché

---

[7] K. Kerényi, *Miti e misteri*, Boringhieri, Torino 1979.

allora significa che sono grande e dovrò accettare lo scorrere del tempo che inevitabilmente porterà la morte della mamma! (e la mia, in seguito)».

Se si ascoltano i bambini ci si rende conto che per loro questo è un tema spesso presente. «Io non voglio diventare grande» ha detto un giorno uno al fratellino «ma se proprio devo farlo, vuol dire che mi travestirò da bambino!» E l'altro: «Certo, così se hai un figlio puoi usare i suoi giochi!».

«Io non voglio diventare papà» diceva un altro ancora «perché altrimenti, se ho un figlio gli devo dare tutti i miei giochi!»

«Era come se io non volessi far passare il tempo per non invecchiare» diceva Donatella (*Il bambino nascosto*, "La storia delle radici di Cristina"). «Perché invecchiare vuol poi dire morire, ma purtroppo il tempo passa lo stesso, ahimè!»

«Lutto incluso, tube occluse» ama citare Racamier,[8] per ricordare come a volte questi due temi possano coesistere.

Donatella non voleva accettare di diventare grande perché questo col tempo avrebbe voluto dire invecchiare e poi morire; Ester non accettava la morte di una nonna amatissima (*Il bambino nascosto*, "La storia delle radici di Simona").

Per entrambe c'era un lutto dentro, incluso, un distacco di vita che non veniva accettato.

Può essere allora che uno dei tanti possibili temi che in certi casi particolari, possono giocare a livello profondo nella sterilità psicologica, così diffusa oggi nelle grandi città, sia anche il nostro tipo di vita, che ci porta a una esasperazione del controllo tale da farci pensare di essere onnipotenti? Come se magicamente pensassimo di poter es-

---

[8] Racamier, P.C., Seminario di Monteguidi per il C.E.R.P., Sestri Levante, 1993.

sere immortali, noi e chi ci è caro, negando così la realtà della morte? Chissà...

In ogni caso mi ha sempre colpito molto vedere la quantità di energie creative e vitali che si mettono in moto, dentro di noi, dopo che abbiamo dedicato tutto il tempo necessario (e ne serve in genere tanto) per elaborare il dolore di qualche perdita o dell'accettazione dello scorrere del tempo o della finitezza dell'esistenza.

«Ma tu lo sai che adesso so già arrivare alla maniglia della porta e la apro da solo?» diceva con orgoglio un bambino dopo un lungo periodo di atteggiamenti regressivi in cui voleva tornare a essere più piccolo della sua età, come se volesse tornare indietro nel tempo.

Ce lo ricorda oggi la psicoanalisi:[9]

> ... il tempo umano, che contempla uno scorrere irreversibile e la morte, non può che spezzare la ciclicità, situato com'è tra l'irrecuperabilità del passato e l'inconoscibilità del futuro [...]
> Questo spiega anche perché nei momenti in cui ci si riappropria del senso e della finitezza, il sentimento che emerge non è quello dello scoramento o della disperazione, ma al contrario si prova un senso di pienezza e di potenziale creatività, proprio perché si è compiuto un ulteriore passo verso l'acquisizione dell'identità.

Ma lo diceva anche 2000 anni fa il Vangelo:

> In verità vi dico: se il granello di frumento caduto in terra non muore, rimane solo; se invece muore produce molto frutto (Giovanni, 12, 14).

---

[9] Gilda De Simone, *La conclusione dell'analisi*, Borla, Roma 1994.

15

Quando la rabbia non arriva alla parola

A conclusione di questa serie di favole sulla rabbia, ho voluto dedicare uno spazio anche a quelle troppo profonde e sofferte per poter essere raccontate, lasciandole su un foglio bianco e senza commento.

Uno dei tanti possibili temi sottostanti, quello dell'abuso sessuale sui bambini, mi è stato ispirato da anni di lavoro in consultorio, il luogo dove spesso è stato portato un segreto doloroso che non è mai stato raccontato prima e che spesso non sarà mai raccontato dopo.[1] In questo caso sono l'anima e il corpo gli unici testimoni di qualcosa che non può essere detto a parole, ma che continua a vivere nel dolore quotidiano.

Ma non sono solo queste le rabbie che non possono essere raccontate, ci sono anche quelle agite con comportamenti autodistruttivi o scritte nel corpo dai bambini e dagli adolescenti che non si sentono rispettati nell'animo e che magari vivono in ambienti ovattati, protetti e circondati da tutto ciò che si può comperare con i soldi. Sono quelli che sono stati in passato chiamati "gli assassinii d'anima", che si possono svolgere, a volte silenziosi, all'interno di pareti domestiche con la inconsapevole complicità di adulti che li hanno a loro volta subiti senza rendersene conto e che li ripropongono automaticamente ai bambini, dando per scontato che la relazione con loro non possa che essere così.

---

[1] Vedi Iaia Caputo, *Mai devi dire*, Corbaccio Editore, Milano 1995.

Favola n. 15
Favola senza parole

Poesia senza parole
....
....
....
....

....
....
....
....
....
....
....
....
....
....
....
....
....
....
....
....
....
....
....

FINE DELLA FAVOLA

Questa storia è stata ispirata, fra le altre, anche da una persona che mi ha portato i *Quaderni delle bambine*[1] dicendomi: «Scriva una storia per Ania!».

Perciò è dedicata ad Ania, Ester, Lalla, Maria, Vittoria, Chiara, Cristina, Lucia, Anna, Isa, Umbria, Vera, Orietta, Vanessa, Vincenza, Maria Emilia, Concettina, Fulvia, Ilva, Sinia, Angela, Alba, Paola, Mulù[2] e agli angeli, agli extraterrestri, ai cani, agli elefanti, a tutti coloro che si sentono soli, non capiti, senza alleati, senza parole per parlare, perché sappiano che da qualche parte di questo mondo, dietro l'angolo, per la strada, sul tram, in metropolitana, in una casa vicina, in un posto qualsiasi, c'è qualcuno che *sta dalla loro parte*.

E quando qualcuno sta dalla nostra parte, anche le paure ci fanno un pochino meno paura.

---

[1] M. Rita Parsi, *I quaderni delle bambine*, Mondadori, Milano 1990.
[2] Sono i nomi delle protagoniste del libro.

Capitolo quinto
Aiutare gli adulti a capire

Certe volte sembra che io e il mio bambino ci corriamo incontro a braccia tese, ma proprio quando stiamo per incontrarci, ci areniamo!

Una giovane mamma

Cercare di capire anche quello che non si vede

Che cosa fare, allora, davanti alle rabbie furiose di un bambino o di un ragazzo?
È una domanda che ci potremmo porre legittimamente tutti, a questo punto, dopo aver letto queste storie.
Non è compito di questo libro (né lo potrebbe essere in ogni caso) trovare delle risposte preconfezionate; suo compito, se ci riesce, è quello di aiutare a vedere le cose anche da altri punti di vista e a problematizzare la ricerca. La risposta la dovrà cercare ognuno di noi dentro di sé in quel particolare momento e in quella determinata situazione di vita e sarà sicuramente il meglio che in quella circostanza avrà potuto trovare. Questo, come si può intuire, non semplifica di certo le cose, anzi a volte le complica decisamente: sarebbe più comodo avere delle ricette precise! Ma cercare di capire che cosa succede a lungo andare sembra rendere nel tempo perché ci abitua a ricercare dentro di noi e a usare le nostre risorse di adulti davanti ai problemi del vivere.
Per cercare di capire è però sempre utile il confronto con gli altri, soprattutto se vivono anche loro le stesse difficoltà: in questo i gruppi di ricerca tra genitori e insegnanti mi sembrano veramente preziosi.
Ricordo una mamma che aveva partecipato a otto incontri col metodo delle favole, come ho già raccontato in precedenza, e che alla fine del ciclo ha ringraziato gli altri membri del suo gruppo dicendo: «Mi rendo conto adesso che voi

mi avete aiutato a vedere in mio figlio delle cose che prima non vedevo. Quando sono arrivata qui io ero convinta che lui fosse un disastro, lo guardavo come se avesse un handicap reale. Adesso invece quando penso a lui ho in mente un ragazzo con le sue difficoltà, ma come tutti gli altri!».

Sono questi i piccoli cambiamenti mentali nella vita quotidiana che a lungo andare agiscono sulle relazioni modificandole: perché è ben diverso il messaggio che arriva a un ragazzo se lo guardiamo in un modo oppure in un altro. E la cosa interessante in questo caso è stata che parallelamente è avvenuto un piccolo miglioramento anche nell'autostima della madre, che prima si riteneva invece un disastro, esattamente come il figlio.

Perché è importante aiutare i genitori a capire? Perché non esistono, in genere, genitori che "non vogliono", ma semplicemente che "non riescono" (o non ce la fanno) a capire. Credo che siano moltissime le ragioni.

L'inizio di questa sperimentazione, che ho già descritto ne *Il bambino nascosto*, è avvenuto dopo la lettura alla madre della favola del lupacchiotto che faceva sempre i dispetti. Mi sono chiesta tante volte, riflettendoci in seguito, se qualcuno avesse mai raccontato una favola a questa mamma quando era bambina, ma credo proprio di no.

Che cosa è successo dopo la sua lettura?

1. Si è stabilito un rapporto fra di noi che fino a quel momento era stato impossibile, sia per limiti miei che per difficoltà sue.

2. È stata accolta una parte infantile ferita della mamma. Se qualcuno stava davvero dalla sua parte capendo la sua fatica (anche quella della bambina che lei stessa era stata), forse era più facile anche per lei stare dalla parte di un bambino capendo la sua fatica.

3. C'è stato un calo naturale di difese (davanti a una favola non c'era forse bisogno di difendersi) che ha aiutato la mamma a vedere le cose attraverso gli occhi del bambino.

4. È stato restituito un senso ad atteggiamenti prima in-

comprensibili del figlio che le davano un'angoscia di cui lei si liberava con comportamenti che peggioravano la situazione.

5. La mamma ha infine potuto cominciare a sentire, anche se confusamente, che dentro alla sua rabbia, analogamente a quanto successo al lupacchiotto, stavano altre emozioni e sensazioni, come dolore, solitudine, abbandono e disperazione, a cui si potevano dare parole e immagini. Poteva esserci, cioè, uno sbocco evolutivo alla rabbia, diverso dall'agirla con comportamenti distruttivi.

Perché è importante lavorare con i genitori

Fra i tanti motivi per cui mi sembra utile lavorare con i genitori per una prevenzione o una attenuazione del disagio psicologico nei bambini vorrei ricordarne alcuni:
• Anche il nostro funzionamento mentale è appreso nel corso del crescere ed è di un tipo piuttosto che di un altro. Il bambino, pur con le caratteristiche dategli dall'unicità del suo patrimonio genetico e della sua storia, imparerà più facilmente il tipo di funzionamento mentale dominante nell'ambiente in cui cresce. Se in quell'ambiente delle emozioni spiacevoli o degli avvenimenti dolorosi non si parla, il bambino imparerà a non parlarne, salvo poi non sapere dove collocarli quando la vita glieli farà inevitabilmente incontrare. Il bambino sarà perciò *meno protetto* nei confronti degli eventi difficili del vivere (mentre solitamente i genitori che si comportano così pensano di proteggerlo, come d'altra parte avranno fatto a loro volta i loro genitori e così via).
Ricorda M. Rutter[1]

---

[1] M. Rutter, "Capacità di reagire di fronte alle avversità. Fattori di protezione e resistenza ai disturbi psichiatrici", da *Adolescenza*, vol. 5, n. 3, sett.-dic. 1994, Il Pensiero Scientifico Editore, Roma.

[...] Possiamo supporre che i modi in cui i genitori stessi affrontano lo stress insito nelle difficoltà della vita possano influenzare il modo in cui i figli risponderanno alle sfide e ai problemi che si presenteranno loro. Naturalmente, non dobbiamo aspettarci che vengano apprese soluzioni specifiche; lo stress derivante da problemi fiscali ha poco in comune con le situazioni di vita dei bambini! È più probabile che ciò che i bambini percepiscano siano caratteristiche più generali, come rispondere alla frustrazione con l'aggressività nei confronti dell'altro, più che discutendo modalità alternative di superare le difficoltà.

• Ogni bambino è, non dimentichiamo, l'intrecciarsi di tre storie: la sua, quella di sua madre e quella di suo padre. Non si può assolutamente cercare di capire quello che succede nel mondo interno del bambino se non si conoscono le altre due. Lo stesso è valso per i genitori quando erano piccoli. A volte dei segreti dolorosi o delle modalità aggressive vengono trasmessi da una generazione all'altra senza averne la consapevolezza e perpetuando così una sofferenza fatta di tanti anelli. Riuscire a spezzarne uno, anche se non definitivamente, è sempre un passo importante. «L'altro giorno urlavo con mia figlia ed ero proprio disperata» ha raccontato in un gruppo una giovane madre. «Ma all'improvviso mi è venuto un flash, mi sono vista in quella scena e mi sono detta: "Ma questa non sono io! Queste sono le scene che c'erano fra me e mia madre!". E allora ho potuto cominciare a capire la mia bambina e a stare dalla sua parte, ma contemporaneamente anche dalla mia, perché prima io mi sentivo una mamma cattiva, quando mi identificavo in quel comportamento! Lo sentivo che era una cosa che faceva male a tutte e due, ma non capivo che cosa fosse!»

• Ogni bambino nasce in una famiglia diversa. Quella che accoglie un primogenito è completamente diversa da quella che accoglie un secondogenito e così via, per cui è inevitabilmente diversa la relazione tra i genitori e i singoli figli. Il cambiamento maggiore sembra essere in genere quello della nascita del primo figlio: è una vera e propria rivoluzione nella vita di una coppia che non ha ancora sperimentato tutto quello che un figlio comporta, compreso il difficile passaggio dal ruolo di figlio a quello di genitore. Non a caso sembra che un alto numero di separazioni avvenga oggi proprio dopo la nascita di un figlio, se la coppia non riesce a ricostruire un equilibrio nuovo che tenga conto della situazione profondamente cambiata e dei nuovi problemi che inevitabilmente dovranno essere affrontati.

• Il bambino può portare alla luce la sofferenza nascosta di un genitore. Sono i casi di quelli che Racamier definisce "I bambini che portano in consulenza le madri". L'episodio del contadino-testimone soccorrevole con cui si apre questo libro è stato proprio raccolto durante una consulenza fatta per i disturbi del sonno di un bambino, osservati con attenzione e occhio empatico dalle puericultrici di un nido. La consulenza ha permesso alla madre di avere un luogo dove le sue angosce potevano essere, almeno momentaneamente, accolte e capite. Può sembrare una cosa banale e di poca importanza e forse lo è (però la vita è fatta in genere di piccole cose!); ma, se ci riflettiamo, davanti alle difficoltà ci sentiamo tutti un po' più forti se sappiamo che qualcuno capisce la nostra fatica e sta dalla nostra parte. Non è quel qualcuno che ci può risolvere le difficoltà, siamo noi che usiamo le nostre potenzialità in modo nuovo e meglio quando ci sentiamo capiti e appoggiati. È una forza diversa, che ci viene da dentro e ci sostiene.

• Se diminuisce il livello d'ansia dei genitori anche la relazione con i bambini ne beneficerà e sarà meno ansiogena. Questo vale in modo particolare per le neo-mamme perché il bambino è in stretto contatto con il loro mondo interno e risente del loro stato d'animo. Qualsiasi aiuto venga loro dato in questo senso si trasformerà automaticamente in un beneficio anche per il bambino.

• La sofferenza maggiore sembra prodursi nella qualità della relazione quotidiana, più che nei grossi traumi. Un bambino, se ben accompagnato, ha in genere la vitalità e la forza sufficiente per reagire alle grandi avversità della vita. È invece nella relazione quotidiana e nelle piccole cose del vivere, giorno dopo giorno, che ha meno difese. Se il genitore riesce a operare dei piccoli cambiamenti, anche estremamente lievi, è probabile che migliori una relazione che prima era bloccata su un nodo di sofferenza reciproca. Credo sia importante ricordare, a questo proposito, che dietro a un bambino che soffre c'è sempre un genitore che soffre e viceversa.

• Il bambino tende a proteggere il genitore per non tradirlo, ma contemporaneamente per non perderne la sicurezza, perché è consapevole che si tratta della persona su cui può contare di più in assoluto, nel bene e nel male. Questo non significa però che debba essere il bambino a dover fare da genitore al proprio padre o alla propria madre. Un bambino dovrebbe avere il diritto di fare il figlio, se è possibile, tranne in situazioni e casi del tutto particolari. «Il mese scorso dovevo finalmente partire per qualche giorno di vacanza con mio marito e ho visto mia figlia stranamente silenziosa» ha raccontato una mamma in un gruppo. «Allora ho cercato di parlarle e alla fine lei, con un gran sollievo, mi ha raccontato che era molto preoccupata perché non stava bene di salute. E quando io le ho chiesto: "Perché non ce l'hai detto?" lei ha risposto: "Perché non volevo che partissi preoccupata per me! Hai già troppi pensieri in questo periodo!". E a me sono venute in mente tutte le volte in cui ero io a dover proteggere mia madre, sin da piccolissima, quando non potevo andare a giocare con gli altri bambini perché dovevo restare in casa a far compagnia a lei che soffriva di malinconia a stare sola e allora mi sono sentita profondamente triste per mia figlia, l'ho abbracciata e le ho detto: "Ma guarda che *sono io la mamma*! Sono io che devo proteggere te! Io sono abbastanza grande per sapermi proteggere!".»

Perché è difficile un lavoro psicologico per i genitori

Se è oggi generalmente riconosciuto che è difficile aiutare psicologicamente un bambino senza la collaborazione dei genitori, è altrettanto riconosciuto che quest'ultima rappresenta un compito arduo per qualsiasi genitore. Mi sembra che alcuni dei motivi principali alla base di questa difficoltà reale possano essere:

• Perché mettere in discussione l'equilibrio che abbiamo costruito è sempre una ferita narcisistica; basti pensare quanto questo possa essere costato e costi anche a chi lo fa per scelta e di mestiere, come noi terapeuti.

• Perché il modello di funzionamento mentale che usiamo più comunemente è quello giudicante, per cui il genitore è portato a giudicarsi e a colpevolizzarsi, invece che a chiedersi che cosa è successo.

• Perché rendersi conto di non aver potuto evitare la sofferenza al proprio figlio, neanche con la migliore buona volontà, fa toccare i propri limiti in maniera molto dolorosa. Nella mia esperienza di lavoro con i genitori questa mi sembra essere una delle cose più difficili da tollerare mentalmente.

• Perché è doloroso per noi adulti riconoscere che un bambino si porti dentro della sofferenza: può evocare la nostra sofferenza infantile rimossa.

• Perché nell'opinione media comune si pensa che un bambino certe cose le supererà, tanto col crescere gli passeranno. Si corre così il rischio di sottovalutare dei segnali preziosi che potrebbero essere invece molto utili.

• Perché anche il genitore, come ognuno di noi, può tendere a confondere la parte col tutto e a pensare che *tutto* sia stato sbagliato e questo non può che farlo cadere in depressione. È invece importante aiutarlo a identificare i nodi che hanno prodotto sofferenza sia in lui che nel figlio e che sono di solito *la minima parte* di un tutto che per il resto *ha funzionato bene*. Credo che a questo proposito sia ancora una volta utile citare Bowlby quando afferma che in nessuna relazione un essere umano fa in genere per un altro quanto un genitore, anche il più disturbato, fa per il proprio figlio.

• Perché è sempre difficile, anche in terapia, abbandonare i vecchi comportamenti. Ciò che è conosciuto e familiare, anche se ci si ritorce contro, come in genere succede alle nostre parti più sofferenti, ci sembra tuttavia sempre meno minaccioso del nuovo.

• Perché mettere in discussione il nostro tipo di relazione con i bambini o gli adolescenti significa spesso mettere in discussione le modalità della relazione che abbiamo imparato in prima persona, cioè quella dei nostri genitori, con tutti i meccanismi che possono essere intervenuti (dalla idealizzazione alla svalutazione).

• Perché un lavoro psicologico non ha risposte immediate, per cui fa sperimentare molto di più l'impotenza. È più facile chiamare un medico, far fare delle analisi eccetera; almeno si ha la sensazione di fare qualcosa, invece che attendere senza sapere neanche esattamente che cosa. «Il primo anno di vita di mio figlio» ha raccontato una mamma in gruppo «io continuavo a portarlo dai medici e a fargli fare ogni sorta di analisi. È stato solo quando una pediatra mi ha detto: "Va bene, gli faccio fare le analisi, ma solo per tranquillizzare lei!" che mi sono resa conto che tutto quel via vai dai medici era solo per calmare la mia ansia!» Paradossalmente, a volte è solo un lavoro psicologico che può aiutare a capire che accettando i nostri limiti a lungo andare stiamo infinitamente meglio.

• Perché manca una cultura psicologica collettiva, generalizzata e corretta, per cui il genitore si sente spesso messo sul banco degli imputati davanti ai medici, psicologi, insegnanti, parenti e così via (tutti i rappresentanti dell'autorità!).

• Perché spesso un problema psicologico, che riguarda tutti noi e fa parte del vivere, nell'accezione comune viene confuso con la patologia più grave, la pazzia, e questo spaventa chiunque.

• Perché il benessere psicologico nell'opinione media non è ancora considerato un bisogno primario (alla stessa stregua della salute, del cibo, della scuola, degli infiniti corsi a cui vengono iscritti i bambini oggi), su cui investire risorse mentali, emozionali ed economiche.

• Perché non è facile individuare l'esistenza di un bisogno psicologico. Un genitore che ha cercato di dare tutto a suo figlio, non riesce spesso a capire che cosa gli manchi (e giustamente: basti pensare a quanto sia difficile anche per noi terapeuti ricostruire cosa sia successo e a quanto tempo ci voglia per farlo).

• Perché, infine, il genitore ha paura di perdere un po' il figlio se qualcun altro se ne occupa e questo gli è fonte di grande dolore.

Genitori e insegnanti: attenzione alle rabbie

Ci sono rabbie di tanti tipi: alcune durano poco, hanno un inizio e una fine e sono inevitabili nel momento in cui un bambino cresce e deve a poco a poco fare i conti anche con gli altri per poter acquisire un'identità sociale. Poiché il compito del genitore è anche quello di prepararlo ad andare nel mondo e a rispettare le regole, ci sarà un conflitto inevitabile tra lui e il bambino in quel momento.

Queste sono dunque rabbie evolutive, che aiutano il bambino a fare i conti con i propri limiti e con quelli che pone il rapporto con gli altri e gli daranno a poco a poco un bagaglio interiore che lo accompagnerà sempre e gli sarà di grande aiuto.

Cercare di evitare al bambino queste rabbie da frustrazione inevitabile corrisponde perciò non a fare il suo bene, ma a danneggiarlo notevolmente nel suo processo di crescita. Un esempio tipico possono essere le infinite contrattazioni che i genitori dei bambini piccoli operano quando vanno a fare le spese con i propri figli. Nella nostra società altamente industrializzata, basata sui consumi e sugli oggetti, adulti e bambini sono continuamente sollecitati da prodotti in vendita. Ma è ovvio per tanti motivi che è necessario fare una scelta. Anche il bambino, che per sua natura vorrebbe tutto e subito, deve quindi fare i conti con questa realtà e il genitore si trova costretto a dire continuamente dei no. Se il no è dolce, ma fermo e sicuro, il bambino prima o poi lo accetta e la sua rabbia sarà contenuta. Se invece il no è un ni (per tanti motivi, dalla stanchezza al fatto che quel giocattolo sarebbe magari piaciuto anche a noi quando eravamo piccoli e non l'abbiamo potuto avere), allora inizierà facilmente un inarrestabile crescendo di capricci che sfinirà sia il bambino che il genitore, il quale potrà arrivare anche a un sì, ma solo per esasperazione. Saranno così, alla fine, profondamente insoddisfatti tutti e due: il genitore perché in fondo si rende conto di non aver aiutato il bambino a interiorizzare delle regole necessarie e lui perché non si sarà sentito contenuto e non avrà interiorizzato un no che lo aiuti a trovare dei limiti dentro di sé. Il giorno dopo la contrattazione potrà ricominciare per qualcos'altro, magari sarà solo un po' più lunga nel tempo, tanto più lunga quanto più l'oggetto può sostituire in realtà altri bisogni più profondi e veri (come un ascolto attento). Alla fine lascerà entrambi profondamente insoddisfatti (anche se il bambino potrà sembrare apparentemente contento) perché la qualità della relazione tra di loro è deteriorata, come quando si cerca di sfondare un muro di gomma.

È sicuramente un compito difficile oggi per un genitore dire dei no, altrimenti non si capirebbe perché questo problema sia così frequente e tocchi tante persone. Ci sono molti fatti che possono aiutare a spiegarlo, dal poco tempo che un genitore che lavora passa con i propri figli, per cui gli spiace vivere un conflitto col bambino proprio in quei momenti, alla paura di non essere all'altezza dei modelli proposti socialmente, dalla pubblicità, dalla televisione, dai giornali o anche dal gruppo di appartenenza. "Il padre del mio amico gli ha comprato il computer x o il motorino y" si sente dire spesso un genitore con aria di rimprovero dai figli che crescono. Sono sempre gli oggetti quelli che compaiono, anche a coprire dei bisogni profondi che sono altri e non si vedono. È difficile sentir dire "Il padre del mio amico lo ha ascoltato seriamente e con attenzione per un'intera ora senza interromperlo", che è invece uno dei tanti doni possibili che non si possono comprare con i soldi e che corrispondono a un bisogno profondo.

È perciò importante imparare a distinguere fra rabbia e rabbia, fra quelle evolutive perché preparano e aiutano e quelle involutive che seminano germi di sofferenza futura.

Le prime servono al bambino quando comincia a crescere (evidentemente non nel primo anno di vita!), lo aiuteranno nel tempo a ridimensionare la sua onnipotenza che gli fa credere che sia il mondo esterno a doversi adattare a lui, e non lui a dover trovare le sue strategie adattive e protettive nei confronti delle difficoltà della vita:[2]

> [...] I fattori protettivi si riferiscono a influenze che modificano, migliorano o alterano la risposta di una persona a qualche rischio ambientale che predispone a un risultato inadatto. Si deve osservare che il concetto non è assolutamente sinonimo di esperienza positiva o benefica; se ne differenzia per tre aspetti cruciali. Primo, il fattore protettivo può non essere un avvenimento piacevole [...] In determinate circostanze, eventi spiacevoli e potenzialmente rischiosi possono rafforzare un individuo, fenomeno che ha finito per essere indicato come l'effetto "corazza" dei fattori di stress.

---

[2] M. Rutter, "Capacità di reagire di fronte alle avversità. Fattori di protezione e resistenza a disturbi psichiatrici", da *Adolescenza*, vol. 5, n. 3, sett.-dic. 1994, Il Pensiero Scientifico Editore, Roma.

Forse, riflettendo con i genitori su questo tema, il vero problema sembra essere il significato che per il bambino assume il no. Se gli viene dato in un contesto fermo e deciso, ma affettivo e tranquillo, è probabile che senta che la comunicazione non è tagliata: non è lui che viene rifiutato e questo prima o poi l'aiuterà ad accettarlo. Se gli viene dato in un momento di rabbia, o senza decisione, oppure in modo imprevedibile a seconda dell'umore, è probabile invece che gli sia inaccettabile perché gli lascia dei conti sospesi dentro. In questo caso la sua rabbia si può spostare dal terreno evolutivo a quello involutivo.

Le favole di questo libro sono perciò destinate proprio a cercare di osservare in modo diverso le rabbie involutive. Sono quasi tutte ispirate a storie di adulti che sono stati dei bambini arrabbiati e che nel corso degli anni hanno accumulato tanta sofferenza dentro di sé da essere costretti a cercare un aiuto psicologico per sopravvivere.

Se noi adulti riuscissimo tutti ad avere un'attenzione diversa alle rabbie infantili, forse altri bambini come loro, crescendo, potrebbero avere una quantità di sofferenza psicologica tollerabile e non un fardello così gravoso.

«Da quando cerco di ironizzare meno con lui, mi rendo conto che mio figlio ha meno rabbie furiose» ha detto una volta un giovane padre in gruppo. «Certo però per me è una gran fatica dover stare attento a una cosa che mi verrebbe spontanea!»

Credo che sia stata proprio questa fatica l'aiuto che questo giovane padre ha dato a suo figlio e infatti le rabbie furiose del bambino non sono sicuramente cessate, ma sono diminuite d'intensità e di durata, dopo questo piccolo cambiamento nella relazione.

Riporto le riflessioni su questo tema che i gruppi di genitori mi hanno aiutato a fare nel corso degli anni:

- Nessun giocattolo, nessun abito, nessun premio, nessun oggetto, persino nessuna cura medica, sembrano valere per un bambino quanto il rispetto della sua individualità e del suo progetto di crescita che è unico e diverso da tutti gli altri, compresi i suoi genitori. Dal seme di un fiore, se sarà innaffiato e curato, si sa che nascerà quel fiore e non un altro, ma non si sa come sarà.

• Un bambino ha bisogno di due nutrimenti: quello del cibo per lo sviluppo del suo corpo e quello psicologico per lo sviluppo della sua personalità. È inutile nutrire il corpo se il rischio è quello di soccombere nell'anima.

• Un sentimento ferito per un bambino è più doloroso di una ferita fisica. La ferita fisica è visibile e si può curare. La ferita dei sentimenti è invisibile e può durare per un'intera vita, trasmettendosi a volte come un buco da riempire alle generazioni che seguiranno e che potranno essere a loro volta prese inconsapevolmente dentro a un gioco non loro che le farà soffrire senza sapere perché.

• Le rabbie dei bambini non dovrebbero mai essere ignorate o sottovalutate, ma ascoltate e rispettate. Più una rabbia è furiosa e più facilmente potrebbe essere la testimonianza di una sofferenza intollerabile in cui si mischiano dolore, disperazione, tristezza, paura dell'abbandono e dell'impotenza, terrore della morte. Cercare di farli ragionare e di dimostrare che hanno torto, in quei momenti serve solo ad aumentare la rabbia. Come ha detto una volta un famoso linguista, Tullio De Mauro, a proposito dell'insegnamento delle lingue, sarebbe come cercare di insegnare a qualcuno a nuotare spiegandogli l'anatomia dei muscoli necessari. Li si aiuta di più stando zitti, cercando di individuare quale è la sofferenza che ne è alla base e facendoli sentire capiti dagli adulti in modo che loro stessi trovino uno sbocco evolutivo a queste emozioni e sensazioni che potrebbero in un domani, in alcuni casi, sfociare in una forte sofferenza psicologica da adulti.

• Prendere sempre *seriamente* quello che dice un bambino. Dargli almeno l'importanza che diamo agli adulti per noi importanti.

• *Non deridere* mai la rabbia di un bambino, neanche

per sdrammatizzare. È preferibile cercare altri sistemi per ridimensionare le cose. L'autostima di un bambino gli viene proprio dalla stima che gli adulti hanno di lui: è da loro che impara ad avere stima di sé.

• Provare a considerare *sempre* un bambino *l'ospite che abbiamo voluto* in casa nostra. Siamo noi adulti che dobbiamo tenere conto dei suoi bisogni adattandoci a lui; in questo modo gli *forniremo anche l'esempio pratico*, e non a parole, del *come cercare strategie adattive* e protettive per le varie situazioni di vita.

• Un bambino ha bisogno di essere ascoltato seriamente e non superficialmente quando parla. L'essere continuamente interrotto o l'essere sempre criticato non l'aiuta ad acquisire sicurezza nei suoi stessi pensieri e potrà contribuire, insieme ad altre cose, a farne probabilmente una persona insicura e con scarsa autostima. Ugualmente, il dargli sempre ragione, il lasciarlo parlare continuamente anche quando ha bisogno di essere contenuto (a volte il parlare troppo serve solo a riempire il silenzio che gli fa paura), non l'aiuta verso un esame di realtà. L'aiuto maggiore sembra venirgli dall'essere ascoltato fino in fondo, dall'essere capito, appoggiato e contenuto e dal confrontarsi anche col punto di vista dell'adulto quando questi ha un'opinione diversa dalla sua. Se l'adulto la sostiene con fermezza, motivandola se è necessario, il bambino a lungo andare si sentirà appoggiato e rassicurato perché sa che su di lui può contare, anche quando la pensa in modo diverso. «Almeno tu, quando dici di no, è proprio no! Così è più chiaro!» ha detto una volta una bambina alla zia.

Riporto, a chiusura di queste riflessioni, la testimonianza fornitami per iscritto anni fa da una maestra di un gruppo su un bambino "difficile" e sull'utilizzo positivo delle sue pulsioni aggressive, integrate in un lavoro scolastico:

«Conosco Giorgio da poco più di un mese. Lavoriamo insieme: io faccio l'insegnante, lui l'alunno. Siamo entrambi in prima, io forse percepisco un motore che vorrebbe cambiar marcia, lui arranca sul terreno nuovo e incerto portandosi appresso un bagagliaio forse già eccessivamente carico [...] In alcune circostanze ho avuto modo di stupirmi della sua ripresa dopo gli sbandamenti e alcune mie brusche rimesse in carreggiata e di apprezzare la sua tensione.

«Giorgio non se la prende quando viene trattato in modo autoritario e brusco, va in crisi quando avverte l'assenza dell'adulto, il non riconoscimento.

«Una settimana fa, era forzatamente ospite della mia altra prima per via dell'assenza di un'insegnante e, nel clima nuovo e di minore attenzione verso di lui, ha provveduto a richiamarla cominciando a tagliare, di punto in bianco, la maniglia della cartella del compagno ospitato con lui. La mia risposta non punitiva in senso stretto, ma di allontanamento del suo banco da quello dei compagni, ha avuto come reazione uno stato di quiete-assenza con tanto di sguardo perso. Ho capito che Giorgio preferisce "farsi passare per il cattivo" e pigliarsi botte e sgridate piuttosto che reggere l'isolamento anche temporaneo.

«Ieri durante il lavoro ho chiesto di costruire, con dei quadratini di diverse dimensioni ritagliati da una scheda, l'immagine di ciò che a loro veniva in mente nel modo a loro più congeniale.

«Ha costruito un pupazzo, abbellito poi da dei particolari aggiunti in matita, che rappresentava "un signore con un coltello che aveva ucciso degli animali e delle persone". Ho aggiunto a penna, accanto al disegno appunto i dettagli da lui descritti. Poi gli ho chiesto di formare l'insieme degli animali e delle persone uccise. Sono comparse due figure umane senza sesso e tratteggiate solo a matita e due animali: un pesce e un quadrupede.

«Ho poi continuato nel gioco facendo richieste di tipo matematico.

«Alla fine mi si è avvicinato dicendomi: "Ma lo sai maestra che sei anche brava!".»

Capitolo sesto
I gruppi di favole per genitori e insegnanti

> Tu mi devi ringraziare, perché il papà e la mamma sono cresciuti *su di me* come genitori!
>
> *Un adolescente di 16 anni al fratello minore*

Imparare a imparare

Ascoltare gli altri e imparare anche da loro, sempre con stupore e senza il preconcetto che non potranno aggiungere niente alla nostra visione del mondo, penso sia il più bel regalo che l'età e la vita possano fare. Non succede sempre, purtroppo, ma quando anch'io ci riesco, trovo che il mio rapporto con il mondo diventa ogni volta più ricco e complesso. Ho cominciato a scoprirlo, con i ragazzi, quando insegnavo, giorno dopo giorno, nel corso degli anni. Personalmente credo che il giorno in cui smetterò di imparare, quello sarà il segnale che la mia vita sarà giunta alla sua conclusione naturale e avrà esaurito la sua spinta vitale. Per il momento uso il futuro e sono felice di farlo, ma so che prima o poi questo futuro diventerà un presente, per quanto a me possa spiacere. Da quando ne ho la consapevolezza "di cuore" ("di testa" ne ero sempre stata consapevole) il mio rapporto con la vita è stranamente diventato più ricco, più tranquillo e molto più curioso. Imparo continuamente, anche dalle persone che mi sono più lontane come concezione del mondo, purché ci si parli per davvero. Non amo "la parola vuota" (come dice Lacan) né le situazioni mondane e salottiere di facciata. Mi incuriosisce vivere nel nostro tempo, ma spero e credo che la cultura "dell'apparire", così fortemente sollecitata dalla televisione e dalla pubblicità di questi ultimissimi anni, sarà integrata, prima o poi, anche da una cultura "dell'essere", che, per fortuna, esiste già, anche se non così evidente. I miei libri vorrebbero rappresentare una goccia d'acqua portata a questo mare. L'immagine che ho di me stessa, mentre li preparo, è quella del semplice "scriba", di chi raccoglie e narra delle testimonianze di vita che si è vista scorrere davanti giorno dopo giorno, mese dopo mese, anno dopo anno. Lo sento come un dovere, una cosa di cui non posso fare a meno, nei confronti di tutti gli adolescenti che ho conosciuto nella scuola (e sono stati proprio tanti!) e delle sofferenze che ho testimoniato in anni di psicoterapia. Ecco perché, e me ne scuso, inizio queste riflessioni con le mie personali, in quanto faccio anch'io parte di questi gruppi, con un ruolo che è allo stesso tempo uguale e diverso da quello degli altri. Diverso perché sono io che apro e chiudo il gruppo ogni volta, leggendo le favole, e uguale perché anch'io continuo a imparare. Nessuno di noi, io per prima, esce da un gruppo esattamente come ne è entrato. Ne usciamo sempre tutti con qualcosa in più, anche quando si tratta di più dubbi e meno certezze. Se dovessi definire questi gruppi mi verrebbe da chiamarli "uno dei tanti luoghi dove si impara a imparare". Imparare non è sempre facile. Per poterlo fare abbiamo bisogno che non ci siano troppe cose che ci tengono impegnate tutte le nostre energie mentali. A volte l'unica cosa che ci possa aiutare veramente nelle nostre difficoltà con i ragazzi e con i bambini è il chiedere aiuto a loro e ascoltarli per davvero. È successo anche a me tante volte nella scuola con certe classi difficili e in momenti faticosi dell'anno, anche se amavo profondamente i ragazzi e il mio lavoro. Succede anche ai genitori nel momento di crisi con i figli. «L'altro giorno ero proprio disperata con mio figlio» ha raccontato una giovane madre «non sapevo più che cosa fare e mi sentivo impotente davanti alle sue sfuriate. Allora, invece di aggredirlo come faccio solitamente, gli ho detto con calma, ed ero davvero sincera:

"Guarda, io ho esaurito tutte le mie possibilità, non so più come comportarmi con te. Dimmelo tu, aiutami tu a capirlo!". E lui a poco a poco si è placato e tranquillizzato e abbiamo cominciato a parlare per davvero. Ma lui si era proprio accorto che questa volta era diverso, io non avevo più armi, ero davvero sincera e non ero più aggressiva come prima.»

Perché la favola come strumento

Questo tipo di favola non è uno strumento che si adatti a tutti: certe persone (sono, nella mia esperienza, la minoranza, ma ci sono) ne sono disturbate e allora, come ho già detto nelle avvertenze a *Il bambino nascosto*, è meglio per loro non utilizzarle. La maggioranza delle persone, invece, per quanto ho potuto vedere, si sente solitamente aiutata verso una maggiore consapevolezza che la porta ad affinare l'attenzione e a notare dei particolari che prima non notava. È questo quello che mi è stato detto quasi sempre, nel corso degli anni, da chi ha fatto questa esperienza.

Si tratta, come credo sia ormai evidente, di gruppi che lavorano sui temi psicologici attraverso l'ascolto (o anche il riascolto) di una favola e la discussione libera di tutti i temi che ne emergono. Si può trattare di veri e propri piccoli gruppi di lavoro (tra le dodici e le quattordici persone, con una frequenza mensile per circa otto mesi l'anno, possibilmente per almeno due anni) oppure di altri allargati a un numero superiore di persone, per un ciclo di incontri che varia nel numero a seconda delle situazioni.

Tra il 1984 e il 1995 (anno in cui ho preparato questo libro) li ho sperimentati in moltissime circostanze e situazioni diverse, in scuole, convegni, corsi d'aggiornamento per genitori e insegnanti, spazi-donna nei quartieri, biblioteche, corsi monografici per lavoratrici straniere, corsi di formazione per genitori e operatori, scuole di psicoterapia, distretti sociosanitari eccetera.

Una riflessione che ho sentito fare spesso, anche da chi aveva già letto il libro e conosceva quindi la favola che stavo leggendo, è stata che è profondamente diverso leggere la favola da soli oppure sentirsela raccontare. La narrazione diretta sembra avere un impatto emotivo decisamente superiore. Io stessa, d'altra parte, ho sempre avvertito la partecipazione emotiva di chi ascoltava, anche in un pubblico allargato. Innanzi tutto il racconto orale avviene sempre in una relazione di presenza anche fisica. C'è qualcuno che ci dedica del tempo leggendoci qualcosa e questo è già di per sé valorizzante perché vuol dire che noi valiamo la presenza e il tempo di qualcuno. Inoltre evoca probabilmente una relazione affettiva di accudimento che ci rimanda a delle esperienze infantili gratificanti: se qualcuno ha avuto cura di noi, allora vuol dire che anche noi possiamo averla di qualcun altro. C'è poi l'accompagnamento della voce e della musicalità della parola, come una guida che ci conduca per mano. È come se la narrazione della favola diventasse il contenitore emotivo del gruppo. Ricordo con simpatia un'operatrice che a un Convegno interno di una USSL è venuta a parlarmi alla fine dell'intervento dicendomi: «Grazie! Era tanto tempo che nessuno mi leggeva più una fiaba!».

Mi sono chiesta tante volte perché le fiabe siano uno strumento di comunicazione emotiva così potente, consultando anche della letteratura clinica sull'argomento. Ho trovato varie ipotesi, fra cui:

1. Si tratta di una delle forme più antiche di comunicazione, presente in culture anche molto diverse tra di loro.

2. Hanno un inizio, un'evoluzione e una fine come tutte le cose del vivere. Sono un momento definito nel tempo e nello spazio nell'ininterrotto scorrere della vita, così come ogni vita lo è nell'ininterrotto fluire del tempo.

3. Aiutano a scoprire le soluzioni adattive e mandano il messaggio che nella vita le difficoltà sono inevitabili, ma anche superabili.

4. Rassicurano sul fatto che davanti alle difficoltà:
– l'eroe si può difendere;
– prima o poi arriva qualcosa in aiuto;
– è possibile risorgere dalla sconfitta.

5. Invitano a non abbandonare la ricerca.

6. Hanno una funzione rassicurante sull'ignoto, che invece di solito spaventa (il viaggio è di andata e ritorno dal familiare all'ignoto).

7. Sono meno minacciose delle interpretazioni o di altri messaggi (ciascuno prende quel che vuole, se vuole, oppure le lascia stare).

8. Ognuno le può usare a modo proprio. I significati sono diversi per ciascuno e anche per i vari momenti della vita.

9. Accompagnano bene i momenti di passaggio (come quello del passaggio al sonno per i bambini).

10. Aiutano ad acquisire il concetto che nella vita si incontreranno inevitabilmente dei fatti che noi non potremo né prevedere, né determinare, né tanto meno controllare o evitare. Quello che aiuta di più, perciò, non è il raddoppiare o triplicare i nostri sforzi per controllare la realtà, quanto essere consapevoli che ci saranno i momenti difficili e non controllabili ed essere preparati a tollerarli mentalmente (questo potrebbe essere il corrispondente dei doni della fiaba per superare le prove).

11. Insegnano che la conoscenza è un viaggio di sperimentazione per tentativi ed errori; è solo sperimentando che si impara.

12. Aiutano a interiorizzare il concetto dei ruoli familiari in modo netto e senza confusioni (il re e la regina che decidono, i principi che devono sottostare, eccetera).

13. Stimolano a sperimentare l'aggressività imparando a graduarla, invece che a reprimerla e a soccomberne.

14. Sanciscono che il tempo di vita è scandito da avvenimenti importanti che segnano un prima e un dopo.

15. Aiutano ad avere fiducia nelle risorse reali di un bambino, invece che dubitarne, sottovalutarle o sopravvalutarle. Il protagonista della fiaba fa il viaggio con quello che lui ha in mano, non con quello che gli altri pensano che lui abbia.

16. Abituano a non fermarsi all'apparenza, ma a ricercare la verità nascosta. Sanciscono quindi che esistono un aspetto esterno e uno interno della realtà e che l'apparenza non sempre corrisponde alla sostanza delle cose: sotto la ripugnante pelle d'asino c'è una bella principessa e dentro al ranocchio c'è un principe vittima di un incantesimo.

Gli obiettivi di questi gruppi

Sono vari gli obiettivi che questi gruppi si propongono. Direi che i principali siano:

1. L'acquisizione di una maggiore consapevolezza del mondo interno, sia dei bambini che di noi adulti, delle nostre emozioni e sentimenti. È una sorta di educazione sentimentale.

2. La possibilità di guardare la realtà che ci circonda anche da altri punti di vista, favorendo una maggiore elasticità mentale e una maggiore adattabilità alle situazioni. Capita spesso che l'immagine del figlio che gli altri partecipanti rimandano al genitore non coincida con la sua; di solito è più ricca, meno stereotipata e, soprattutto, con più risorse. Questo farà sì che a poco a poco anche il genitore possa operare delle piccole modifiche dentro di sé, migliorando l'immagine precedente e facilitando la relazione, come dice Bollea.

[...] Tengo molto che ci si ricordi sempre di una mia ferma convinzione, pur non dimostrabile scientificamente: le madri, anche senza parlare, trasmettono tutto al figlio, non solo fino all'adolescenza, ma per tutta la vita; devono quindi pensare al figlio sempre in senso positivo, altrimenti egli se ne accorgerà.[1]

3. Un ascolto più attento e rispettoso dei bambini e dei loro eventuali segnali di sofferenza. «Ogni volta che esco da questi gruppi» ha detto una volta un giovane padre «ho sempre più rispetto dei bambini in generale, non solo dei miei figli. È una bella fatica, sa? Però dà anche più soddisfazione.»
4. La possibilità di riappropriarci dei nostri vissuti infantili, spesso proiettati sul bambino fuori e mischiati a lui.
5. Lo spostare la ricerca e la riflessione sul piano del capire che cosa succede (e possibilmente "col cuore"), piuttosto che chiedersi di chi è la colpa e in che cosa si è sbagliato. Impariamo tutti per tentativi ed errori: se non fossimo ruzzolati a terra infinite volte quando imparavamo a camminare, oggi nessuno di noi camminerebbe.
6. La consapevolezza faticosa delle proprie ferite infantili, senza doverle riparare attraverso un'aspettativa ideale sul proprio figlio (che inevitabilmente complica la vita a quello reale, favorendone spesso l'insuccesso, se l'aspettativa è non sulla competenza, ma sul successo).
7. La possibilità di operare qualche piccolissimo cambiamento nella relazione con i bambini, facendola crescere insieme a loro e offrendo così un modello mentale dinamico che evolve nel tempo (non ci si può rapportare a un adolescente come ci si rapporta a un bambino di pochi anni!).
8. La valorizzazione del contributo che un ascolto diverso e più mirato del genitore o dell'operatore può dare verso la prevenzione e la cura del disagio infantile.

---

[1] G. Bollea, *Le madri non sbagliano mai*, Feltrinelli, Milano 1995.

Ulteriori riflessioni dei partecipanti ai gruppi nel corso degli anni

Ne riassumo solo una serie, scegliendole fra le tante dai miei quaderni di appunti, anno dopo anno:

1. Pare che si riesca a voler bene veramente e a essere tolleranti con gli altri solo dopo che si è riusciti a esserlo con se stessi. Noi siamo in genere i nostri peggiori nemici e pretendiamo sempre di più da noi stessi per cercare di correggere una nostra immagine interna che invece spesso non ci piace. Una partecipante ai gruppi un giorno ha detto: «Mi ha colpito moltissimo, come una rivelazione, leggere per caso su un giornale femminile che anche il Vangelo invita ad amare il nostro prossimo *come noi stessi!* Non ci avevo mai realmente pensato, prima.»

2. Per poter avere un rapporto più leggero con i propri figli sembra importante aver deposto o riuscire a deporre *i carichi sospesi con i propri genitori*. Un'altra persona ha detto: «Mi sono resa conto che partecipando a questi gruppi sono riuscita dentro di me a fare la pace con mio padre (che era morto). Però ho potuto farlo solo dopo che ho scoperto anche in lui il bambino sofferente che era stato». Far la pace col genitore che ci portiamo dentro sembra aiutare le nostre relazioni.

3. Chiedersi che cosa è successo, invece di chiedersi in che cosa si è sbagliato (gli errori sono inevitabili nello sperimentare) aiuta a volte a non dare le colpe né a sé né agli altri. Sentirsi eccessivamente in colpa è spesso paralizzante, anche se a volte è inevitabile.

4. Succede frequentemente che quello che ci fa arrabbiare di più negli altri, compreso i figli, sia qualcosa che ci tocca una nostra sofferenza interna. Se riusciamo ad averne cura noi stessi può essere che abbiamo meno bisogno di arrabbiarci con gli altri.

5. Riconoscere di non essere onnipotenti e di avere i

propri limiti a cui aggrapparsi fa stare infinitamente meglio nelle situazioni difficili. Forse il rischio di sentirsi onnipotenti è insito nel ruolo stesso del genitore, perché è vero che all'inizio della vita ogni bambino dipende solo ed esclusivamente dalle cure che si avranno di lui, ma è anche vero che col crescere interverranno anche tanti altri fattori esterni, indipendenti dai genitori. Meno questi ultimi attingono la propria autostima nel sentirsi indispensabili ai figli e più loro si sentiranno liberi di crescere nel tempo, senza dover tradire nessuno.

6. Una cosa difficile, ma sempre utile, è chiedersi che cosa ognuno di noi ha *inevitabilmente assorbito* degli atteggiamenti che l'hanno fatto soffrire nei propri genitori. Una persona ha detto: «Nel momento in cui ho cominciato a pensare a che cosa mi aveva disturbato di mio padre, mi sono chiesta se questo non mi disturbasse perché avevo anch'io dentro quelle cose. Un giorno una zia mi ha detto: "Ma allora sei proprio come tuo padre!" e io, con sorpresa, le ho risposto: "Ma, *io sono la figlia* di mio padre!" e dentro di me ho sentito che era successo qualcosa, che si era capovolta una situazione». «Per me» ha detto un'altra «è stata illuminante una frase di mio marito che mi ha detto: "Ma io non ho sposato tua madre!" e io allora mi sono resa conto che era proprio vero che riproponevo lo stesso modello.» «Io invece» ha detto un'altra ancora «sono andata avanti per anni chiedendo a mio marito delle cose senza rendermi conto che erano proprio quelle che da piccola avrei voluto da mia madre, così come lei le avrebbe volute dalla sua. Da quando mi dico: "Ma lui non è mia madre!" stiamo molto meglio. Ho accettato che le cose che avrei voluto da bambina da mia madre non le ho avute e non le avrò più, esattamente come è successo tra lei e i suoi genitori, e non chiedo a mio marito delle cose che lui non può darmi.» «Una volta ero proprio disperata con mia figlia» ha raccontato anni fa un'altra giovane mamma in consultorio. «Quel giorno ero amareggiata dall'ufficio, avevo delle grosse preoccupazio-

ni finanziarie ed ero sfinita dai lavori domestici. Lei continuava a fare i capricci e a provocarmi, finché dopo un paio d'ore di questo calvario io ho letteralmente perso la testa e l'ho picchiata con rabbia, come venivo picchiata io da piccola. Volevo proprio farle male. È stato solo quando lei è corsa verso il pianerottolo a chiedere aiuto urlando "Carabinieri, carabinieri!" che io mi sono bloccata e in un lampo mi sono vista bambina nella stessa scena con mia madre, quando mi picchiava col bastone che io stessa le portavo. Allora sono corsa fuori sul pianerottolo anch'io, l'ho abbracciata forte e le ho chiesto scusa: piangevamo insieme, abbracciate come due bambine!»

7. Non è facile ascoltare gli altri, soprattutto i bambini. Spesso diamo per scontato di farlo, ma in realtà continuiamo a essere immersi nei nostri pensieri. Un buon segnale di vero ascolto sembra essere *lo stupore*; se qualcosa o qualcuno ci stupisce vuol dire che non era quello che noi ci aspettavamo secondo i nostri schemi mentali. «Sa, prof, qual è il problema di voi adulti? Che sentite tanto e ascoltate poco. Sentire e ascoltare non sono la stessa cosa!» ha detto anni fa bonariamente un mio simpaticissimo ex-studente in una assemblea di classe sui rapporti adulti-adolescenti. Credo che avesse profondamente ragione.

8. Stare dalla parte di un bambino arrabbiato sembra aiutarlo a contenere e a placare la sua rabbia. «L'altro giorno era il compleanno di nostro figlio» ha raccontato un padre «e abbiamo fatto una bellissima festa perché compiva dieci anni. Lui era molto contento, ma quando si è accorto che un suo cuginetto più piccolo gli aveva aperto tutti i suoi regali e i suoi giochi è diventato furioso e per non aggredire il più piccolo (con i coetanei lo avrebbe fatto) è andato a sfogarsi da solo in camera sua. L'ha aiutato il fatto che io andassi da lui e gli dicessi: "Stavolta hai proprio ragione!". Forse si aspettava che anch'io mi arrabbiassi con lui per la sua reazione e difendessi il cuginetto perché è più piccolo e perché ha perso il papà da poco. In-

vece l'ho visto rilassarsi e tranquillizzarsi, anche se continuava a piangere. Non c'era bisogno che io aggiungessi niente, il veto di aggredire il più piccolo se l'era già dato lui da solo! Aveva solo bisogno che qualcuno riconoscesse il suo diritto ad arrabbiarsi.»

9. L'aiuto degli altri è prezioso per vedere delle cose che a noi sfuggono, perché ognuno vede cose diverse. È soprattutto utile se gli altri lo fanno per collaborare e non per giudicare e noi stessi siamo pronti a riceverlo (cosa che ha bisogno di una lunga preparazione dentro). «Quando X ha detto certe cose a difesa di mio figlio, agli inizi ci sono rimasta proprio male» ha detto una volta una mamma in un gruppo. «Mi dicevo: "Ma come, le ha viste lei che non lo conosce nemmeno e non io che sono sua madre?". Poi però, a poco a poco, mi sono resa conto che questo mi ha aiutata a vedere delle cose in lui che prima non vedevo. È migliorato il nostro rapporto.»

10. Partecipare insieme ai gruppi può facilitare il trovare un linguaggio comune nelle coppie che provengono da culture famigliari molto diverse fra di loro (anche se non si imparano le stesse cose perché ognuno ricorda le storie in modo differente).

11. A volte le rabbie che non si riescono a vivere all'esterno, sul luogo di lavoro o nelle altre relazioni, vengono spesso portate a casa e viceversa. «E non dire che ti ho fatto arrabbiare io!» ha detto un bambino a sua madre un giorno. «Avevi già quella faccia quando sei entrata in casa!»

Evitare che questo succeda è difficile, ma riconoscere che può capitare a volte aiuta.

12. Con l'andar del tempo si ha spesso la sensazione di sentirsi un po' più liberi dentro e meno attaccati a degli schemi mentali precostituiti. Questo sembra essere contemporaneamente faticoso (perché si hanno più dubbi e meno certezze) ma anche liberatorio e fa scoprire di più le proprie potenzialità creative.

13. Vedere delle persone che ci ascoltano con interesse

è molto appagante. Nel gruppo si sente che c'è un reale interesse reciproco. È difficile trovare altre situazioni e altri gruppi in cui poter parlare così liberamente di cose profonde che ci toccano tutti. Sono soprattutto i padri a notarlo, perché sembra che tra uomini sia più difficile parlare del mondo affettivo.

14. Un'altra grande sensazione di benessere sembra essere quella di sentirsi appartenenti a un gruppo in cui non si ha la necessità di essere diversi da come si è, senza dover fare o dimostrare niente a nessuno e senza i ruoli che si hanno spesso in famiglia.

15. Si può accettare l'ironia altrui solo quando si sono accettati i propri limiti e costruite delle fondamenta salde, altrimenti ci si può sentire distrutti. Se un bambino ammutolisce o si infuria, oppure fa anche finta di niente dopo un nostro intervento ironico può voler dire che ne sta soffrendo e che gli stiamo minando delle sicurezze invece di rafforzarlo come crederemmo. Osservare la reazione di un bambino è sempre utile per capire che tipo di intervento abbiamo fatto nei suoi confronti.

16. Poter vedere le cose anche con altri occhi aiuta soprattutto nei momenti di difficoltà. Anche nel riascoltare una favola dopo che è passato del tempo si possono vedere le stesse cose con occhi nuovi e provare emozioni diverse. Il riascolto riesce a dare spesso la sensazione di essere cresciuti e di ascoltare in modo diverso ("più da adulti!" ha aggiunto qualcuno).

17. Come ha detto un padre in un gruppo, queste favole possono aiutarci a riprendere in mano "i nostri percorsi infantili incompiuti" fermi su qualche nodo per accompagnarne almeno qualcuno pian piano verso un'evoluzione. Ognuno di noi ha qualche percorso incompiuto sul proprio cammino.

18. Discutendo insieme si impara a dare e a rispettare di più le regole perché se ne capisce di più l'importanza e la necessità.

19. Provocare rabbia può essere solo un tentativo di entrare in contatto o di mantenerlo, quando non ne riescono altri. A volte succede che se un genitore attraversa un momento difficile i bambini cerchino spesso di *farlo pensare ad altro* attirando l'attenzione su di loro anche in modo negativo, facendolo arrabbiare.

20. Quando non ci aspettiamo troppo, apprezziamo spesso di più le cose che ci arrivano. L'aspettarsi troppo porta frequentemente a delle delusioni. È un problema che riguarda noi, non gli altri.

21. I piccoli cambiamenti che avvengono nei partecipanti ai gruppi spesso danno benefici anche a chi entra in contatto con loro, perché aiutano a modificare delle relazioni.

22. Tutte le medaglie del vivere hanno due facce, anche le feste (Natale, ferie eccetera). Da una parte hanno il significato dello stare insieme, sentirsi bene, dimenticare i problemi eccetera. Dall'altra sanciscono che è passato un altro anno e quindi toccano il tema faticoso delle cose che finiscono (compreso le persone care che non ci sono più).

23. I bambini sono interessati al tema della morte e fanno domande a cui spesso noi adulti non sappiamo rispondere. «Perché la nonna è morta?» chiedeva un bambino di sei anni alla mamma. «Perché era molto vecchia!» ha risposto lei. «E allora perché Silvana era giovane, ma è morta?»

24. L'avere sperimentato rabbie confusive e disorientanti (sia con scenate che col mutismo) nei propri genitori può portare a ri-agirle o a inibirle. Riuscire a sperimentare l'aggressività in modo più equilibrato, con un inizio e una fine, è in genere di grande aiuto.

25. Può succedere di trovare improvvisamente nel gruppo la spiegazione di qualche atteggiamento dei propri genitori che non si era riusciti a capire né da bambini né dopo.

26. Si può riconoscere il dolore di un bambino e conso-

larlo anche solo a gesti, senza parole. «Quando è morto mio padre e nessuno aveva avuto il coraggio di dirmelo, anche se io lo intuivo, l'unica che mi ha consolata davvero è stata una mia zia che mi ha abbracciata forte senza dire nulla!» ha raccontato una mamma anni fa in un gruppo.

27. Un bambino che non si contrappone a volte fa molta fatica a trovare i propri limiti. Contrapporsi è anche un modo per sperimentarli.

28. L'impotenza nel poter aiutare il proprio figlio nelle difficoltà (salute, scuola, eccetera) sembra essere una delle cose più difficili da tollerare per un genitore. Riuscire ad accettare questa impotenza a volte aiuta, oltre a offrire ai bambini *l'esempio pratico dell'accettare i propri limiti*: non dimentichiamo che in genere si impara per imitazione. «Da quando non tampino più continuamente mia figlia per i compiti, lei ha cominciato a farli da sola!» ha raccontato una volta una mamma.

29. Iperproteggere i bambini tacendo loro delle cose importanti può diventare una modalità svalutativa che può trasferire implicitamente il messaggio che loro non sono in grado di tollerare le difficoltà.

30. Nel corso del tempo alcune persone dei gruppi hanno notato un cambiamento nei loro sogni sulle persone significative della loro vita. «Da quando ho iniziato a partecipare a questi incontri – ha detto una persona in un mio vecchio gruppo sperimentale – ho ripreso a sognare mia madre che non sognavo più da quando era morta. E poi ho notato che quando sogno mia figlia adesso la vedo adulta come è ora, con la sua età reale, mentre prima la vedevo sempre bambina di nove anni, col cerchietto in testa, anche se era passato ormai molto tempo. È stato quando lei aveva nove anni che è morto mio marito!».

31. Individuare i limiti da dare a un bambino non è facile. Bisogna distinguere fra quelli necessari e quelli non necessari ed evitare di darne troppi o di non darne per

niente. È una scelta che bisogna fare ogni volta, difficile soprattutto con gli adolescenti.

32. Oggi fare il genitore sembra non essere semplice (come per altri ruoli, del resto) perché non ci sono modelli preconfezionati cui attingere, tanti sono i cambiamenti intervenuti in questi ultimi anni nell'organizzazione sociale. È però piacevole scoprire che anche noi possiamo avere le nostre risorse per cercarli.

33. I bambini imparano soprattutto per imitazione, ad ascoltare se li si ascolta, a rispettare se li si rispetta e così via. Il miglior sistema per insegnare qualcosa sembra essere quello di applicarlo nei fatti.

34. Insegnare qualcosa a parole e contraddirlo nei fatti sembra essere una cosa disorientante e controproducente. I bambini tendono a imparare il messaggio dei fatti.

35. Ricordarsi che tutte le cose hanno un inizio e una fine sembra essere di grande aiuto per tollerare i momenti difficili, sia per noi adulti che per i bambini.

36. Ugualmente, riuscire a dirsi: «È *in questo momento* che sono in difficoltà» oppure «È *finora* che non sono riuscito a farlo» sembra aiutare qualche volta a guardare i problemi in modo diverso e a non sentirsene così schiacciati.

37. Non conoscere l'infanzia dei propri genitori e non esserla sentita raccontare fa spesso sentire una mancanza nella propria storia. «Io ho un vuoto incredibile sull'infanzia di mia madre» ha commentato una volta una giovane donna. «Lei non ne parla mai. Però da quando sto facendo questo corso ho cominciato ad avere meno incomprensioni con lei. Ieri abbiamo passato un bellissimo pomeriggio insieme!»

38. Discutere di temi emotivi non è facile e a volte fa soffrire, ma a lungo andare sembra aiutare. «Tante volte ho provato un gran magone in questi tre o quattro incontri» ha detto una mamma in un gruppo «ma ho messo a fuoco delle cose. Mi sono sorpresa perché ho scoperto delle risorse che non pensavo di avere.»

39. Il miglior regalo che i genitori possono fare ai propri figli sembra essere quello di curare il rapporto di coppia e la comunicazione tra di loro, sia nelle situazioni facili che in quelle difficili.

40. Sentirsi capito da un adulto è un grande aiuto per un bambino arrabbiato. Un'insegnante ha raccontato in un gruppo: «L'altro giorno una mia alunna molto brava scolasticamente ma non molto amata dai suoi compagni per i suoi atteggiamenti un po' saccenti, si è arrabbiata moltissimo con gli altri bambini ed è venuta a dirmi stizzita: "Ma ti pare, maestra, che nessuno vuole venire alla mia festa di compleanno?". Ma era così stizzita e arrabbiata che gli altri la respingevano e la evitavano ancora di più. Allora io ho provato a immedesimarmi in una bambina che prepara la sua festa di compleanno mentre nessuno ci va e mi sono sentita così triste per lei che le ho detto: "Hai proprio ragione! Anch'io mi sentirei molto triste e arrabbiata se nessuno venisse alla mia festa!". A quel punto tutta la sua rabbia si è sciolta in dolore e lei è scoppiata a singhiozzare in un pianto irrefrenabile. L'atteggiamento degli altri bambini è immediatamente cambiato: l'hanno circondata, abbracciata e consolata e le hanno promesso che sarebbero andati alla sua festa. "E io ti porto anche mia cugina!" ha detto uno di loro. Il pianto le ha permesso di avere un rapporto vero e sincero con gli altri bambini che non era mai riuscita ad avere in precedenza.»

La sua giovane maestra è stata per questa bambina "un testimone soccorrevole" e l'ha aiutata ad accedere alle emozioni che stavano dietro alla sua rabbia. Lo è stata spontaneamente, senza pensarci, andando oltre l'atteggiamento stizzito della bambina (che non invitava di certo alla simpatia) e cercando invece di sentire che cosa si può provare a preparare la propria festa e a non avere nessuno che ci voglia venire. Nessun altro intervento avrebbe aiutato questa bambina nello stesso modo e tanto meno l'avrebbero fatto delle razionalizzazioni o delle spiegazioni. Anzi, avrebbero probabilmente solo peggiorato la situazione, cercando di togliere alla bambina anche la sua rabbia, che invece voleva semplicemente comunicare altre cose, cioè tristezza, dolore e difficoltà di rapporto con gli altri.

Capitolo settimo
Oltre la rabbia

Mamma, io vorrei che tu non morissi mai perché sei come un pozzo da dove io tiro fuori l'acqua per vivere!

ISABELLA, 8 anni, alla mamma

La solitudine delle giovani mamme oggi

Vorrei iniziare questo ultimo capitolo con un argomento che mi sta molto a cuore e che ritengo fondamentale per il benessere psicologico dei bambini: la condizione di vita che si troverà a vivere la giovane madre dopo la loro nascita.

Oggi si parla tanto di preparazione al parto, di corsi, di visite ginecologiche di controllo, con una medicalizzazione a volte spinta all'eccesso e a mio parere non si spendono abbastanza parole, invece, su questo semplice aspetto del vivere quotidiano, giorno dopo giorno, che è così importante.

Me l'hanno insegnato anni di pratica in consultorio e con gruppi di genitori e me l'ha ribadito e rinforzato qualche piccolo gruppo di ricerca che ho fatto in questi ultimi anni sulla depressione post-partum. Vorrei perciò spezzare una lancia a favore delle giovani madri e della loro solitudine in *questo contesto storico*. Capita spesso che passino tutta la loro giornata sole, con un bambino piccolo verso il quale si sentono frequentemente inadeguate, come del resto per tutte le cose nuove, se è la loro prima esperienza di maternità. Essere poi chiuse dentro a quattro pareti domestiche e a volte lontane da ogni contatto sociale (che oggi avviene frequentemente nell'ambiente di lavoro o nel gruppo di amici), è una condizione di spaventosa solitudine che moltiplica ansie e problemi, riflettendosi facilmente sul benessere del bambino. Ricorda Crepet in uno studio sulle misure del disagio psicologico:

> [...] Le persone sole sono più vulnerabili ai vari spiacevoli e talora distruttivi stati emotivo-cognitivi: la depressione non a caso comprende questo spiacevole sentimento che, come in un circolo chiuso, acuisce il senso di abbattimento morale. La solitudine è stata definita da Weiss (1987 in Shaver, Brennan, 1991, p. 248) come "l'assenza o l'assenza percepita di soddisfacenti relazioni sociali... l'esperienza spiacevole che capita quando una rete personale di relazioni sociali è carente in qualche modo importante sia quantitativamente che qualitativamente". Si tratta, dunque, di un'esperienza che implica un totale e acuto sentimento, che l'autoconsapevolezza percepisce nei termini di una rottura con il proprio mondo [...][1]

«Sa qual è stato il più bel regalo che ho avuto qualche mese dopo la nascita di mio figlio?» diceva una giovane madre. «Una persona di cui prima non ero neanche particolarmente amica e che quando si è accorta della vita che facevo mi ha regalato un suo pomeriggio alla settimana. Quel giorno veniva, stava un po' a parlare con me e poi curava lei il bambino e mi mandava fuori a distrarmi, a prendere una boccata d'aria, a vedere la gente che camminava per le strade o qualche vetrina di negozio, la vita quotidiana insomma. Non le sarò mai abbastanza grata di questo regalo. Ha contenuto la mia ansia, la rabbia e il senso di ribellione che mi veniva a passare tutto il giorno da sola, senza un altro adulto con cui parlare e con un bambino che, per quanto amato e desiderato, mi faceva spesso sentire inadeguata e spaventata ogni volta che piangeva o stava poco bene o non voleva mangiare e io

---

[1] P. Crepet, *Le misure del disagio psicologico*, La Nuova Italia Scientifica, Roma 1994.

non avevo nessuno vicino a tranquillizzarmi e a consigliarmi. Ho sempre sofferto per la morte di mia madre, ma è stato solo allora che mi sono sentita veramente orfana e sola al mondo, con questo esserino ancora più fragile di me, una più spaventata dell'altro! E meno male che c'era mio marito che mi ha sempre appoggiato in tutto e per tutto, ma lui purtroppo poteva farlo solo quando tornava dal lavoro la sera e la giornata era ormai finita. E l'altro regalo è stato più tardi, quando ho scoperto il *Tempo per le famiglie*[2] e ho potuto frequentarlo e condividere i miei pensieri e le mie preoccupazioni con altre mamme. Il terzo è stato questo gruppo. Sono questi i veri regali, non gli oggetti e neppure i giochi. Per quelli bastano i soldi!»

Bisognerebbe che ci abituassimo a operare una distinzione tra "la maternità come esperienza creativa unicamente femminile, e maternità come istituzione sociale, distinzione che permetterebbe di capire come le donne possano vivere appassionatamente la prima e contemporaneamente sentirsi oppresse o rifiutare la seconda".[3]

Studi e ricerche sull'argomento hanno dimostrato che la maternità come ruolo sociale è oggi particolarmente faticosa: è stato calcolato che occuparsi della casa e di un neonato richiede tra le 105 e le 174 ore per settimana! E questo è solo il carico fisico, non quello emotivo.

Ricordo, ancora una volta, quanto dice Bowlby:

> [...] Voglio anche sottolineare che, nonostante pareri contrari, occuparsi di neonati e bambini non è un lavoro per una persona singola. Se il lavoro deve essere fatto be-

---

[2] *Il tempo per le famiglie* è uno spazio pubblico, destinato a essere un luogo d'incontro tra operatori socio-sanitari e giovani madri con i loro bambini, proprio per questo problema, che è particolarmente vivo in città come Milano.
[3] P. Romito, *La depressione dopo il parto. Nascita di un figlio e disagio delle madri*, Il Mulino, Bologna 1992.

ne e se si vuole che la persona che primariamente si occupa del bambino non sia troppo esausta, chi fornisce le cure deve a sua volta ricevere molta assistenza. Varie persone potranno offrire questo aiuto: in genere è l'altro genitore; in molte società, compresa la nostra, l'aiuto proviene da una nonna. Altri che possono essere coinvolti nell'assistenza sono le ragazze adolescenti e le giovani donne. Nella maggior parte delle società di tutto il mondo questi fatti sono dati per scontati e la società si è organizzata di conseguenza. Paradossalmente ci sono volute le società più ricche del mondo per ignorare questi fatti fondamentali. Le forze dell'uomo e della donna impegnati nella produzione dei beni materiali contano come attivo in tutti i nostri indici economici. Le forze dell'uomo e della donna dedicate alla produzione, nella propria casa, di bambini sani, felici e fiduciosi in se stessi non contano affatto. Abbiamo creato un mondo a rovescio.[4]

«La volta che il mio bambino ha pianto per due ore per tre notti consecutive» è stato detto in un gruppo «io ero angosciatissima, non sapevo che cosa fare. Oltre tutto anche a me la notte fa un po' paura. Il giorno dopo mi sentivo una mamma cattivissima! Il mio problema, prima che lui nascesse, era quello di dover controllare tutto. Un figlio ti insegna che questo non è possibile, ma è difficile e faticoso impararlo! Devi rivoluzionare il tuo modo di pensare e devi farlo in ogni momento.»

«Io ho sempre vissuto il pianto come disagio. Sono cresciuta in una famiglia che negava continuamente i sentimenti e le cose difficili, il dolore, la morte eccetera. Ho cercato di capire i pianti di mio figlio. Dopo un po' che dorme lui si sveglia, piange e non si riesce a consolarlo. Io vivo molto male la mia impotenza a consolarlo. Però poi, alla fine, si riaddormenta tranquillamente e allora io mi calmo.»

---

[4] J. Bowlby, *Una base sicura*, Cortina, Milano 1989.

«Un'altra difficoltà è quella di lasciar perdere l'immagine di mamma ideale che uno ha in mente dalla pubblicità, dalla televisione e dai giornali e accettarsi per come si è. Perché fino a quando abbiamo in mente questa mamma ideale il rovescio della medaglia è che pensiamo anche a un figlio ideale e così alla fine non accettiamo né lui né noi e complichiamo la vita a tutti e due!»

«Però forse il bambino ideale è più presente quando la mamma vive una situazione difficile. Col mio primo figlio io ero molto più rilassata (al contrario di quanto succede di solito), mentre il secondo è nato in un momento difficilissimo cosicché lui si è adeguato e non ha mai potuto permettersi di fare il cattivo.»

«A volte in gravidanza ti coccolano, poi diventi mamma e spariscono tutti, proprio nel momento in cui ne hai più bisogno. Allora ti senti sola e schiacciata dalle responsabilità e stai malissimo. Io l'ho sentito anche con mia madre questo. Per lei continuo a essere quella che se la sa cavare sempre, in ogni caso, e di cui non è necessario occuparsi. È sempre stato il mio ruolo familiare.»

«Io ho avuto una crisi depressiva che è durata diversi mesi. Mi hanno aiutata molto, oltre a mio marito, mia sorella maggiore e suo marito. Loro venivano e facevano, non chiedevano che cosa fare. In quel momento io mi sentivo una bambina piccola con una situazione più grande di lei e loro mi hanno curato come una bambina piccola. Gliene sono molto grata.»

«Quello che manca è il tempo per sé, anche semplicemente per pensare e riflettere tranquillamente. Da quando è nato il mio bambino io mi rendo conto che non ho tolto niente a tutte le cose che devo fare in casa, ho semplicemente aggiunto tutto quello che devo fare per lui. Bisognerebbe riuscire a stabilire delle priorità! Non riesco neanche più ad andare dal parrucchiere e invece del bagno ora faccio la doccia perché è più veloce. Eppure mio marito mi vorrebbe aiutare, ma dovrei riuscire ad accettare il suo modo di fare le cose. È evidente che con la casa lui è più imbranato di me, ma è anche vero che io faccio pratica da una vita. Dovrei lasciargli fare le cose come le sa fare lui, ma anche questo è un altro cambiamento mentale, un'altra rivoluzione. È difficile, sono troppe, tutte in una volta.»

«E poi c'è un'altra cosa ancora, che cambia anche l'equilibrio di coppia. Adesso quando usciamo insieme lo facciamo solo per andare a fare la spesa. È come se agli inizi si vivesse il ruolo di genitori più che quello di coppia; manca lo spazio per la comunicazione. Ci vuole del tempo prima di ritrovarlo!»

«Però ci sono anche tutti i doni che un bambino ti fa!»

«È vero, certe volte mia figlia mi fa morire dal ridere. E poi mi guarda come se io fossi la persona più importante che esiste al mondo.»

«Sono le cose che un bambino ti fa provare dentro quelle che ti ripagano. Il mio, dopo avermi fatto disperare tutte le notti perché non dorme, poi mi seduce ogni mattina col suo sorriso.»

«E la mia con la sua dolcezza!»

«Il mio ci ha insegnato a essere più semplici, più immediati e sinceri. Con un bambino *devi* essere sincero!»

«Per me è stata la naturalezza, la naturalità della vita. Mi ha riportato giù dalle nuvole.»

«Però un figlio ti fa anche pensare che adesso sei tu dall'altra parte della barricata, sei tu il genitore.»

«È vero, ma è proprio questo il bello; il più grande regalo che mi ha fatto mia figlia è stato semplicemente quello di nascere! Senti che la vita è forte, che continua, che va oltre la morte, è una specie di sacralità.»

«La nascita di mia figlia è stata un regalo per tutta la famiglia. Persino mia suocera ha fatto la pace con sua sorella, dopo che è nata lei ed erano anni che non si parlavano più!»

«È vero, sono tanti, ma proprio tanti, i doni che un

bambino porta, ma bisogna anche dirlo che a volte è terribilmente difficile oggi passare da sole un'intera giornata con lui e sentirsi impotenti e impreparate, senza nessuno che ci possa aiutare e così spaventate da ogni suo malessere che alla fine ci si sente proprio delle pessime madri. Perché non si dicono queste cose? Perché non si dice che si può amare il proprio figlio come il bene più prezioso, ma che in certi momenti lo si può anche odiare per disperazione? Dovrebbero essere dette queste cose, potrebbero almeno servire a far soffrire di meno qualche altra giovane madre, altrimenti una si sente l'essere più abietto del mondo! Qualcuno dovrebbe scriverle!»

Ecco perché ho cercato di farlo su queste pagine: come sempre, quando riporto delle osservazioni, le parole sono esattamente le loro, io le ho semplicemente trascritte.

Era una promessa che dovevo mantenere.

Dall'archeologia della memoria: uno dei tanti ricordi di vite arrabbiate

> Testardo come un mulo,
> solo come un cane,
> muto come un pesce,
> giovane come te.[1]

Siamo agli inizi degli anni Settanta, in una scuola superiore milanese. Sono gli anni della contestazione studentesca contro l'autorità e il mondo degli adulti e fra i contestatori o gli anti-contestatori ci sono anche dei ragazzi arrabbiati che sfogano nella veemenza della contrapposizione politica l'irruenza della loro rabbia.

Se non fosse perché invocano argomenti seri come la guerra in Vietnam o una società più equa, potrebbero anche sembrare ragazzi che giocano a far la guerra al mondo degli adulti.

Tra di loro c'è Giacomo, ripetente di seconda, con un passato di bocciature alle spalle, che è anche lui molto arrabbiato, ma partecipa solo raramente alle manifestazioni o alle contestazioni. Lui la sua rabbia non riesce neanche a indirizzarla verso qualche ideale, come la maggioranza degli altri, se la porta dentro come una bomba con la miccia

---

[1] Era questo il testo del manifesto uscito qualche anno fa a Milano per informare su *Pronto Giovani*, centralino d'aiuto per adolescenti (vedi A. Fabbrini, A. Melucci, *Pronto Giovani*, Guerini e Associati, Milano 1993).

innescata o come un animale in gabbia e traspare nei suoi gesti, nei suoi occhi, nell'inquietudine che lo accompagna sempre e costantemente. Anche dai suoi compagni di classe viene isolato ed è sempre solo: i suoi amici sono fuori dalla scuola. Solo la musica l'aiuta; conosce benissimo tutte le canzoni della contestazione americana, le suona e le canta in inglese. L'inglese e l'italiano sono le due uniche materie che gli piacciano veramente e in cui è decisamente superiore ai suoi compagni; la prima perché è quella del suo mondo musicale, la seconda perché gli permette di scrivere e il suo insegnante è uno che sa ascoltare.

Ma Giacomo è anche in bilico fra l'appartenere a un mondo giovanile che, proprio perché vuole cambiarla, è fondamentalmente integrato nella società e le si sente appartenente, oppure andare con chi ha scelto di non appartenerle, distruggendosi, come i suoi amici fuori dalla scuola. La tentazione è grossa. L'unica cosa che lo tiene ancora legato alla società con fili sottilissimi che si possono spezzare da un momento all'altro è la scuola; se anche questo filo dovesse rompersi la scelta sarebbe inevitabile. Per fortuna il legame con la scuola c'è e, seppur fragile, resiste: è fatto anche di un rapporto di fiducia con degli insegnanti che non hanno nessun carisma particolare, ma che fanno il loro mestiere con dignità e impegno civile, giorno dopo giorno.

E quel ragazzo solo, all'ultimo banco verso la finestra, con lo sguardo metà dentro e metà fuori, con una maschera da arrabbiato che quando cade lascia intravedere gli occhi di un bambino tenero e impaurito dal mondo, non può passare inosservato. Ogni insegnante si rapporta a lui come sa fare, da adulto verso un ragazzo palesemente in difficoltà, anche se non si sa perché: ma è proprio necessario saperlo? Quello che è certo è che lui è in difficoltà, di qualsiasi tipo ne possano essere le ragioni, anche quelle che non si sente di condividere con altri. Però sono proprio queste piccole cose della vita quotidiana quelle che tessono la fragile rete di rapporti che tiene legato Giacomo alla società invece di espellerlo. Lui non ha ancora fatto una scelta autodistruttiva, ma le corre pericolosamente vicino. Il giorno che non viene a scuola, e ogni tanto gli succede, vuol dire che ha prevalso il gruppo degli amici che ha scelto di distruggersi. Ma il giorno dopo torna e magari porta il testo di una canzone ancora più arrabbiata del solito. I cantautori della contestazione americana di quegli anni non sapranno mai quanti dei loro testi siano serviti come esercitazioni linguistiche e siano stati vivisezionati in sequenze verbali e temporali!

Passa così l'intero anno e si arriva alla decisione finale. Giacomo viene rimandato nelle due o tre materie in cui è veramente carente, mentre se la cava nelle altre ed è decisamente superiore alla media in italiano e in inglese; a settembre viene promosso, dopo un'accanita e appassionata discussione. La scuola non l'ha espulso, lui si iscrive all'anno successivo e i suoi vecchi insegnanti lo perdono di vista.

Diversi anni più tardi uno di loro, uscendo da un consiglio di classe nel tardo pomeriggio, lo incontra tra gli studenti-lavoratori che frequentano la quinta al serale. «Che cosa ti è successo in questi anni, Giacomo?» «Sa, prof, dopo il biennio sono arrivato sino in quarta e poi ho deciso di andare a lavorare. Si ricorda i miei problemi? Be', ho deciso di smettere di frequentare quel vecchio ambiente e di cercarmi un lavoro per essere indipendente. E poi mi sono trovato anche una brava ragazza e due anni fa mi sono sposato. Adesso abbiamo un bambino, andiamo d'accordo, io ho il mio lavoro e allora ho deciso di tornare a scuola e di prendermi anche un diploma.»

L'insegnante l'ascolta con attenzione; è sempre emozionante incontrare un adulto che si è conosciuto da ragazzo e sentire quello che la vita gli ha riservato. È un po' come osservare in che modo è cresciuto un alberello che si è innaffiato quando era piccolo per cercare di capire se i puntelli che anche noi, insieme a tanti altri, abbiamo contribuito a mettergli siano stati sufficienti o meno a prepararlo per le inevitabili giornate di vento e di tempesta della vita.

«Ma allora valeva davvero la pena di battagliare per te!» gli dice sorridendo l'insegnante (la discussione per la sua promozione era costata a qualche membro del consiglio di classe che l'aveva sostenuta delle noiose conseguenze sul piano personale. Erano quelli gli anni in cui presidi e insegnanti di tipo tradizionale temevano che le promozioni potessero tutte essere "di carattere politico"!).

«Ma certo, prof, val sempre la pena di combattere per una causa. Prima o poi qualche frutto lo dà!»

La vita, le sue stesse risorse, il suo patrimonio genetico, le sue sicurezze di base, gli incontri fatti, hanno tutti contribuito ad aiutare Giacomo a dare alla sua rabbia uno sfogo evolutivo e non autodistruttivo. Questo patrimonio lui lo trasmetterà ai suoi figli, non a parole ma a fatti, perché *questa è la sua storia*, ed è da qui che i suoi figli partiranno per la vita.

Per uno come lui che ce l'ha fatta, ce ne sono però tanti altri che non ce l'hanno fatta. Che cosa possiamo fare per evitare che questo succeda? Vorrei chiudere questa vignetta tratta dall'archeologia delle memorie di un insegnante, con le parole di Crepet.[2]

> [...] All'inizio del mio viaggio mi chiedevo perché ogni anno in Italia più di 50000 minori compiono crimini a volte orrendi. Ora mi domando perché sono solo 50000 a farlo [...]È ormai così chiaro che la criminalità giovanile

---

[2] P. Crepet, *Cuori violenti. Viaggio nella criminalità giovanile*, Feltrinelli, Milano 1995.

non è più ascrivibile solo al degrado, non è più situabile in un altrove infelicemente irrisolto, non può essere compresa solo nel segno ineludibile di uno scarto dal progresso sociale: al contrario essa afferma e sottolinea sempre più visibilmente il decadimento delle nostre relazioni più comuni, delle nostre più vaste reti affettive.

[...] Le cronache dei giornali ripetono che quando il giovane autore di un crimine viene individuato, i genitori, la professoressa, il prete, la vicina di casa, o il padre del suo migliore amico dicono sempre la stessa frase: "Non me lo sarei mai aspettato!". Il che vuol dire che i segnali emessi da un adolescente in difficoltà non vengono compresi dagli adulti, nemmeno da quelli che hanno con lui il rapporto più stretto. Allora mi chiedo di che cos'altro abbiamo bisogno per prendere coscienza della nostra indisponibilità ad ascoltare, a fermare anche per un attimo la nostra corsa per sederci vicino ai nostri ragazzi a domandare e a domandarci. Questa società non ama i suoi ragazzi.[3]

---

[3] Dedico questa vignetta scolastica tratta dall'archeologia della memoria al ricordo di Primino Limongelli e Mario Ferencich, dei corsi d'aggiornamento ministeriali per insegnanti di inglese alla fine degli anni Sessanta, per la passione che li ha animati nei confronti della scuola e dell'insegnamento.

Dalla rabbia a una maggiore libertà dentro di sé: testimonianze di ex-bambini arrabbiati

Nasce spesso, durante una seduta di psicoterapia, il desiderio che le parole di una persona possano essere anche trascritte per restare come testimonianza importante di una vicenda umana. Non potendolo fare in seduta, vorrei attuarlo in questa parte finale, scegliendo a caso fra testimonianze scritte che mi sono state affidate e si sono accumulate negli anni, da parte di persone profondamente diverse fra di loro, ma con in comune il fatto di essere state da piccole delle bambine arrabbiate, a volte in una maniera molto difficile, quella di non sapere neanche di esserlo. Le loro rabbie non sono ora svanite per incanto: non esistono bacchette magiche, o, per lo meno, né io né loro le abbiamo mai incontrate. Adesso però, dopo un lento e lungo lavoro psicologico, hanno imparato anche a incamminarsi ogni tanto verso strade diverse e a sciogliersi nella infinita ricchezza delle emozioni che le compongono, invece di andare a cozzare sempre e soltanto contro un muro.

Ringrazio queste persone, come tutte le altre con cui ho lavorato nel corso degli anni, per avermi affidato una parte preziosa di sé (che, come sempre, ho trascritto fedelmente, saltando solo dei passaggi) e, soprattutto, per avermi insegnato tanto. Il bagaglio di umanità che mi porto dentro, nel bene e nel male della vita quotidiana, in questo momento della mia vita, è anche frutto del nostro reciproco incontro. La mia semplice vicenda umana, le mie riflessioni e letture di una vita, da sole, non sarebbero state sufficienti a insegnarmi tante cose.

Rossella

L'Attesa

Io sto
in silenzio
e resto
in attesa
che vengano parole
mi osservo
mentre piango
e resto
in attesa
che vengano risate
cammino
nell'ombra
e resto
in attesa
che spunti la luce
mi affanno, mi fermo, capisco, mi confondo, imparo, mi affatico, mi alzo, mi arrendo, mi odio, mi consolo, mi ascolto, mi deprimo, respiro. In attesa.

Maura

Dunque, sembra che sia così: io ho sofferto molto, ma proprio questa sensibilità alle emozioni e ai sentimenti era la prova più carnale dell'esistenza della mia anima, del suo essere viva, attenta e presente dentro di me.

Io non ho ucciso la mia anima.

Non solo.

Io non ho permesso che la uccidessero.

Nonostante tutto, io non ho potuto, per tirarmi fuori quella spina, strapparmi tutto il cuore.

Non so come e perché l'ho fatto, però l'ho fatto: l'ho difesa con tutta me stessa: con tutto lo stupore, l'incanto e l'inermità del mio essere bambina con un'anima in balìa di adulti che avevano perduto la loro.

L'ho difesa per istinto, come un cane difende l'osso, con rabbia e ho pagato un prezzo altissimo.

L'ho difesa con fede e ostinazione: ho lottato per rimanere fedele alla mia anima, per mantenerla in vita.

Un'anima assetata di nutrimento.

È lecito provare commozione e ammirazione per una bambina così piccola che ha fatto qualcosa di così grande?

E anche quando, stremata, stavo per cedere e, dopo tanti anni, ho sentito che stavo morendo pian piano nel gelo dell'assenza di emozioni, ho avuto uno scatto disperato e ho cercato aiuto: allora non lo sapevo così chiaramente come oggi, ma quello sforzo, quel coraggio, quel cercare aiuto, finalmente, avevano l'obiettivo di trovare un alleato che mi aiutasse a salvare la mia anima.

È lecito sentirsi fiere di questo coraggio?

Tiziana

Lettera alle rabbie

[...] Eh, sì, di voi rabbie ne ho provate tante, ma tutte intense e soprattutto misteriose; o per lo meno tali fino a che non sono riuscita a identificarvi, a darvi un nome.

La più cattiva è così profonda, totale, che quasi non la riconosci; sai solo che ti blocca, ti impedisce di agire, di reagire, non sai cosa fare e senti solo una grande angoscia dentro, associata a una specie di smarrimento e senso di solitudine; vuoi stare solo o vorresti anche compagnia? [...] È proprio come dovrebbe essere avere addosso una camicia di forza!

Altra rabbia, decisamente opposta, è quella che ti fa agire. Ti scateni fisicamente in tanti modi, basta muoversi fisicamente [...] Il tuo corpo deve essere così stanco da non avere abbastanza forza neppure per provare rabbia; ti rimane solo un po' di angoscia e solitudine. Ripensandoci, chissà quanti chilometri avrò percorso!

E poi c'è la rabbia che ti fa parlare, urlare, inveire contro tutto e tutti [...] A volte si prova rabbia perché ci si rende conto di non poter fare niente contro l'inevitabilità degli eventi della vita, decisamente molto più grandi di noi. Oppure ci si rende conto di non poter intervenire nei confronti di altri che non rispecchiano le nostre idee... Si prova rabbia quando bisogna ammettere la nostra inadeguatezza; è duro dover accettare i nostri limiti... (*Purtroppo* non siamo certo perfetti od onnipotenti!)

[...] Proviamo rabbia nei confronti degli altri magari solo perché proiettiamo su di loro i nostri problemi; proviamo rabbia perché proviamo invidia; o ancora per ingiustizie subite (o quelle che noi pensiamo siano tali).

Difficile è non farsi coinvolgere totalmente da queste rabbie, riuscire a distaccarsene e a prendere le distanze, cercando così di analizzarle, scoprendo la causa scatenante (che può essere magari una banalità)... Ma ridimensionando il tutto, accettando i propri limiti si può riuscire a convogliare tutta l'energia imbrigliata nella rabbia verso altre cose... e riuscire a mettere un po' da parte se stessi e il proprio dolore per dare più spazio alle esigenze e problemi altrui [...].

Dunque, voi rabbie non siete più queste grandi nemiche, anzi vi considero quasi amiche. Innanzitutto servite a farci notare che comunque proviamo un disagio e questo porta a percorrere un cammino dentro di noi, così a poco a poco le rabbie si ridimensionano e non ci fanno più così paura.

Voi rabbie mi avete aiutato anche a prendermi le mie responsabilità: ad esempio sparire per ore camminando per tutta la città comporta comunque delle conseguenze, sia di perdita di tempo (e il nostro tempo non torna più), sia di preoccupazione per i miei cari...

Infine, care rabbie, mi sento dunque di ringraziarvi di esistere, ringraziando però anche chi mi ha aiutato a capirmi e quindi a capirvi e ad accettarvi!

Grazie anche a me stessa, per la forza dimostrata e per la fatica sopportata!

Care Rabbie, addio a tutte... anzi no, arrivederci a presto...!

Vostra

Tiziana

Edoarda

Be', che dire della rabbia? Che fa orribilmente paura, che è avvolta in un'aura catastrofica. E un po' è vero che lo è. Le cose, quando arriva la rabbia, non possono rimanere più quelle di prima. È una sorta di livello di guardia, di misura personale che, se si supera, chiede di trovare e di muovere tutta la persona, le cose, la realtà, in un'altra dimensione. Chiede un passaggio. [...] La rabbia "monta" come la panna. Si gonfia senza che quasi ce ne accorgiamo. Ci prende anziché essere noi a prenderla e a farci dire che cosa c'è sotto che sta spuntando [...] La rabbia è "non farcela più". È il limite massimo della perlustrazione di un modo di fare, di agire, di essere convinti di... è contemporaneamente la massima espressione del nostro "amore" e "identificazione" verso le cose che rivendichiamo e nello stesso tempo è il primo passo di allontanamento, il gettare la spugna, l'ammettere i propri limiti, il "così non si può più andare avanti". La rabbia non ci consente di vedere l'altro, accecati dal nostro desiderio di realizzare ciò che abbiamo in testa [...].

Ho trattenuto per anni la rabbia non facendo mai scontrare i progetti della mia testa con la realtà, la realtà degli altri. L'ho trattenuta preferendo preservarmi a costo di allontanare gli altri che sapevo avrebbero intralciato quei progetti che ora mi viene da dire "magari belli, ma inadeguati, incapaci di tenere conto della realtà".

Per anni ho trattenuto la rabbia con uno sforzo che non mi permetteva di lasciarmi andare a godere anche delle piccole e inevitabili gioie quotidiane, come se il mio corpo fosse gonfiato e riempito da dentro, anziché vuoto e libero di accettare e di dare.

Per anni ho temuto il potenziale distruttivo della rabbia, perché l'ho sempre associato alla distruzione dell'altro anziché delle abitudini, dei pensieri, dei progetti che ci ingessano e ci stanno stretti.

[...] E adesso qualcosa, improvvisamente, accenna a sciogliersi. Anzi, è da giorni che sento dentro uno stato di fondo particolare. Una certa tristezza. Non so, non sono sicura cosa sia... Non so come chiamarla.

Forse è la rabbia che si tramuta in dolore.

È una sorta di atmosfera nebulosa, è l'accorgersi che l'inverno, dentro, è all'apice e i ghiacci, oltre quel momento, non potranno che cominciare a sgelarsi.

È come se tutto fosse gonfio, teso e però mancasse il "la" per toccare il culmine della parabola.

Poi, di colpo ci si arriva.

C'è bisogno del vuoto intorno.

Le lacrime vanno d'accordo col pudore. D'improvviso la ferita si svela, fa male... si singhiozza e si torna piccoli. Là, nel tempo in cui si produsse la ferita più antica, quella che oggi ha ripreso a sanguinare [...] In talune circostanze e con talune persone è come se ci si sentisse al riparo. Non è possibile che succeda! Giù le armi, giù lo scudo! E poi, zac! L'"altro" mostra una parte sconosciuta, sfugge addirittura anche a lui/lei [...] Le ferite sanguinano e il tempo verso la nuova meta è guadagnato e subito dopo perso... Quanto durerà questo dolore, così: intenso, acuto, infinito? Quanto impiegherà a consumarsi; a portarsi a compimento? E qual è il risarcimento al dolore? La sensazione di essere sopravvissuti, di avercela fatta? [...] La sensazione di essere vivi e flessibili come i fili d'erba che curvati dal vento e calpestati si rialzano?

Tutto questo e qualcosa oltre.

Gli occhi pieni di lacrime ora vedono le cose diversamente. L'altro da cui non ci aspettavamo venisse la sofferenza, l'altro, la causa del nostro dolore, è come noi.

Fallibile.

Non più divino e sacro. Non più una spanna sopra gli altri nell'altare del cuore e nei giudizi della nostra testa [...]

Per-donare, "donare per", dunque, un atto con una finalità.

Riallacciare i fili tagliati [...] riallacciare con consapevolezza [...] Difficile! È ancora difficile scrivere sulla mia educazione sentimentale [...] Come far parlare anche il silenzio? Come dare spazio, tramite il silenzio, a ciò che non ha ancora voce, ma magari è appena avvertito e preme? [...].

Ancora tante domande restano aperte. Tante possibili tappe di un percorso futuro.

Per il momento le stazioni toccate sono molte da quando mi sono messa in marcia con una valigia gonfia e pesante di cui nemmeno io conoscevo il contenuto. L'unica cosa chiara era che non potevo più restare dov'ero, dovevo per forza muovermi. La mia valigia stava diventando un'ancora che mi teneva ferma.

Ora la mia valigia mi sembra più leggera: ho buttato via qualcosa, sono diventata più forte, ho imparato anche a farmi aiutare, so che all'occorrenza posso buttare e sostituire, cambiare [...].

Ho dovuto dare dei nomi ai fatti, ai sentimenti, alle emozioni, per poterle poi richiamare. Togliere dall'indifferenziato, delineare, riconoscere [...]. L'incapacità di leggere i miei percorsi, i miei schemi, le mie organizzazioni interne della realtà.

In questo, un'analfabeta.

È come se mi fosse mancato il contatto con la spinta, l'input interno. È come se mi avessero insegnato che questo era importante, ma nessuno mi ha detto che era anche dentro di me. Ho sempre dovuto prendere a prestito le spinte, le motivazioni [...]..

Nessuno prima di questo percorso interiore di questi ultimi anni, ha mai riconosciuto, mi ha mai riconosciuto che queste spinte le abbiamo come doti naturali, le ha ciascuno di noi. Si tratta solo di saperle presenti, di sentire, ascoltare, accogliere, riconoscere, denominare, trasferire in operatività, soffrire, godere, eccetera.

Sono la nostra parte più originale, irriproducibile, interna e intima. Queste spinte non le conosciamo "a priori" se non nel loro farsi e darsi.

Nessuno prima di questo viaggio di ascolto, fatto di un procedere lento, tra tempeste e bonacce, mi aveva dato e concesso il tempo di ascoltarmi.

Dolores

Ce l'avevo una bambola, da piccola, e le ero così affezionata! Si chiamava Milena.

Una volta mio padre l'ha buttata via, per sbaglio. Quando l'ho saputo, io ero disperata e sono corsa a cercarla nel sacco delle immondizie, ma non c'era più, era stato portato via.

Allora sono andata a cercarla fuori paese, nella discarica dell'immondizia.

Aprivo tutti i sacchi e la cercavo dentro. Per una settimana sono tornata ogni giorno a cercarla, finché l'ho trovata. Pioveva, e allora le ho messo addosso il mio cappotto. Aveva il viso ormai quasi marcio per la pioggia e per l'immondizia. L'ho tenuta una settimana in candeggina.

E poi è tornata a essere la mia bambola, la portavo a letto, le ero attaccatissima. Avevo sette, otto anni.

Quanto l'ho cercata in quell'immondezzaio! Passavo due ore al giorno là, a rompere i sacchi, da sola, fuori dal paese, anche sotto la pioggia.

Ma com'ero felice quando ho ritrovato la mia Milena!

Maria Sole

Le cose che ho imparato andando per strada...[1]

Ho fatto un sacco di strada...[...].

Ho imparato che alcuni pericoli si possono vedere ed evitare, ma che non si può stare a sprecare tutto il tempo per salvaguardarci da essi, perché è inutile e poi non ci si muove più... e la staticità è una maschera della morte. E io che sono al mondo e sono viva, voglio vivere e possibilmente nel modo più intenso possibile.

Ho imparato a non rifuggire dalla paura, ad avere pazienza con me stessa, a volermi più bene, a essere più tollerante, a non perseguire la perfezione a tutti i costi, a relativizzare le situazioni e i comportamenti, a temere meno gli altri, a volere bene e a essere ricambiata.

Ho imparato a stare da sola, a misurare di più le mie forze, a fidarmi di più di me stessa, a godere e a valorizzare ciò che ho.

Ho imparato a non accanirmi nelle situazioni in cui sono in scacco, ma a fermarmi e a riconsiderare il tutto.

Ho imparato a essere vincente, ma anche ad accettare le perdite, ho imparato a far giocare le mie risorse con i vincoli.

Ho imparato ad ascoltare la voce profonda dei miei sogni e quella della mia pelle, ma ho anche imparato a misurare le parole.

Ho imparato a piangere e ad andare avanti, ma anche a fermarmi ad aspettare il momento giusto e a piangere lacrime di gioia e di commozione.

Ho imparato a ridere delle mie goffaggini e a non deridere gli altri.

Ho imparato a non vergognarmi delle mie debolezze e a non nascondere i miei punti di forza.

---

[1] Dalla lettera d'addio alla fine della terapia.

Ho imparato che il mio percorso di vita è unico, irripetibile e solo mio, ma che in ogni tappa posso trovare compagni di viaggio.

Ho imparato che in alcune circostanze la voce della "nostra vita" è più forte della voce degli affetti e che l'assecondarla ci dà la forza per affrontare la realtà e il futuro.

Ho imparato a ridimensionare le mie aspettative ma anche a non tacere i miei bisogni e le mie esigenze.

Ho imparato a riconoscere quando mi sento densa e mobile come il mercurio da quando mi sento leggera come l'aria o fresca e fluida come l'acqua...

Non ho ancora finito di imparare.

E so che questa cosa, come in passato, porterà con sé gioie e difficoltà, momenti di entusiasmo e di dolore. Ma non se ne può fare a meno, è la vita stessa che è fatta di alternanze. Di buio e di luce, come il giorno e la notte, del succedersi delle stagioni e del rinnovarsi dei cicli della natura...

Ma anch'io ormai so di
appartenerle e di potermi fidare di lei [...].

P.S. Se questo libro riuscirà ad aiutare qualcuno a capire meglio e a fare la pace con alcuni nodi della propria storia personale o familiare, oppure permetterà a qualche coppia genitori-bambini di corrersi incontro stringendosi le mani invece di arenarsi prima, il merito è anche di tutte le persone che in più di trent'anni di lavoro ho incontrato sul mio cammino, compreso Rossella, Maura, Tiziana, Edoarda, Dolores, Maria Sole e i più di duemila adolescenti che ho visto affacciarsi a un mondo adulto che ora è nelle loro mani.

Sono profondamente grata alla vita di avermeli fatti incontrare.

Io sono stata e resto semplicemente uno scriba.

Bibliografia

Premessa

Ho cercato di preparare questa bibliografia sui vari temi direttamente in libreria, per poter indicare quelli attualmente (1996) disponibili sul mercato e perciò più facilmente raggiungibili.

Ho anche cercato in genere di evitare i titoli che avevo già suggerito ne *Il bambino nascosto* e che, evidentemente, continuano a valere, insieme a tanti altri non compresi in questo elenco.

Vengono indicati con un asterisco (*) i testi che potrebbero risultare di più facile lettura (ma è solo un mio parere, del tutto relativo) anche se specialistici.

Vengono indicati con due asterischi (**) i testi che suggerirei come prima lettura.

Sulla relazione genitori-figli

* Bernardi M., *Gli imperfetti genitori. Un libro utile a tutti i papà e a tutte le mamme*, BUR, Milano 1993.
* Bessel H., Kelli T.P., *Puoi contare su di me. Una grammatica del dialogo tra adulti e ragazzi*, Red Edizioni, Como 1992.
** Bosi S., Guidi D., *Guida all'adozione*, Oscar Mondadori, Milano 1992.

* Bollea G., *Le madri non sbagliano mai*, Feltrinelli, Milano 1995.
** Bowlby J., *Una base sicura*, Cortina, Milano 1989.
Brassard M., Germain R., Hart, *La violenza psicologica contro bambini e adolescenti*, Armando, Roma 1993.
* Brazelton T., *I nuovi genitori. Il rapporto con i figli nella famiglia che cambia*, Frassinelli, Milano 1994.
Cramer B., Palacio Espasa F., *La psicoterapia madre-bambino*, Masson, Padova 1995.
** Dolto F., *Come allevare un bambino felice e farne un individuo maturo*, Oscar Mondadori, Milano 1994.
** Dolto F., *I problemi dei bambini*, Mondadori, Milano 1995.
* Farri Monaco M., Peila P., *Il figlio del desiderio. Quale genitore per l'adozione?*, Bollati Boringhieri, Torino 1994.
** Fromm E., *L'arte di ascoltare*, Mondadori, Milano 1995.
* Gordon T., *Genitori efficaci. Educare figli responsabili*, La Meridiana, Molfetta 1994.
* Greenberg M., *Il mestiere di papà. Il ruolo del padre nello sviluppo del bambino e nella crescita di tutta la famiglia*, Red Edizioni, Como 1994.
* Korczak J., *Il diritto del bambino al rispetto*, Luni Editrice, Milano 1994.
* Korczak J, *Quando ridiventerò bambino*, Luni Editrice, Milano 1995.
* Milani P., *Progetto Genitori*, Edizioni Centro Studi Erickson, Trento 1994.
** Minuchin S., Nichols M., *Quando la famiglia guarisce*, Rizzoli, Milano 1993.
* Pennisi Pelizzola L., *Nascere e crescere. Il bambino nei primi 3 anni: esperienze a confronto*, Il Pensiero Scientifico Editore, Roma 1995.
* Petter G., *Il mestiere di genitore. I rapporti con i figli dall'infanzia all'adolescenza*, Rizzoli, Milano 1995.
Toman W., *Costellazione familiare. La struttura della famiglia e le sue influenze sulla psicologia del singolo individuo*, Red Edizioni, Como, 1995.
Tonucci F., *La solitudine del bambino*, La Nuova Italia, Firenze 1995.

** Van der Brouck J., *Manuale ad uso dei bambini che hanno genitori difficili*, Cortina, Milano 1993.
* Vegetti Finzi S., *A piccoli passi. La psicologia dei bambini dall'attesa ai cinque anni*, Mondadori, Milano 1994.
* Vegetti Finzi S., *Il romanzo della famiglia. Passioni e ragioni del vivere insieme*, Mondadori, Milano 1992.
* Winnicott D., *Dalla pediatria alla psicoanalisi*, Giunti Martinelli, Firenze 1991.
** Wyckoff J., *Disciplina con affetto. Che cosa fare e non fare quando i nostri bambini fanno i capricci*, Red Edizioni, Como, 1993.

Sull'adolescenza

* Ammaniti Massimo, Ammaniti Nicolò, *Nel nome del figlio. L'adolescenza raccontata da un padre a un figlio*, Mondadori, Milano 1995.
Baldascini L., *Le voci dell'adolescenza*, Franco Angeli, Milano 1995.
Bassoli R., Benelli E., *I nuovi adolescenti. Radiografia di un'età dimenticata*, Editori Riuniti, Roma 1995.
Bloss P., *L'adolescenza come fase di transizione*, Armando, Roma 1993.
Braconnier A., Marcelli D., *I mille volti dell'adolescenza*, Borla, Roma 1994.
* Colecchia N., *Adolescenti e prevenzione. Disagio, marginalità e devianza*, Il Pensiero Scientifico, Roma 1995.
* Crepet P., *Le dimensioni del vuoto. I giovani e il suicidio*, Feltrinelli, Milano 1993.
Cristiani C., *Smetamorfosi. Adolescenza e crescita nei diari dei ragazzi*, Baldini Castoldi, Milano 1994.
** Dolto F., *Adolescenza. Esperienze e proposte per un nuovo dialogo con i giovani tra i 10 e i 16 anni*, Oscar Mondadori, Milano 1995.
* Fabbrini A., Melucci A., *Pronto Giovani. Centralino di aiuto per adolescenti*, Guerini e Associati, Milano 1993.

Gilson M.C., *Adolescenza e discontinuità*, Bollati Boringhieri, Torino 1993.

Ladame F., *I tentativi di suicidio negli adolescenti*, Borla, Roma 1987.

* La Moglie A., *L'adolescente tra crescita e crisi. Testo di educazione alla salute per genitori, insegnanti e operatori sociali*, La Ginestra, Brescia 1994.

* Pelanda E., *Non lo riconosco più. Genitori e figli per affrontare insieme i problemi dell'adolescenza*, Franco Angeli, Milano 1995.

* Pietropolli Charmet G., *L'adolescente nella società senza padri*, Unicopli, Milano 1994.

* Pietropolli Charmet G., *Un nuovo padre. Il rapporto padre-figlio nell'adolescenza*, Mondadori, Milano 1995.

* Pietropolli Charmet G., Riva E., *Adolescenti in crisi, genitori in difficoltà*, Franco Angeli, Milano 1994.

** Pietropolli Charmet G., Scaparro F., *Belletà. Adolescenza temuta, adolescenza sognata*, Bollati Boringhieri, Torino 1993.

* Pietropolli Charmet G., *Un nuovo padre. Il rapporto padre-figlio nell'adolescenza*, Mondadori, Milano 1995.

* Scaparro F., *Talis Pater. Padri, figli e altro ancora*, Rizzoli, Milano, 1996.

Sulla coppia di genitori e la separazione

* Bernardini I., *Finché vita non ci separi. Quando il matrimonio finisce: genitori e figli alla ricerca di una serenità possibile*, Rizzoli, Milano 1995.

* Busellato G. e altri, *Genitori ancora*, Editori Riuniti, Roma 1994.

Carli L. *Attaccamento e rapporto di coppia*, Cortina, Milano 1995.

** Dolto F., *Quando i genitori si separano*, Oscar Mondadori, Milano 1991.

* Francescato D., *Figli sereni di amori smarriti*, Mondadori, Milano 1994.

Giusti E., *L'arte di separarsi. Una guida per una serena separazione prima, durante e dopo*, BUR, Milano 1986.
Kiley D., *Se il tuo partner è ormai un estraneo. Come vincere la solitudine del vivere insieme*, Franco Angeli, Milano 1995.
Vella G., Solfaroli D., *Né con te, né senza di te. La coppia in stallo*, Il Pensiero Scientifico Editore, Roma 1992.
Willi Jurg, *La collusione di coppia*, Franco Angeli, Milano 1993.

Sui problemi scolastici

** Blandino G., Granieri B., *La disponibilità ad apprendere. Dimensioni emotive nella scuola e formazione degli insegnanti*, Cortina, Milano 1995
Cancrini M.G., Harrison L., *Due più due non fa ancora quattro*, Armando, Roma 1994.
** Chiland C., *Il bambino, la famiglia, la scuola*, Edizioni del Ce.RP., Trento-Milano 1993.
* Maggiolini A., *Mal di scuola. Ragioni affettive dell'insuccesso scolastico*, Unicopli, Milano 1988.
* Mariani A.M., *L'alunno vulnerabile. Pedagogia del mal-trattamento psicologico*, Unicopli, Milano 1993.
** Ranchetti G., *A scuola per star bene. Didattica e prevenzione nello sviluppo evolutivo dell'adolescente*, Franco Angeli, Milano 1996.
Stark K., *La depressione infantile. Intervento psicologico nella scuola*, Edizioni Erickson, Trento 1995.
Si consigliano inoltre i testi sulla relazione genitori-figli perché, come si è visto, dietro all'insuccesso (o anche al successo) scolastico stanno spesso molte variabili.

Sulla paure infantili

** Lewis D., *Mamma ho paura! Come aiutare vostro figlio a superare ansie e timori*, Franco Angeli, Milano 1993.
* Sassardi S., Lorenzini R., *L'uomo nero. Paure, ansie, fobie*, Nuova Italia Scientifica, Roma 1993.

Anche su questo tema si rimanda inoltre alla bibliografia sulla relazione genitori-figli.

Sui problemi alimentari

** Gockel R., *Finalmente liberi dal cibo*, Feltrinelli, Milano 1992.
* Hirschmann, J., *Come prevenire i problemi alimentari nei figli*, Positive Press, Verona 1995.
** Morse E., *Se mio figlio non mangia*, Franco Angeli, Milano 1993.
Pasini W., *Il cibo e l'amore*, Mondadori, Milano 1994.
* Pellari A., Bianchi B., *Educare alla salute giocando*, Franco Angeli, Milano 1995.
Schelotto G., *Una fame da morire. Bulimia e anoressia*, Oscar Mondadori, Milano 1992.
* Schmidt U., Treasure J., *Migliorare morso dopo morso*, Positive Press, Verona 1994.

Su altri temi vari accennati in questo libro

* Ammaniti M., Stern D., *Attaccamento e psicoanalisi*, Laterza, Bari 1992.
Auhagen-Stephanos U., *La maternità negata*, Bollati Boringhieri, Torino 1993.
Aveni A., *Gli imperi del tempo*, Dedalo, Bari 1993.
Barker P.L, *Using Metaphors in Psychotherapy*, Bruner Mazel, New York 1985.
* Bergeret J., *La relazione violenta*, Edizioni del Ce.RP., Milano-Trento 1994.
Bergmann S., Kernberg O., *Capacità di amare*, Bollati Boringhieri, Torino 1993.
Bly R., *Per diventare uomini. Come un bambino spaventato si può trasformare in un uomo completo e maturo*, Mondadori, Milano 1992.
* Caputo I., *Mai devi dire*, Corbaccio Editore, Milano, 1995.

Crepet P., *Le misure del disagio psicologico*, Nuova Italia Scientifica, Roma, 1994.
De Simone G., *La conclusione dell'analisi*, Borla, Roma, 1994.
Dieckmann H., *Twice Told Tales*, Chiron, Illinois, 1979.
* Dolto F., *Il gioco del desiderio*, SEI, Torino, 1987.
Farber L. e altri, *L'invidia*, Bollati Boringhieri, Torino, 1994.
Francescato D., Putton Anna, *Stare meglio insieme. Oltre l'individualismo: imparare a crescere e a collaborare con gli altri*, Mondadori, Milano, 1995.
Gersie-King, *Storymaking in Education and Therapy*, Kingsley, London 1990.
* Greer G., *La seconda metà della vita. Come le donne cambiano negli anni della maturità*, Oscar Mondadori, Milano 1991.
* Groddeck G., *Il linguaggio dell'Es*, Adelphi, Milano 1969.
* Kerényi K., *Miti e misteri*, Boringhieri, Torino 1979.
Kohut H. e altri, *Rabbia e vendicatività*, Bollati Boringhieri, Torino 1992.
* Korczak J., *Come amare il bambino*, Emme Edizioni, Milano 1979.
Masterson J.F., *The Search for the Real Self*, Free Press Mc Millan Div, New York 1988.
** Miller A., *Il bambino inascoltato*, Bollati Boringhieri, Torino 1989.
* Norwood R., *Lettere di donne che amano troppo*, Lyra Libri, Como 1995.
* Parsi M.R., *I quaderni delle bambine*, Mondadori, Milano 1990.
Pettinato G., *La saga di Gilgamesh*, Rusconi, Milano 1992.
Racamier P.C., *Il genio delle origini*, Cortina, Milano 1993.
** Romito P., *La depressione dopo il parto*, Il Mulino, Bologna 1992.
Rosen S., *My Voice will go with you*, Norton, New York, 1991.
Slap J.W., *Le rabbie croniche*, Bollati Boringhieri, Torino 1992.
Wallas L., *Stories that Heal*, Norton, New York 1991.
* Wardi D., *Le candele della memoria. I figli dei sopravvissuti all'Olocausto: traumi, angosce, terapia*, Sansoni, Firenze 1993.
** Winnicott D., *Sulla natura umana*, Cortina, Milano 1989.

I libri di
ALBA MARCOLI
in Oscar Saggi

PASSAGGI DI VITA

*Le crisi
che ci spingono
a crescere*

Attraverso una lunga serie di voci, riflessioni e testimonianze raccolte in anni di terapia, Alba Marcoli ci guida alla scoperta di come i momenti di passaggio e cambiamento, anche i più traumatici, possano rivelarsi straordinarie occasioni di crescita per tutti noi, eventi dolorosi ma in grado di far emergere capacità e risorse psicologiche latenti nel nostro animo.

(n. 753), pp. 324, cod. 452569, € 9,00

I libri di
ALBA MARCOLI
in Oscar Saggi

IL BAMBINO PERDUTO E RITROVATO

Favole per far la pace col bambino che siamo stati

Vitale, creativo, ma anche problematico, in ciascuno di noi c'è il bambino che siamo stati. Ma questo bambino con le sue realtà irrisolte può tornare all'improvviso condizionando i nostri comportamenti, soprattutto con i figli. Attraverso le favole di questo volume Alba Marcoli ci aiuta a prendere coscienza di ciò e ad evitare che il passato influenzi negativamente il presente.

(n. 616), pp. 336, cod. 453442, € 7,40

I libri di
ALBA MARCOLI
in Oscar Saggi

IL BAMBINO NASCOSTO

*Favole per capire
la psicologia nostra
e dei nostri figli*

Una raccolta di favole costruite su reali casi clinici utilizzate dall'autrice per un progetto formativo destinato a genitori ed educatori: racconti che illustrano la "fatica di crescere" e il disagio infantile attraverso temi diversi, dall'abbandono alla paura, al tradimento. Un libro che ci fornisce una chiave d'accesso al mondo dei bambini, per poterli capire e aiutare meglio.

(n. 333), pp. 324, cod. 452964, € 7,80

«Il bambino arrabbiato»
di Alba Marcoli
Oscar saggi
Arnoldo Mondadori Editore

Questo volume è stato stampato
presso Mondadori Printing S.p.A.
Stabilimento NSM - Cles (TN)
Stampato in Italia - Printed in Italy